★★★★★★★★★★★★★★★★★★★★★★★★★★★★★★★★★★★★★

IL MONDO AL
CONTRARIO

D1721333

Roberto Vannacci

★★★★★★★★★★★★★★★★★★★★★★★★★★★★★★★★★★★★★

★★★★★★★★★★★★★★★★★★★★★★★★★★★★★★★★★★★★★★★

"Strani questi italiani:
sono così pignoli che in ogni problema cercano il pelo nell'uovo.
E quando l'hanno trovato, gettano l'uovo e si mangiano il pelo."

(Benedetto Croce)

★★★★★★★★★★★★★★★★★★★★★★★★★★★★★★★★★★★★★★

A Elena e Michela

INDICE

Nota dell'autore		III
Introduzione		V
Cap. I	Il Buonsenso	Pag. 1
Cap. II	L'ambientalismo	Pag. 9
Cap. III	L'energia	Pag. 59
Cap. IV	La società multiculturale e multietnica	Pag. 87
Cap. V	La sicurezza e la legittima difesa	Pag. 129
Cap. VI	La casa	Pag. 161
Cap. VII	La famiglia	Pag. 185
Cap. VIII	La Patria	Pag. 213
Cap. IX	Il pianeta lgbtq+++	Pag. 233
Cap. X	Le tasse	Pag. 289
Cap. XI	La nuova città	Pag. 307
Cap XII	L'animalismo	Pag. 331
Ringraziamenti		Pag. 355

Nota dell'autore

Quest'opera rappresenta una forma di libera manifestazione del pensiero ed espressione delle personali opinioni dell'autore e non interpreta posizioni istituzionali o attribuibili ad altre organizzazioni statali e governative.

Se ne consiglia la lettura ad un pubblico adulto e maturo in grado di comprendere gli argomenti proposti senza denaturarli, interpretarli parzialmente o faziosamente compromettendone, così, la corretta espressione e l'originale significato.

L'autore declina ogni responsabilità in merito a eventuali interpretazioni erronee dei contenuti del testo e si dissocia, sin d'ora, da qualsiasi tipo di atti illeciti possano da esse derivare.

Introduzione

Il titolo la dice lunga sul tenore e sui contenuti di questo libro. *"Il Mondo al contrario"* vuole infatti provocatoriamente rappresentare lo stato d'animo di tutti quelli che, come me, percepiscono negli accadimenti di tutti i giorni una dissonante e fastidiosa tendenza generale che si discosta ampiamente da quello che percepiamo come sentire comune, come logica e razionalità. *"Cosa c'è di strano? Capita a tutti, e spesso"* – direte voi. Ma la circostanza anomala è rappresentata dal fatto che questo sgradevole sentimento di inadeguatezza non si limita al verificarsi di eventi specifici e circoscritti della nostra vita, a fatti risonanti per quanto limitati, ma pervade la nostra esistenza sino a farci sentire fuori posto, fuori luogo ed anche fuori tempo. Alieni che vagheggiano nel presente avendo l'impressione di non poterne modificare la quotidianità e che vivono in un ambiente governato da abitudini, leggi e principi ben diversi da quelli a cui eravamo abituati.

Il conflitto generazionale è sempre esistito, sia ben chiaro, gli usi e i costumi evolvono, cambiano, si adattano, ma quello che percepisco non è assimilabile alla normale e diversa prospettiva che sussiste tra la vecchia e la nuova leva, ma consiste in un capovolgimento totale dei valori e delle certezze nelle quali siamo cresciuti e per le quali ci siamo impegnati assiduamente nel lavoro, nell'educazione, nella famiglia, nella società...nella vita! Ancora più stravagante e difficile da accettare è la constatazione che, spesso, il sovvertimento di quella che la moltitudine intende come normalità è prodotto da esigue e sparute minoranze che prevaricano il sentire comune e le opinioni dei più per le stesse discutibili regole di inclusione e tolleranza imposte da altre minoranze.

Basta aprire quella serratura di sicurezza a cinque mandate che una minoranza di delinquenti ci ha imposto di montare sul nostro portone di casa per inoltrarci in una città in cui un'altra minoranza di maleducati graffitari imbratta muri e monumenti, sperando poi di non incappare in una manifestazione di un'ulteriore minoranza che, per lottare contro una vaticinata apocalisse climatica e contro i provvedimenti già presi e stabiliti dalla maggioranza, blocca il traffico e crea disagio all'intera collettività. I dibattiti non parlano che di diritti, soprattutto delle minoranze: di chi asserisce di non trovare lavoro, e deve essere mantenuto dalla moltitudine che il lavoro si è data da fare per trovarlo; di chi non può biologicamente avere figli, ma li pretende; di chi non ha una casa, e allora la occupa abusivamente; di chi ruba nella metropolitana, ma rivendica il diritto alla *privacy*.

Il valore aggiunto che posso attribuire a questo scritto è l'esperienza personale, quella insolita e affascinante maturata in luoghi lontani ed abbandonati e in circostanze dove i millisecondi per prendere decisioni, spesso drastiche, fanno la differenza. Al comando di uomini veramente speciali ho infatti girato il mondo, ma non quello delle capitali e del progresso, bensì quello più recondito e sconosciuto, quello povero, abbandonato, degradato e spesso pericoloso, ma reale. Quello vero, in sostanza, dove vive la maggioranza della popolazione del pianeta: circa sette miliardi di persone al netto di quel miliardo di fortunati che hanno visto la luce in quello che definiamo "Occidente".

Una prospettiva diversa, dunque, una differente sensibilità verso molte tematiche e dei valori di riferimento che si sono consolidati e corroborati resistendo agli impatti e all'attrito di una vita trascorsa al limite.

Mantenendo i piedi ben saldi nell'oggi si tratta anche di un tuffo nel passato perché quei sette miliardi di individui vivono spesso in condizioni che richiamano quelle a cui i nostri nonni, bisnonni o trisavoli erano abituati. Quelle stesse condizioni, valori e realtà che, in nome di una modernità sempre più incalzante ed invasiva, vengono cancellati con un colpo di spugna da chi li trova scomodi all'affermazione degli autodefiniti nuovi principi e valori. Quando tutto si fa fluido, quando le certezze vengono messe in discussione, quando si sovverte l'ordine delle priorità il passato diventa ingombrante e viene definito come antiquato, superato, retrogrado e, se non inutile, certo non adatto a fornire un punto di riferimento. Le tradizioni non contano; le abitudini sono deleterie; la consuetudine è un fastidioso impiccio; la civiltà diventa mutevole e le memorie si trasformano in una paccottiglia per nostalgici.

Ci hanno provato in molti a cancellare il passato per far nascere un mondo nuovo, spesso, con metodi cruenti e sanguinari. Pol Pot e la dittatura dei *Khmer rossi* rappresenta uno dei più moderni e ancora vividi tentativi di eradicazione della storia fortunatamente andato male. Quello a cui assistiamo oggi, tuttavia, cambia nei metodi ma poco nella finalità. Il lavaggio del cervello a cui siamo sottoposti giornalmente volto ad imporre l'estensione della normalità a ciò che è eccezionale ed a favorire l'eliminazione di ogni differenza tra uomo e donna, tra etnie (per non chiamarle razze), tra coppie eterosessuali e omosessuali, tra occupante abusivo e legittimo proprietario, tra il meritevole ed il lavativo non mira forse a mutare valori e principi che si perdono nella notte dei tempi? Il bombardamento mediatico che mette in discussione anche le fiabe e le storielle per ragazzi e le vorrebbe stupidamente rivisitare in chiave cosiddetta "inclusiva" o il maldestro esperimento di castrare il linguaggio e le espressioni della nostra millenaria lingua per renderle asessuate non è anch'esso un tentativo di riscrivere la storia? E chi, dopo secoli di bonifiche, di risanamenti, infrastrutture e opere faraoniche per conquistare terra, spazio e salute vorrebbe ritornare alle paludi e alle aree abbandonate a sé stesse non è anche lui un noncurante di tutte le esperienze passate? Per non parlare dei molti che, ritenendosi cittadini di un mondo universale e portatori di valori irrinunciabili vogliono cancellare le frontiere, i confini, gli stati, la cultura, la civiltà e persino la Patria per la quale si sono sacrificati milioni di nostri parenti e predecessori.

Ecco, questo è il Mondo al Contrario che ci presentano come una naturale, inevitabile e progressista evoluzione dell'universo alla quale non ci si può opporre pena l'emarginazione, la discriminazione e, per i più recidivi e tenaci, la galera. La libertà di parola e di opinione si applica secondo un principio a geometria variabile che permette di sostenere legittimamente il terrapiattismo ma demonizza espressioni di dissenso nei confronti del pensiero unico. L'atteggiamento critico nei confronti del nuovo che avanza non si inquadra più nell'ambito delle normali argomentazioni ma viene presentato come la conseguenza di paure irrazionali, insane e patologiche: come fobia! Quello che più allibisce è constatare che sono le stesse minoranze che sostengono questo abominevole trasformismo che prevaricano e sottomettono le masse con metodi cruenti e dittatoriali che spaziano dalla censura alla gogna mediatica, dall'evaporazione dai canali informativi sino a pretendere che i pubblici poteri si occupino delle opinioni, dei pensieri, dei pareri, degli ammiccamenti o delle predilezioni.

Un vero e proprio assalto alla normalità che, in nome delle minoranze che non vi si inquadrano, dev'essere distrutta, abolita, squalificata facendo in modo che il marginale prevalga sulla norma generale e sul consueto.

Non sono il possessore di verità assolute. Credo sia molto difficile trovare qualcuno che lo sia. Ma uno degli scopi del libro è il trionfo della saggezza e delle verità oggettive, quelle supportate dai dati e non dalle previsioni, dai fatti e non dai sentimenti, dalla realtà e non dalla percezione della stessa. Dare anche voce ad una maggioranza silenziosa che non si esprime, che forse non ne ha più la voglia, che non trova il modo di far valere le proprie opinioni e che, spesso, viene sopraffatta di chi maggioranza non è! Non voglio ergermi a portavoce della collettività, badate bene, non ne ho né le caratteristiche né l'autorità, però credo che proprio questa moltitudine dominante e silenziosa si riconoscerà nelle tematiche esposte.

Gli argomenti che affronto sono già stati ampiamente trattati da autori molto qualificati e referenziati e, proprio per questo, l'idea è quella di illustrarli in uno stile semplice e in forma aneddotica, con atteggiamento schietto e con la chiarezza del buonsenso inteso come "senso comune" a cui, non a caso, dedico il primo capitolo di questo libro.

CAPITOLO I:

"IL BUONSENSO"

Il Buonsenso rappresenta il concetto centrale di questa pubblicazione. La prima domanda che l'avventore si potrebbe porre incrociando con lo sguardo il titolo del libro è: "*Al contrario di cosa?*". Del Buonsenso, del sentire comune, della tanto odiata "normalità" che si oppone all'ormai estrema percezione soggettiva del giudizio e della realtà. La parola normalità ha addirittura assunto un'accezione negativa, un significato "esclusivo", ovvero che esclude tutto ciò che normale non può essere considerato proprio perché, se tutto dipende da me – e solo da me – perché dovrei essere soggetto ai canoni di normalità e ai parametri del buonsenso?

Il riferirsi a sé stessi è una delle caratteristiche dei tempi moderni che ha mosso i suoi primi timidi passi, probabilmente, da quando Cartesio ha pronunciato il fatidico anatema *"Cogito ergo sum"*. Da allora, in un crescendo sempre più incalzante, ci siamo abituati a riferire ogni sfaccettatura della realtà alle nostre percezioni e ai nostri pensieri. Non che questo approccio sia errato o criticabile, anzi, ha indubbiamente supportato e favorito il progresso, l'evoluzione e lo sviluppo del senso critico, ma diventa difficile da sostenere quando ci riferiamo solo e unicamente a noi stessi senza tener conto di alcun altro, di quelli che ci hanno preceduto, della società, della maggioranza e mettiamo in dubbio anche quello che dovrebbe essere ormai palesemente considerato come acquisito. Ecco, allora, che la terra ritorna a essere piatta, che la NASA ha inscenato un teatrino spaziale per farci credere che l'uomo abbia passeggiato sul suolo lunare, che i vaccini diventano vettori per *microchip* al fine di controllare in senso *orwelliano* la nostra esistenza, che il virus del Covid non esiste, che i galli, ogni tanto, fanno le uova e che non conta se sono un uomo barbuto, muscoloso e dalla pelle olivastra, ma se mi percepisco come una donna bionda, esile e bisognosa di protezione tutti mi devono raffigurare in tale maniera ed, *in primis,* i miei documenti d'identità! E guai a escludere qualcuno! L'esclusione diventa un'offesa perseguibile per legge. Per cui, mettere in dubbio quello che un soggetto, anche faziosamente, percepisce come realtà, soprattutto se si fa riferimento ad alcuni temi tanto cari alla società moderna come il sesso, l'etnia, l'obesità e il merito, non denota solo più un'eventuale scarsa sensibilità e tatto ma diventa al limite del legittimo. Quando la criminalizzazione del dissenso e la limitazione della libertà di espressione delle proprie opinioni non riescono in termini giuridici allora la censura avviene tramite i mezzi d'informazione che, sostituendosi arbitrariamente all'ordine costituito oscurano, disturbano, purgano ogni locuzione considerata sconveniente. I *social media* hanno iniziato questa tirannica tendenza con Facebook, ormai attivissimo nella sospensione dei profili scomodi, e Twitter, che banna Trump: nientepopodimeno che il presidente degli Stati Uniti d'America. Ma in ogni settore la metodologia è applicata con certosina precisione: la correttezza ideologica viene sorvegliata continuamente e laddove si intravede un seppur minimo margine di violazione si interviene con censure e con liste di proscrizione che individuano, per esempio, i *putiniani* da mettere a tacere, i negazionisti del modello *green* da schernire, gli antisistema contrari all'immigrazione incontrollata da bollare come omofobi e razzisti, i difensori della famiglia tradizionale da trattare come retrogradi e i ministri a cui impedire la presentazione di un'opera al salone del libro. Dove non riescono i tribunali, sono i mezzi d'informazione a decidere chi ha il diritto di esprimersi e chi, invece, deve tacere e subire.

La cosiddetta "correttezza politica" penetra ogni ambito e ogni situazione. In nome della più estesa inclusività dobbiamo rifuggire qualsiasi atteggiamento che possa creare uno "svantaggio percepito" nei confronti di determinate categorie di persone, spesso in acuta minoranza all'interno della collettività, pena l'essere apostrofati quali istigatori dell'odio, razzisti, omofobi conservatori e, pertanto, pericolosi asociali. Non puoi chiamarti "papà", perché offenderesti chi papà non è! E allora nasce il "Genitore 1" che risolve l'annoso problema. Secondo le premurose indicazioni dell'Unione Europea è sconveniente l'augurio di Buon Natale, perché c'è chi non festeggia la nascita di Cristo. Molto meglio "buone feste" che accontenta tutti. Rivolgersi in pubblico alle signore e ai signori diventa discriminatorio, perché se qualcuno non si percepisse incluso in queste due seppur biologicamente esaurienti categorie si sentirebbe emarginato e deriso. Il soldato deve diventare anche soldatessa, l'ingegnere si tinge di rosa diventando ingegnera ed anche il colonnello si deve rassegnare, anche lui avrà il suo *alter ego* al femminile perché anche e soprattutto la nostra melodica ed antica lingua è sessista! Peccato che non si sia mosso alcuno per far diventare la maschera (quello che al cinema o a teatro ci indica il posto dove sedere) *il* "maschero" o la guida il "guido" o la guardia il "guardio"….Ah, è vero, è il maschio l'aggressore, quello della cultura androcentrica, il despota che ha prepotentemente dominato per anni, è lui che va combattuto! Abbiamo suon di politici e di intellettuali che si sono acerrimamente battuti per queste idiozie prive di senso ma che hanno beneficiato appieno della risonanza e del clamore che scaturisce dell'anomalia e dalla minoranza. Si, perché anche grazie al giornalismo strampalato e alle piattaforme d'informazione che ricercano l'esclusiva, solo l'anomalo risalta, il famoso uomo che morde il cane e che trasforma il fatto in notizia. Ma privilegiare sempre l'opinione minoritaria, il comportamento dissenziente, il parere obbligatoriamente discordante non ci induce a rappresentare un paese diverso dalla realtà? Forse più interessante, sicuramente più divertente e apparentemente moderno, ma indubbiamente meno vero. Siamo sicuri che gli Italiani non dormano la notte al pensiero di declinare al femminile tutti i mestieri e le qualifiche professionali? E siamo certi che siano colti da incubi per dirimere il problema del bagno pubblico per i *transgender*? E quanto li potrà assillare la diatriba sull'accanita protezione dei cinghiali che hanno prepotentemente invaso le nostre città? È vero, un paese è tanto più democratico quanto più rispetta e tutela le minoranze ma, non esageriamo! Ai nostri giorni si assiste paradossalmente alla prevaricazione delle minoranze sul resto della società!

Altro fattore tutt'altro che marginale è che, al contrario di quanto si potrebbe pensare e ad integrazione degli esempi forniti nelle righe precedenti, la percezione soggettiva non si limita ad alcuni settori strettamente connessi al personale, all'intimo e all'area che potrebbe essere considerata privata, ma permea ogni ambiente. Democrazia e giustizia, per esempio, sono cose buone fino a che vanno d'accordo con le mie idee, quando se ne discostano allora vanno combattute. Ed ecco che, anche nelle recenti discussioni post-voto, è apparso lo spauracchio del "partito degli astenuti" tramite il quale si è sostenuta la delegittimazione di chi le elezioni le ha palesemente vinte. I detrattori sostengono, infatti, che non è la reale maggioranza del paese a essersi espressa alle urne, ma solo la maggioranza di chi ha si è recato al voto e che gli esiti del

suffragio devono, quindi, essere rimessi in discussione.
Giustissimo, ma altrettanto giusto sottolineare che chi
rinuncia, per una sua sacrosanta motivazione – che per il
principio di libertà va rispettata a prescindere – di avvalersi
del diritto di voto conquistato in secoli di lotta, sa benissimo
di delegare deliberatamente a chi, invece, quel diritto lo
esercita, la responsabilità e la titolarità delle decisioni. Come
sosteneva Ralph Nader, "*Se non ti occupi di politica, la politica si
occuperà di te*".

Nemmeno la giustizia scappa alla logica della più
soggettiva relatività. Chi occupa abusivamente le abitazioni,
nonostante le violazioni a svariate norme dei nostri codici,
diventa comunque portatore di diritto e vi può stabilire la
residenza esattamente come chi, quella stessa abitazione,
l'ha comprata o affittata con anni di sacrifici e privazioni[1].
Poco importa se quest'occupazione abusiva priva dello
stesso diritto una famiglia che invece ha diligentemente
rispettato le regole ed è da anni in lista d'attesa per ricevere
un alloggio popolare. Chi si dedica alla disubbidienza civile,
all'occupazione del Gran Raccordo Anulare e
all'imbrattamento delle opere d'arte e degli edifici
governativi – nonostante i disservizi procurati alla
collettività, i reati commessi e i costi per riportare gli
immobili al loro stato originale – va comunque difeso in
quanto esercita il diritto di dissentire. Poco importa la
prevaricazione delle libertà altrui, altrimenti non saremmo
in una democrazia vera! Chi stupra una ragazzina sulle

---

[1] Residenza agli occupanti: cosa cambia dopo la direttiva di Gualtieri
(romatoday.it)

nostre spiagge deve godere del beneficio e dell'attenuante dell'ignoranza perché, provenendo da paesi reconditi e lontani, pur avendo pianificato nei dettagli il proprio viaggio e possedendo uno smartphone che gli consente di esplorare i meandri più segreti della rete, potrebbe non sapere che in Italia lo stupro è un efferato, crudele ed insopportabile reato[2]. Chi sostiene di sentirsi offeso dalla presenza del crocefisso nelle aule delle scuole pubbliche in un paese in cui il 75% della popolazione si professa cattolica e la religione rappresenta, non solo una fede, ma soprattutto un'istituzione culturale che permea ogni angolo delle nostre strade e delle nostre città, si sente in diritto di pretenderne la rimozione.

Tutto. Qualsiasi evento e circostanza viene posta in discussione proprio partendo dalla considerazione che una normalità, un codice, un dannato buonsenso non debba più esistere in un paese moderno e progressista.

Il buonsenso costituisce quindi la chiave per approcciare le tante problematiche che affliggono il nostro Paese sgomberando la mente da interpretazioni discutibili e settoriali e ritornando ai fondamentali, a concetti semplici e chiari che dovrebbero costituire il tessuto connettivo del

---

[2] *"Non possiamo pretendere che un africano sappia che in Italia, su una spiaggia, non si può violentare, probabilmente non conosce questa regola"*: a dichiararlo è stata *Carmen Di Genio*, avvocato e membro del Comitato Pari Opportunità della Corte d'Appello di Salerno".

https://www.ansa.it/campania/notizie/2017/09/16/carmen-di-genio-gli-immigrati-non-sanno-che-non-devono-violentare_da862c57-2418-4a32-a651-36d26812c9ad.html.

vivere civile. Concetti democratici e paritari, come quello di maggioranza che decide e di minoranza che, nel rispetto, si adegua; di libertà di opinione ed espressione (in tutte le sue forme) che ci consente di esternare i nostri punti di vista, anche scomodi, senza, per questo, essere censurati, oscurati dai *social* o inclusi in odiose liste di proscrizione; di legalità, che prevale su ogni soggettiva ed estensiva percezione del diritto. Ed è lo stesso Buonsenso che ci permette di rinvangare idee ed espressioni che ci sembravano naturali qualche anno fa e che ci venivano propinate in rapida e ripetuta successione dai nostri genitori e nonni quando ancora portavamo i calzoncini corti. Espressioni come *"prima il dovere poi il piacere"*, *"la tua libertà finisce dove inizia quella di un altro"*, *"a casa a fare il mantenuto senza lavorare o studiare non ci stai"*, *"il professore ha ragione"*, *"se non ti trovi un lavoro finisci all'angolo di una strada"* che sono diventate desuete, che cigolano e stridono come un cancello arrugginito e come i concetti di dovere, servizio, dedizione, Patria, sacrificio, gavetta, merito, tutti sostituiti dal pensiero plenipotenziario del *"diritto ad avere diritti"*.

CAPITOLO II

"L'AMBIENTALISMO"

Contra Verbosos
Noli Contendere Verbis:
Sermo Datur Cunctis, Animi Sapientia Paucis.

(non perdere tempo a combattere con gli sciocchi:
la parola è concessa a tutti, ma la sapienza a pochi)
Marco Porcio Catone (lo stesso di *"Carthago Delenda Est"*)

Nel mondo al contrario ogni ambito è posto sottosopra e i temi più cari alla società, come il rispetto della natura e dell'ambiente, subiscono quotidianamente delle amplificazioni e distorsioni tali da trasformarli da necessità per il benessere e per la prosperità del genere umano a vere e proprie religioni estremiste, assolute ed autoreferenziate. Invece di focalizzare l'attenzione sui risultati che vogliamo ottenere e sulla fattibilità degli stessi, oltre che sulla loro convenienza, la tendenza è quella di abbracciare filoni ideologici e identitari innamorandosene e sfidando le evidenze pur di portare avanti idee stravaganti che in apparenza ci qualificano come inclusivi, ecologisti, animalisti, progressisti e moderni. L'ambientalismo alla moda – quello di Greta, degli attivisti e di Ultima Generazione – sventola lo spauracchio dell'estinzione della specie e dell'apocalisse globale per spingerci ad adottare provvedimenti discutibili circa gli effetti che avranno sull'evolvere del pianeta, ma che sicuramente porteranno ad un degrado del benessere attuale in nome di un futuro che non conosciamo.

"Mi avete rubato i sogni" – tuona l'adolescente scandinava, idolo di migliaia di altri giovani infervorati. Sulle rappresentazioni oniriche non mi sbilancio, ma il tanto disprezzato progresso industriale ti ha garantito la veglia ed il più che agiato presente. Ti ha fatto nascere in un ospedale, riducendo a numeri risibili la mortalità infantile; ti ha fatto crescere in una casa dotata di tutte le comodità, permettendoti di sviluppare altre capacità che non fossero connesse con la mera sopravvivenza; ti ha consentito un'educazione, grazie alle migliaia di altri uomini che lavoravano alacremente per questo servizio e ti consente di diffondere il tuo disprezzante messaggio, nei confronti di chi ha permesso tutto ciò, attraverso dei mezzi di comunicazione che continuano ad emettere quelle tanto denigrate tonnellate di CO_2[3].

---

[3] Ambiente: email inquinano come auto o volo da Parigi a New York - Focus.it

Quanto inquina una mail? - Energit

L'ambientalismo pragmatico – quello vero – studia invece le relazioni tra l'umanità e l'ambiente inteso come ecosistema necessario per il sostegno alla vita e funzionale all'incremento del benessere umano. Considerare l'ambiente come un sistema isolato ed indipendente che dovrebbe essere preservato a prescindere non ha alcun senso ed alcuna finalità. Quest'ultima visione, peraltro, è veramente di difficile comprensione. Se dovessi preservare l'ambiente così com'è, e come Madre Natura l'ha concepito, dovrei rinunciare a lottare contro il vaiolo, prodotto squisitamente naturale; dovrei abbandonare le tecniche di irrigazione dei terreni, perché provocano la deviazione dei corsi d'acqua che naturalmente scendono verso valle; dovrei aborrire gli insediamenti urbani, perché modificano irreversibilmente l'ecosistema originale. Senza spingersi fino a queste rappresentazioni estreme, gli ambientalisti dell'ultima ora si sono trasformati in monaci integralisti che predicano forme di vita ascetiche e bacchettate e che tanto anelerebbero, in base a quanto ci propinano, al ritorno al buon selvaggio. Ripudiano il benessere prodotto dal progresso e tornerebbero, a parole, a vivere felicemente in osmosi con la Natura come tutti gli altri esseri del Creato. Una visione idilliaca, distorta e menzognera di quella che invece è una realtà ben più cruda e violenta. Un approccio che ha catturato molti seguaci che adorano la Natura osservandola dalle loro comode stanze riscaldate, dai loro veicoli che consentono spostamenti sicuri e veloci,

---

Quanto inquina la nostra vita digitale e cosa possiamo fare - Il Sole 24 ORE

consumando un tè fumante in un lussuoso bar del centro mentre, collegati in rete con altri fondamentalisti dell'ecosistema pianificano la prossima manifestazione che, creando disagi, dovrà risvegliare le coscienze del resto della malvagia umanità che non si cura del nostro mondo.

Il mondo stesso viene interpretato secondo una visione manipolata della realtà che contrappone una Natura buona per definizione ad un uomo che, invece, rappresenta aprioristicamente l'essenza del male. L'Universo, tuttavia, risponde a ben altri principi. Le più violente e distruttive manifestazioni naturali esistevano ben prima della comparsa del *sapiens*. Lo studio della terra ci rivela che erano di una brutalità inaudita. Negli ultimi 500 milioni di anni vi sono stati ben cinque sovvertimenti totali dell'ecosistema terrestre che hanno portato alla scomparsa di un ampissimo numero di esseri viventi e alla sopravvivenza di quelle sole specie considerate *"dominanti"*, ovvero, in grado di resistere e di adattarsi al nuovo habitat.

In verità, la Natura se ne frega del bene e del male! Questi due principi regolano la vita umana e sono alla base delle religioni, della filosofia, della teologia e della morale ma non esistono nell'Universo. Il mondo è caos irrazionale, disordine, entropia, susseguirsi concitato di eventi catastrofici, vuoto, temperature estreme, forze incommensurabili e, sinceramente, non si vuole complicare la vita mettendosi a disquisire anche di etica. Il dualismo uomo/natura, bene/male, artificiale/naturale deve essere sorpassato proprio concentrandosi sul fatto, di sconcertante banalità, che l'uomo è un tutt'uno con l'ambiente che lo circonda, ne fa parte, ne è intimamente ed inevitabilmente connesso. Proprio questa considerazione ha fatto nascere l'utile e produttiva coscienza ecologista pragmatica insieme alla consapevolezza che uno sviluppo sempre più avanzato del genere umano non può avere luogo se non nel rispetto di un ambiente naturale che gli offra l'indispensabile sostegno e supporto.

L'uomo non ha pulsioni avverse contro la Natura ma, come ogni altro essere che nell'ambiente lotta quotidianamente e continuamente per la propria sopravvivenza, cerca di crearsi le condizioni di vita più prospere possibile a discapito, spesso, di ciò che lo circonda. Il torto dell'uomo è quello di essere la specie dominante degli ultimi 50.000 anni e di aver acquisito una capacità di sopravvivenza e di adattamento infinitamente superiore a quella delle altre specie[4].

Analogamente, la Natura non ha pulsioni umane né sentimenti. Il leone non è cattivo perché sbrana la gazzella. La Terra non ci vuole male perché ci inghiottisce nella lava di un'eruzione vulcanica. Attribuire, molto umanamente, alla natura una soggettività giuridica e pretendere – come recentemente inserito nella costituzione dell'Ecuador – che *"la natura ha il diritto di esistere, persistere, mantenersi, rigenerarsi attraverso i propri cicli vitali, la propria struttura, le proprie funzioni*

---

[4] L'affermazione è puramente indicativa ed esula da considerazioni riferite a microorganismi, virus, batteri e mondo vegetale.

e i propri processi evolutivi", al di là dell'apparente fascino e bellezza della frase, cosa significa? Se il cosmo, sistema naturale per eccellenza, ci invia un bel meteorite che, essendo prodotto naturale e quindi soggetto giuridico, ha il diritto di impattare liberamente sulla superficie terrestre dovremmo rispettare questa prerogativa ecologica? Se l'Etna erutta e la sua colata lavica si dirige verso Catania, dovremmo assolutamente astenerci da ogni tentativo di deviarla per non ledere un processo evolutivo naturale dell'ambiente che, come soggetto giuridico, ha i suoi inalienabili diritti? Che la Natura si evolva è un fatto inesorabile, non un diritto. Di questa evoluzione fa parte l'uomo, che è un tutt'uno con la terra, e che il *sapiens* cerchi di piegare ed adattare le leggi fisiche a proprio vantaggio è alla base del progresso umano e sociale. Al contrario di quanto asseriscono i Talebani dell'ambientalismo non dobbiamo salvare il Pianeta. Senza essere scienziati sappiamo che l'azione dell'uomo, specialmente quella degli ultimi 200 anni, ha sicuramente un impatto significativo sulla Terra ma la lunghissima storia che ci precede, fatta di apocalissi ed eventi disastrosi e terribilmente violenti, ci mostra con chiarezza che Madre Natura va avanti lo stesso. Non è la terra che deve essere salvata. La Terra si salva da sola fregandosene del genere umano. La Terra ci è già passata decine di volte e recenti studi hanno dimostrato che le calotte polari si sono già fuse circa 100 milioni di anni fa alla fine del Cretaceo. Solo che, nella mente distorta di qualche ecologista della domenica lo sconvolgimento del Cretaceo era naturale e quindi "*buono*" a prescindere.

Siamo noi che dobbiamo salvarci! È il genere umano che deve trovare il modo per continuare a vivere in simbiosi con l'ambiente che lo circonda sfruttando al massimo tutte le risorse a disposizione per continuare, nel tempo, ad accrescere continuativamente il proprio benessere. Per quanto possa essere una considerazione all'apparenza cinica e utilitaristica, il genere umano deve continuare a evolversi e a progredire sfruttando e, al tempo stesso, preservando tutto ciò che gli consenta di farlo. Deve adattarsi – come lo ha sempre fatto sino ad ora – all'evoluzione di un pianeta che negli ultimi 50.000 anni integra nelle sue trasformazioni i cambiamenti causati dall'azione antropica. Considerare l'azione dell'uomo come aliena all'evoluzione del pianeta è un astrattismo ermetico ed irrazionale che ci riporterebbe alla lotta tra bene e male di cui i sistemi fisici e naturali sono totalmente avulsi.

Ora, piuttosto, dobbiamo fare i conti con l'accelerazione impressionante che negli ultimi 200 anni l'azione dell'uomo ha provocato nell'evoluzione dell'ambiente, ma il paradigma non cambia, è solo un problema di tempo e di velocità. Il clima è sempre cambiato, dall'origine della Terra, e tutti gli esseri viventi si sono adattati a questi mutamenti oppure si sono estinti. Il clima continuerà a cambiare, lo sanno tutti, basta aprire gli occhi: i Russi stanno investendo centinaia di miliardi in infrastrutture per il potenziamento delle rotte navali polari, quelle che un tempo erano bloccate dai ghiacci per sei mesi all'anno. I futuri traffici commerciali delle economie asiatiche si espanderanno dove prima orsi polari cacciavano foche[5]. Se la velocità del cambiamento climatico impazzisce, come sembra sia il caso negli ultimi 50 anni, allora dobbiamo parimenti accelerare la nostra adattabilità con dei provvedimenti immediati e concreti che producano effetti altrettanto repentini.

Anche perché, se ci abbiamo messo 150 anni ad incrementare la temperatura planetaria di 1,3 gradi con le emissioni di gas climalteranti, necessiteremo di almeno altrettanto tempo per potere apprezzare gli effetti benefici di una loro eventuale riduzione – ammesso che sia possibile, nelle attuali condizioni complessive che vedono 5 miliardi di persone che anelano ad uno sviluppo sociale, economico e industriale. Molto più urgente, allora, adattarci ai cambiamenti e procedere contestualmente con tutte quelle azioni di mitigazione che, senza farci tornare all'era preindustriale o ridurci in povertà, ci consentano progressivamente di risparmiare quelle tanto deprecate tonnellate di CO_2.

Le precipitazioni d'acqua, per esempio, possono essere considerate quasi una costante nell'anno solare, quello che è cambiato è la finestra temporale nella quale avvengono: prima erano spalmate in maniera quasi omogenea, adesso, dopo mesi di siccità in 96 ore cade l'acqua che prima veniva giù in sei mesi. Questo avviene ormai da minimo un ventennio ma gli invasi per trattenere l'acqua piovana e le dighe per regolare il flusso dei fiumi e

---

[5] Geopolitica delle rotte Nord | ISPI (ispionline.it)

dei torrenti non le abbiamo realizzate. L'acqua che ha spazzato via le auto e allagato i campi in Romagna è la stessa che avrebbe potuto salvare città, coltivazioni, allevamenti e agricoltori dal rischio siccità nei periodi caldi. Invece di pensare agli energivori dissalatori, gli invasi rappresentano l'uovo di Colombo per mitigare l'alternarsi ormai inevitabile di alluvioni e siccità oltre che consentire, in determinate condizioni, anche di produrre energia pulita. Ma ogni progetto viene ostacolato dai verdi, dagli ambientalisti, dagli amanti degli animali, dagli eco-ansiosi, dai progressisti, dai sostenitori delle trote e delle anguille, dai protettori delle lontre e dai fanatici della legge sulla restaurazione della Natura, tanto cara a Timmermans, che le dighe le vorrebbe distruggere per lasciar libero il passo a salmoni e lamprede. La diga di Vetto, vicino a Reggio Emilia, ne è un esempio eminente e chiarissimo: un progetto degli anni '80 mai portato a termine. Nel 1988 cominciano i primi lavori con l'obiettivo di creare una riserva idrica di 100 milioni di metri cubi essenziale per lo strategico settore agricolo della zona – patria del Parmigiano e di tantissimi altri prodotti DOP che esportiamo in tutto il mondo – di proteggere le località a valle dalle esondazioni e di produrre anche energia idroelettrica "pulita". Dopo 35 anni e una infinità di ricorsi, boicottaggi, picchettaggi, *sit-in* di ambientalisti a difesa di lontre, faine, rospi, e insetti vari non se n'è ancora fatto nulla. Solo ad aprile scorso Enrico Ottolini – capogruppo di *Europa Verde* – ribadisce il no all'opera che risolverebbe il problema della siccità nell'operosa Emilia. E dire che la diga tratterrebbe l'ottima acqua potabile che viene giù dall'Appennino e che ora viene riversata in mare, evitando che la stessa quantità di acqua venga anti-ecologicamente prelevata a profondità sempre maggiori dalle falde oppure pompata dall'ormai sempre più esanime ed inquinato fiume Po. Così, anche, altre opere incompiute come la diga di Melito, in Calabria e la diga di Gibbesi, in Sicilia, e potrei citare altre cento infrastrutture idrauliche alla cui realizzazione frotte di ecologisti della domenica hanno fatto la guerra irrigidendosi su posizioni intransigenti, ideologiche, irrealistiche e controproducenti per l'ambiente. L'Associazione Nazionale per la gestione dei Bacini sostiene che, solo nell'infuocato e riarso Sud, sarebbero circa trenta le opere idrauliche vittime dell'ideologia ambientalista.

Nel 2018, nella bellissima val di Fiemme, in Trentino, in poche ore più di quasi due milioni di metri cubi di alberi sono stati spazzati via come stuzzicadenti da raffiche di vento fino a 190 km/h. Stesso scenario in formato ridotto a luglio scorso, con centinaia di alberi frullati in aria nel Cadore e nel Bellunese. A Roma i bellissimi, alti e fronzuti pini marittimi stramazzano sempre più di frequente su tetti e auto parcheggiate a causa della forza della natura che negli ultimi anni non cessa di prendere vigore. I nubifragi avvenuti il 25 luglio scorso nel Nord Italia hanno causato gravissimi danni ad abitazioni, case, autoveicoli e la morte di quattro persone anche a causa di molti imponenti alberi che a Milano, ed in altri centri urbani, si sono abbattuti sulle strade e nelle città. Ma con queste premesse che ormai imperversano da anni ha senso continuare a piantare alberi ad alto fusto lungo le strade cittadine? Piantiamo oleandri, aranci selvatici, piccoli alberi, piante e arbusti, ma evitiamo gli alberi di "prima grandezza" (possono superare i 30 metri di altezza), i cedri del Libano, i platani, le querce rosse o i colossi vegetali che se sradicati combinano tragedie e putiferio. Invece, il sindaco Sala lancia l'iniziativa *"forestaMi"* per piantare 3 milioni di alberi ad alto fusto non solo nei parchi, ma lungo le strade della città. Che bell'adattamento ai cambiamenti climatici!

Se ormai da anni superiamo o ci avviciniamo ai 40 gradi in estate non ci vuole un genio per capire che in molte situazioni è maggiormente indicato lavorare di notte. Ho servito in Iraq, complessivamente, per quasi due anni e, nei mesi estivi, quando le temperature superano i 50 gradi all'ombra e quando a toccare il fucile a mani nude ci si ustiona, le forze militari irachene che addestravamo svolgevano l'attività *"esterna"* dalle quattro alle nove del mattino. Si riusciva ad impegnarle in attività teorica all'interno di locali condizionati ancora per qualche ora ma il resto della giornata era dedicata al riposo. Nei paesi mediterranei avremmo potuto organizzarci strutturalmente da tempo per consentire questo slittamento dell'orario di lavoro estivo senza, ogni estate, lamentarci di quanto sia improponibile "faticare" con la canicola. I nostri nonni, soprattutto al sud dello Stivale, abbassavano le serrande dall'una alle cinque del pomeriggio e si concedevano la "siesta", ma loro vivevano a contatto con la Natura e forse, proprio per questo, erano molto più saggi di noi.

Quasi tutte le case italiane costruite prima degli anni cinquanta erano dotate di ampio sottotetto che creava un vano per migliorare l'isolamento termico e favorire la ventilazione. Se, affamati di spazio e ingordi di denaro, abbiamo convertito questi vani in mansarde abitabili con tanto di progetti di *"recupero abitativo dei sottotetti"* ora non possiamo lamentarci che ci si puzzi dal freddo in inverno e ci si boccheggi in estate e che i sistemi di climatizzazione utilizzati per condizionare questi locali ci facciano spendere una barcata di soldi oltre che emettere un'enormità di CO_2. Più che un adattamento che ci consentirà di salvarci sembrerebbe una pericolosa ed iniqua sfida alla Natura che cambia.

Se continuiamo a proibire gli organismi geneticamente modificati sarà molto arduo selezionare e sviluppare quelle specie vegetali molto più resistenti al calore e in grado di crescere con poca acqua tali da garantirci raccolti soddisfacenti anche nelle condizioni climatiche che verranno.

Per salvarci dobbiamo mettere sul piatto della bilancia il benessere e le condizioni di vita che abbiamo oggi con quelle che vorremmo avere domani. Perché – togliamocelo dalla testa – non convinceremo nessuno a regredire, a rinunciare al livello di benessere raggiunto sino ad oggi o a pagare prezzi incalcolabili per ottenere gli stessi o minori benefici.

Secondo moltissimi sondaggi d'opinione la questione climatica e i temi ambientali sono in testa alle preoccupazioni degli Italiani, ma se chiedete loro di rinunciare all'automobile, al riscaldamento, a *internet* e ai viaggi in aeroplano vi diranno di no! E la risposta sarà la stessa se chiedeste loro di pagare prezzi notevolmente più alti per queste comodità. Potremmo tuttavia avere maggiore successo nel pianificare a lungo termine un progresso che ci consenta di continuare ad incrementare il benessere in maniera costante per i moltissimi anni a venire senza salassare i cittadini.

Lo sviluppo sostenibile introduce scelte complesse perché ci impone di valutare quali costi siano accettabili oggi in funzione dei benefici per le prossime generazioni e fa entrare in gioco, oltre alla Natura, la compatibilità economica e sociale delle scelte da intraprendere. Anche perché, se c'è un nemico dell'ambiente quello è sicuramente la decrescita economica, il sottosviluppo e la povertà. L'idea totalmente errata che viene messa in circolazione è che l'inquinamento del mondo sia causato dai paesi ricchi e sviluppati che, con le loro industrie e l'agricoltura intensiva, avvelenano il mondo. I paesi poveri sarebbero le vittime impotenti di questo ingiusto sistema di sfruttamento e di disuguaglianza. L'uomo comune, quello della strada – soprattutto se progressista e impregnato di ideologia piuttosto che di conoscenza – beve questa idiozia come se provenisse dalla fonte della verità. Nella realtà, invece, è la povertà e il sottosviluppo a produrre più di ogni altro l'inquinamento. Secondo lo studio dell'università statunitense di Notre Dame, prendendo in considerazione la presenza e la diffusione di inquinamento tossico[6] nei terreni, nell'acqua e nell'atmosfera, i paesi più poveri sono di gran lunga quelli

---

[6] Tutti i tipi di inquinamento esclusa la CO_2 considerata non tossica

più contaminati[7]. In una completa e dettagliata indagine circa l'inquinamento atmosferico fatta nel 2018 dall'Organizzazione Mondiale della Sanità (OMS)[8] e non da congreghe di industriali, di capitalisti o di massoni, il fenomeno è illustrato con estrema chiarezza: il 90% delle morti correlate all'inquinamento atmosferico avvengono in paesi indigenti e in via di sviluppo, soprattutto in Africa e in Asia. Il documento svela come tre miliardi di poveri si riscaldino, cucinino e provvedano ai bisogni basici per la loro sopravvivenza bruciando combustibili altamente inquinanti soprattutto all'interno delle loro abitazioni. La cosa non mi stupisce: quando ero a Kabul, per riscaldarsi durante i freddissimi inverni tipici della quota alla quale si trova la città, moltissimi abitanti bruciavano pezzi di plastica e di copertone di camion o di automobile. Sempre in Afghanistan, nella piana di Bakwa – che in aprile si tinge di violetto per le distese coltivazioni di papaveri da oppio – si brucia sterco di animali all'interno delle capanne di fango dai tipici tetti a cupola. Il documento dell'OMS è di una chiarezza disarmante attribuendo proprio a questi comportamenti la quasi totalità delle morti da inquinamento. La stessa ricerca, contestualmente, rivela come nei paesi industrializzati l'inquinamento atmosferico sia invece minimale e in progressiva diminuzione[9]. Riduzione dello smog iniziata decadi fa e non da quando

---

[7] Inquinamento, la mappa dei paesi più a rischio - Wired | Wired Italia

[8] 9 out of 10 people worldwide breathe polluted air, but more countries are taking action (who.int)

[9] *"In general, ambient air pollution levels are lowest in high-income countries, particularly in Europe, the Americas and the Western Pacific"*.

sindaci illuminati, inclusivi e progressisti si sono inventati i limiti di trenta all'ora, i monopattini elettrici e le zone C. Il rapporto dell'Agenzia Europea per l'Ambiente, sia nella sua versione del 2016[10] che in quella attuale[11], conferma che l'inquinamento atmosferico in Europa ha subito drastiche diminuzioni a partire dal 1990. A seconda della classe degli inquinanti si parla di riduzioni del 17% riferite alle emissioni di derivati dell'ammoniaca e dell'82% degli ossidi di zolfo. Respiravamo molto peggio noi da ragazzini nelle città degli anni '70-'80 che i nostri figli o nipoti oggi. Non sarebbe stato neanche necessario scomodare l'Agenzia Europea per l'Ambiente per constatare questa banalità perché, chi ha qualche capello bianco, può testimoniare che Milano non è più la città dello smog che traspariva dalle illustrazioni di Dino Buzzati o dalle descrizioni dei cronisti in pieno boom economico. Anche gli ultimissimi dati sono concordi: L'Eurostat fotografa, infatti, un calo delle emissioni di anidride carbonica per usi energetici nell'UE del 2,8% rispetto al 2021, una diminuzione analoga a quella avvenuta in Italia. Anche questa è una realtà che viene quotidianamente capovolta nei racconti che ritraggono allarmisticamente una situazione di inquinamento atmosferico in costante peggioramento. Ma i fondamentalisti dell'ambiente, con in testa l'ex Ministro Alfonso Pecoraro Scanio, sostengono che l'aria sia sempre troppo inquinata nelle nostre città e sia responsabile, solo in

---

[10] Emissions of the main air pollutants in Europe — European Environment Agency (europa.eu)

[11] Emissions of the main air pollutants in Europe (europa.eu)

Italia, di novantamila morti premature. Anche questa è una interpretazione parziale dei dati che porta ad una visione distorta di quella che invece è la realtà. Statistiche alla mano, infatti, l'aspettativa di vita negli ultimi 50 anni non ha fatto che crescere nel Belpaese passando dai 70 anni, del 1960, agli 83 del 2019[12] e suggerendo che, per quanto l'inquinamento possa essere ancora causa di patologie fatali, l'indotto, il benessere e la ricchezza che vengono create – anche inquinando – ci portano complessivamente a vivere di più e meglio! La ricerca, l'innovazione tecnologica, la sanità, gli ospedali, l'istruzione, le strutture che consentono migliori condizioni di vita vengono finanziate con denaro ricavato da attività "inquinanti", ma il saldo complessivo è decisamente positivo. Ci sono tantissimi fattori che influiscono sulla longevità e una recente graduatoria vede in cima alla lista degli Stati con i cittadini più sani e anziani Svizzera, Italia, Giappone, Islanda e Spagna evidenziando, ancora una volta, che il parametro che accomuna tutte queste nazioni è la loro ricchezza. Nei paesi poveri, per quanto incontaminati, la gente crepa giovane! In Papua Nuova Guinea, che passa per essere tra i posti più vergini della terra, l'aspettativa di vita alla nascita è di 67 anni, ben inferiore a quanto lo fosse in Italia agli albori del boom economico.

Anche durante un mio recente viaggio in Lussemburgo ho notato che tutti i mezzi di trasporto, compresi i treni, sono gratuiti nel territorio del Ducato. Questa iniziativa disincentiva sicuramente l'impiego delle auto diminuendo

---

[12] https://statisticsanddata.org/it/data/aspettativa-vita-italia/

l'inquinamento generale prodotto nel piccolo stato che assurge a simbolo e a modello di cultura ecocompatibile. Ma il Lussemburgo si può permettere questa politica dei trasporti perché è il paese con il PIL pro capite decisamente più alto del Vecchio Continente[13].

Non vi è rispetto dell'ecosistema senza ricchezza e benessere! Greta è svedese, non certo afgana o di Port au Prince. Proviene da uno dei paesi con il PIL pro capite più alto del mondo. In tutta il mio viaggiare nei paesi meno sviluppati di quelli europei non ne ho visto uno che abbia maturato una coscienza ambientalista. Dovunque sia stato in Africa ho sempre visto roghi di immondizia. Il riciclo dei rifiuti, la raccolta differenziata, le automobili verdi, le case a emissioni zero, le fognature con trattamento delle acque reflue, l'attenzione nell'impiego di detersivi e tensioattivi esistono solo nei paesi ultraricchi. La lotta per la sopravvivenza e per garantirsi i bisogni essenziali non lascia spazio alla tutela dell'ecosistema. Chi stenta a vivere nel presente non si occupa delle generazioni future ma sbarca il lunario affidandosi al destino, a Dio e alla fortuna. Siamo un miliardo di fortunati benestanti contro 7 miliardi di uomini che stentano a sopravvivere. L'ecologia è figlia del benessere, come l'animalismo e l'alimentazione vegana. Non possiamo squassare quello che abbiamo oggi e che ci consente di vivere egregiamente ripiombando in una

---

[13]   https://www.rgs.mef.gov.it/VERSIONE-
I/e_government/amministrazioni_pubbliche/igrue/PilloleInformative/ec
onomia_e_finanza/index.html?Prov=PILLOLE

condizione di sopravvivenza in nome di una vaticinata catastrofe. Inoltre, le nuove energie, le trasformazioni e i cambiamenti costano – e costano anche molto – e se ci autoimponiamo una decrescita economica per inseguire obiettivi ideologici non avremo le risorse necessarie per finanziarli.

La petizione che richiede lo stop immediato a nuovi impianti di estrazione di derivati fossili, firmata a gennaio scorso da quasi un milione di "gretini" e consegnata al *World Economic Forum* di Davos, è una vera condanna al suicidio economico ed industriale. Rinunciare ai combustibili fossili oggi, senza un adeguato e altrettanto efficiente sistema energetico alternativo, non rappresenta una soluzione ma una follia. Con le energie rinnovabili, che occupano circa il 15% dell'energia totale prodotta al mondo, non possiamo pensare di invertire la rotta in pochi anni. Se volessimo contrarre i tempi della transizione energetica dovremmo probabilmente incrementare oggi le emissioni di biossido di carbonio per raggiungere più rapidamente quel punto critico, quel *tipping point* che ci consentirebbe, una volta superato, di procedere per inerzia. Dobbiamo produrre milioni di pannelli solari, di pale eoliche, di batterie, dobbiamo cavare metalli rari, trasportarli e distribuirli, dobbiamo adeguare le reti elettriche e le infrastrutture. Come possiamo fare tutto ciò prescindendo dai combustibili fossili, considerato che solo il 15% dell'energia prodotta oggi è verde? Ecco perché, in Cina, a fianco di un'accelerazione sensibile dello sviluppo delle rinnovabili vi è un altrettanto sensibile incremento delle centrali a carbone: perché senza l'energia e le risorse che oggi ci possono fornire solo le fonti cosiddette inquinanti non riusciremo mai a generare quel sistema che ci consentirà di produrre potenza in modo ecologico in futuro. Volendo rappresentare graficamente e semplicemente la nostra situazione, è come se ci trovassimo a bordo di un veicolo in salita diretti verso il culmine del pendio superato il quale ci aspetta una lunga discesa che ci consente di progredire a motore spento. Per raggiungere la tanto agognata cima – che fuori dalla metafora rappresenta il momento in cui le energie rinnovabili saranno in grado di sostituire quelle fossili – non posso spegnere il motore adesso per ridurre l'inquinamento altrimenti finirei con l'andare indietro e non raggiungere mai la vetta. Se mantengo una velocità costante raggiungerò il crinale in un determinato tempo e con un determinato tasso d'inquinamento. Se voglio accorciare i tempi, come tutta la pletora ambientalista impone, devo spingere a fondo sull'acceleratore, spalancare le valvole di scarico e produrre maggiore inquinamento ora per raggiungere la cima nel minor tempo possibile. Strano che questa semplice e più che comprensibile immagine non entri nella testa di chi oggi predica di lasciare immediatamente i combustibili fossili. Bizzarro, anche, che questi stessi puristi si oppongano al nucleare che rappresenta l'unica alternativa per raggiungere quella tanto agognata cima in sicurezza e inquinando il meno possibile.

Alcuni dati macroeconomici hanno il pregio di concretizzare sotto forma di freddi, ruvidi ma inconfutabili numeri quanto appena asserito. Secondo la Banca Mondiale negli ultimi 15 anni – più precisamente dal 2008 al 2022 – il PIL dell'Unione Europea è cresciuto del 20% (da 14.000 a 17.000 miliardi di dollari), quello degli Stati Uniti è quasi raddoppiato (da 14.000 a 25.500 miliardi) e quello della Cina è quadruplicato (da 4500 a 18.000 miliardi) [14]. Chi inquina di più cresce anche molto di più e divora ampie quote di mercato a chi, masochisticamente, si autolimita con direttive e regolamenti insostenibili. In poche parole: i provvedimenti *green* dell'Unione Europea hanno fortemente contribuito a trasformare il Vecchio Continente da produttore netto a consumatore netto di beni andando a distruggere la nostra capacità produttiva. L'Europa verde che distrugge la propria industria e impone provvedimenti costosissimi, e spesso di dubbia utilità, per cercare di inquinare di meno sul proprio territorio va poi a comprare da chi produce a tassi d'inquinamento infinitamente superiori ai nostri con due conseguenze immediate: un incremento globale di emissioni, dovuto alla delocalizzazione della produzione in paesi a bassa tecnologia e a bassa coscienza ambientale; un impoverimento dell'Europa che, paradossalmente, minerà in futuro la capacità stessa dell'Unione di tutelare l'ecosistema. Capitali, scienza e innovazione tecnologica sono le tre componenti essenziali per la transizione energetica, il resto serve a solo riempire i salotti dei *talk shows* ma non incrementerà di un'oncia la nostra capacità di influenzare l'evolversi del pianeta.

---

[14] https://data.worldbank.org/

Ma a che ora è la fine del mondo? Pochi giorni fa un militante di "Ultima Generazione" mostrava sullo schermo del suo computer il conto alla rovescia che ci separa dalla catastrofe giustificando la necessità di fermare industrie, traffico, riscaldamento e produzione per salvare il genere umano. Questo *"climate clock"*, che raffigura il punto di non ritorno materializzando il termine preciso entro il quale, se non facessimo nulla, l'Apocalisse diventerebbe inevitabile, altro non rappresenta che una mistificazione strumentale e allarmista che non ha alcuna base scientifica. Non riusciamo a prevedere con esattezza se fra una settimana pioverà o ci sarà il sole ma crediamo di essere in grado di individuare il momento dell'*Armageddon* con anni di anticipo? La scienza, quella vera, dice ben altro riguardo i cambiamenti climatici. Nessuno studioso ha ancora individuato il momento dell'autodistruzione. La scienza ipotizza le conseguenze di un riscaldamento progressivo senza tuttavia mai citare l'implosione planetaria. L'idea bislacca del punto di non ritorno deriva dal rapporto del *Intergovernmental Panel on Climate Change* che, nel 2018, affermava che tagliando le emissioni globali di anidride carbonica del 45% entro il 2030 avrebbe comportato la ragionevole speranza di contenere il riscaldamento globale entro il limite di 1,5 gradi stabilito quale obiettivo alla conferenza di Parigi del 2015. Solo la malafede o l'ignoranza poteva trasformare questa considerazione in un termine improcrastinabile che, se non rispettato, avrebbe scatenato le ire dell'universo. In sordina, infatti, la stessa Greta Thunberg fa sparire il tweet del 2018 nel quale proferiva che la fine del mondo a causa dei combustibili fossili sarebbe avvenuta nel 2023. Citava, nel suo post, un altro bislacco alchimista di Harvard, il docente in chimica meteorologica James Anderson, che condannava all'estinzione la razza umana se non si fossero risolte le problematiche del cambiamento climatico nel giro di 5 anni. Ma io che sono un po' malizioso credo che questa ossessiva mania di terrorizzarci con prospettive apocalittiche abbia ben altri fini connessi sempre al vile denaro. Tutte queste pseudo organizzazioni e confraternite, infatti, oltre a chiederci di adottare uno stile di vita ascetico e al contempo carissimo e dispendioso, ci domandano insistentemente donazioni, oboli, partecipazioni ed offerte. Per i malati del clima dobbiamo lavare la nostra "responsabilità storica" e il peccato originale di essere nati in case riscaldate e di muoverci a bordo di automobili comprando altri mezzi che ci costeranno moltissimo, abbandonando le comodità conquistate da decenni e, soprattutto, finanziando i sodalizi di eco-forsennati. La paura della morte, della distruzione, dell'implosione planetaria, della fine del mondo serve, pertanto, a farci accettare tutto quello che normalmente una persona ragionevole non sarebbe disposta a intraprendere o a subire proprio perché non rispondente a criteri di logica, razionalità e convenienza. La conosciamo dalla notte dei tempi questa strategia adottata da quasi tutte le religioni e che, in formato ridotto, ci veniva riproposta dai nostri nonni quando, per farci stare buoni, ci intimorivano con l'avvisaglia dell'uomo nero, del lupo o dal bau-bau. L'ultima trovata dell'eco-ansia, diffusa tramite filmati, video e riprese di giovani attrici che, tra lacrime e patetici sospiri, asseriscono di essere afflitte da un terribile disagio inabilitante che impedirebbe loro ogni sorta di programmazione e di fiducia nel futuro a causa dell'imminente catastrofe climatica, va proprio in questa direzione. La recente intervista tragicomica di fronte al Ministro Pichetto Fratin della volubile ragazza dai lunghi capelli mori che irrompe in un pianto incontenibile a causa dell'ansia climatica ha del grottesco: ogni anno muoiono 3000 persone sulle strade solo in Italia; se ti azzardi ad avventurarti di notte in una stazione ferroviaria di una delle nostre metropoli hai una buona probabilità di essere stuprato o derubato; il Vesuvio ed i Campi Flegrei potrebbero detonare in qualsiasi momento ed inghiottire milioni di partenopei tra cenere e lapilli; a solo un paio di migliaia di chilometri dalle nostre frontiere si combatte una guerra che potrebbe evolvere in pochi minuti in un conflitto termonucleare planetario e la meteoropatica ambientalista si dispera per le previsioni climatiche? Potendo interloquire con la ragazza le avrei consigliato di farsi un giro in Sudan, in Somalia, in Libia, ad Haiti, in Afghanistan o in Siria per immunizzarsi da questo suo malessere ambientale. Avrei anche dispensato uno spassionato consiglio per utilizzare meglio le scariche di adrenalina indotte da questa sua paura per i cambiamenti climatici. Le avrei suggerito di studiare, di studiare molto materie come ingegneria, fisica, chimica, geologia e informatica per rendersi protagonista della transizione del futuro e per incrementare la ricchezza materiale del paese. Frignando e manifestando non si risolve niente, quello che occorre sono grandissimi capitali da investire – disponibili solo se il paese è ricco – e un'avanzatissima innovazione tecnologica che ci consenta, al più presto, di soppiantare l'energia prodotta da fonti fossili. Tuttavia, con più calma, viene a galla che la tenera figliuola, che sembra uscita dalla saga della famiglia *Adams*, si chiama Giorgia Vasaperna, ha 27 anni e si definisce "femminista, scrittrice, attrice, viaggiatrice, vegetariana". La sua parte l'ha recitata scegliendo come palcoscenico la Sala Blu del Gifoni festival.

Non ci sono termini da rispettare ma solo bilanci da redigere per capire la fattibilità e la convenienza delle azioni da intraprendere oggi per garantirci un costante progresso nel futuro. Il termine improcrastinabile è solo nei neuroni malandati dei forsennati dell'ambiente che, guarda caso, vengono finanziati per condurre le loro plateali e dannose manifestazioni dai magnati d'oltre oceano. Le proteste sono sostenute dal *Climate Emergency Fund*, con sede nella ricchissima ed esclusiva Beverly Hills, in California. L'organizzazione elargisce mazzette di bigliettoni per mobilitare gli attivisti soprattutto nel Vecchio Continente e nel civilizzato "Occidente", perché in Cina, Russia e India tali espedienti non funzionano. Denaro che alimenta la violenza delle imprese di questi sobillatori: blocchi del traffico, vernice sui palazzi governativi, salsa di pomodoro su opere d'arte e nero inchiostro nella Barcaccia del Bernini e nella Fontana di Trevi non sono certo una bella espressione di democrazia e di rispetto del prossimo. Un risicatissimo gruppo minoritario che vuole imporre la propria discutibile visione del mondo alla quasi totalità della popolazione che la pensa diversamente è caratteristica dell'autoritarismo e delle dittature. Sembra, perfino, che si svolgano degli *stages,* con la partecipazione di esperti ed avvocati, per dispensare gli insegnamenti appresi dalle precedenti esperienze ed efficientare quegli atti delittuosi che chiamano "disubbidienza civile". Alle urne, almeno in Italia, i cittadini si sono espressi chiaramente e dai recentissimi sondaggi sulle intenzioni di voto non emergono sostanziali scostamenti. Quelli che non hanno voluto esprimersi, il partito degli astenuti, ha deliberatamente delegato le decisioni a chi invece si è avvalso del diritto di voto conquistato nei secoli. L'assurdità del nostro mondo è quella di trovarsi di fronte a gruppi disarticolati di individui che si atteggiano nel ruolo di vittime fino a prevaricare le istanze della maggioranza che ne esce impotente e soggiogata per le discutibili regole di tolleranza e inclusività imposte da altre minoranze.

Queste sono le contraddizioni assurde di un ambientalismo bacato, quelle che allontanano la popolazione dalla giusta sensibilità verso l'ambiente e che alimentano gli appelli per l'assunzione di decisioni irrealizzabili e fallimentari. Partendo proprio da queste scellerate impostazioni ideologiche, che ribaltano completamente i termini del problema, l'ambientalismo degenerato si è impegnato strenuamente in battaglie perse, onerose per la collettività e, perfino, controproducenti nei confronti della tutela ambientale creando un fronte del no che si oppone a tutto senza tuttavia proporre un'alternativa viabile ed efficace.

Primo fra tutti, il rifiuto del nucleare consolidatosi in pieno boom industriale. Dopo lo shock petrolifero del 1973, infatti, molte nazioni videro giustamente nel nucleare la possibilità di ottenere energia a basso prezzo ed a relativo basso impatto ambientale. I movimenti ambientalisti si schierarono unanimi e la lotta contro l'energia nucleare costituì il cavallo di battaglia degli imberbi movimenti verdi ed ecologisti. Mi ricordo benissimo, da bambino, gli adesivi gialli con il sole ridente e la scritta *"Nucleare? No grazie"*. L'opposizione verde all'atomo, condita con molta ideologia e con l'appoggio di tutte le sinistre, sfociò con la rinuncia da parte di alcune nazioni all'energia nucleare. L'Italia, con il partito comunista più forte d'Europa, non si fece mancare quest'occasione e, tramite un referendum indetto all'indomani dell'incidente di Chernobyl rinunciò allo sfruttamento energetico dell'atomo nonostante fosse uno dei paesi più avanzati nello studio e nella sperimentazione nucleare. Ricordo ancora il mal di pancia con cui il mio professore di Fisica-1 commentava la decisione presa all'indomani del plebiscito. Aveva ragione. L'esito di questa battaglia antinucleare è stato grottesco e controproducente favorendo l'esponenziale sviluppo dell'energia basata sui combustibili fossili, incrementando l'inquinamento ambientale e l'emissione di gas serra ed ampliando la dipendenza di tutti quei paesi non produttori di petrolio, carbone e gas. Già gli studi di quei tempi, corroborati dalle statistiche disponibili ai giorni nostri, dimostrano che lo sfruttamento dell'energia nucleare comporta emissioni di gas serra e di inquinanti comparabili a quelle dell'energia idroelettrica ed eolica, implica un impiego del suolo minore degli impianti eolici e solari e può adeguatamente risolvere il problema delle scorie radioattive sfruttando i depositi geologici in profondità. In merito alla tanto paventata pericolosità degli impianti – udite, udite – anche considerando i due grandi incidenti di Chernobyl e Fukushima, il nucleare si conferma come la forma di energia più sicura ed affidabile al mondo e, in base ad un calcolo che prende in considerazione i morti per terawattora di energia prodotta, secondo solo al solare ed infinitamente più sicuro dello sfruttamento dei combustibili fossili, delle biomasse, del gas e dell'idroelettrico[15]. Sembrerebbe che tale ovvietà – se non Italia – sia stata finalmente compresa anche dall'Unione Europea che ha inserito il nucleare all'interno della tassonomia verde e che lo considera una fonte energetica ammissibile per produrre l'idrogeno "verde e rinnovabile". Se quanto descritto non bastasse per sottolineare l'assurdità dell'ambientalismo ideologico, in tutte le nazioni che hanno seguito la scelta verde, ripudiando il nucleare, si è recentemente avverata la legge del contrappasso: a causa dell'assenza di una possibile alternativa nucleare per sopperire alle carenze di gas imposte dalle tensioni geopolitiche tra Russia e occidente si è ritornati al carbone, che è la fonte di energia acclaratamene più inquinante e più letale che esista nel globo. Secondo i dati dell'Agenzia Internazionale dell'Energia, in Italia l'anno scorso, la quota di energia prodotta dal più inquinante dei fossili sul totale della domanda elettrica è passata dal 3% al 7%. La Germania è apparsa per giorni in cima alle cronache

---

[15] Death rates per unit of electricity production (ourworldindata.org)

dei giornali per le manifestazioni e la presenza di Greta e dei suoi seguaci in uno dei siti destinati a diventare un'enorme miniera di carbone. Neanche il Regno Unito sfugge allo schema: dopo aver chiuso l'ultima miniera di carbone nel 2015, la scorsa primavera il governo di "Sua Maestà" ha autorizzato l'apertura della prima miniera di carbone da tre decenni a questa parte. Un nuovo giacimento ricco di "*coke*" che servirà non tanto alle centrali elettriche, ma per produrre energia "a buon mercato", destinata per lo più alle caldaie delle acciaierie del Regno Unito.[16] Come se non bastasse, il premier inglese Sunak ha recentissimamente annunciato l'approvazione di cento nuove trivellazioni nel Mare del Nord per ricerche di petrolio e gas. Anche Tafazzi si farebbe una risata!

Altra battaglia persa è stata quella contraria alle biotecnologie e all'introduzione di organismi geneticamente modificati nel settore agroalimentare. Nonostante l'incremento esponenziale della popolazione mondiale – prodotto dal tanto deprecato progresso inquinante – e la conseguente incalzante necessità di aumentare e migliorare la produzione agricola, lo schieramento verde ha unanimemente bocciato il ricorso alle biotecnologie. Queste, invece, si sono rivelate efficacissime nel moltiplicare la redditività per unità di terreno e nel rispondere, quindi, alla crescente domanda di prodotti alimentari per una popolazione in costante ed inesorabile crescita. Le motivazioni ambientali alla base di questa scelta

---

[16] Articolo di Luca Pagni apparso su Repubblica il 13/02/23

sono, a dir poco, ascientifiche. La prima tesi, che capovolge totalmente la realtà, è stata quella di pretendere che la natura ci fornisse già tutto quello di cui abbiamo bisogno e che, quindi, non andasse assolutamente modificata. Peccato che, da sempre, gli agricoltori per ottenere organismi più robusti hanno eseguito incroci arbitrari tra specie vegetali e animali di diversa provenienza geografica ottenendo esseri con nuove caratteristiche generate proprio dalle mutazioni a livello genetico. Dall'alba dei tempi, quindi, l'ingegno umano e l'uso di tecnologie sempre più avanzate hanno permesso il miglioramento qualitativo e quantitativo dei raccolti e, di conseguenza, hanno incrementato la sicurezza alimentare. La possibilità di mischiare pezzi di DNA appartenenti a specie o "regni" animali e vegetali differenti non è qualcosa di bizzarro, anzi, proprio noi *sapiens* condividiamo gran parte dei nostri geni con molti altri organismi del Creato. Come molte altre scienze, l'ingegneria genetica nasce dalla comprensione e gestione di un fenomeno del tutto naturale. Ogni organismo attualmente vivente è "geneticamente modificato" poiché ha subito nel tempo profonde e naturali modifiche genetiche. Gli incroci e le selezioni che dalle piante selvatiche hanno portato alle specie coltivabili conosciute ed impiegate oggi ne sono una dimostrazione evidente e lampante. L'ingegneria genetica non fa nulla di diverso rispetto alla Natura ma lo fa in modo più strumentale e preciso: infatti, solo una minuscola parte del corredo cromosomico viene modificata in maniera specifica con lo scopo di ottenere un determinato risultato. Il primo schiaffo agli ambientalisti proviene dalla comunità scientifica che, sul tema OGM, è tutt'altro che divisa e che, in base agli studi effettuati nell'ultimo ventennio, ha confermato che gli OGM sono da considerarsi sicuri almeno quanto i prodotti tradizionali. l'*American Association for the Advancement of Science*, *l'American Medical Association*, la *National Academies of Sciences* e la *Royal Society of Medicine* hanno ribadito che gli OGM non comportano maggiori rischi rispetto ai cibi modificati attraverso le normali tecniche di incrocio e hanno poi sottolineato che non si riscontra in letteratura scientifica, o in altra fonte, alcuna notizia di effetti avversi sulla popolazione umana che possano essere collegati agli OGM. Nel 2010, la Commissione Europea ha pubblicato una meta-analisi che riporta le conclusioni di oltre 130 progetti di ricerca che coprono un periodo di 25 anni e che hanno coinvolto più di 500 gruppi di ricercatori indipendenti: le conclusioni sono che nessuna biotecnologia, e in particolare gli OGM, comporta un rischio maggiore delle normali tecniche d'incrocio. Sulla base dei risultati, ad oggi, non esiste alcuna evidenza scientifica che associ gli OGM con maggiori rischi per l'ambiente e la sicurezza alimentare rispetto alle piante e agli organismi convenzionali.

"Tutto un complotto" – tuonano gli ambientalisti – che muniti di un sostegno ideologico piuttosto che scientifico ostacolano ogni ricorso agli organismi ingegnerizzati.

L'unione Europea – chiamata ad assumere decisioni al riguardo ed influenzata dalla rilevante presenza dei verdi e dei partiti che ne sposano le teorie – ha preteso, per la stessa bocca dell'allora presidente della Commissione Jean Claude Junker, che alla Commissione democraticamente eletta dovesse essere lasciato almeno lo stesso spazio decisionale già concesso alla scienza. Un po' come pretendere che a decidere su fenomeni inerenti la medicina, la fisica, la geologia, la chimica e l'astronomia si richiedessero plebisciti invece che evidenze basate sul rigoroso metodo scientifico. Secondo l'autorevole parere del professor Roberto Defez, scienziato del CNR e autore di numerose pubblicazioni *"la demagogia, il populismo hanno evocato paure e fobie nei cittadini europei e stanno condannando l'Europa della Conoscenza a diventare l'Europa dei pregiudizi e degli egoismi. Le ambiguità di questa scelta tutta tesa a cercare un facile consenso - politico e delle grandi aziende europee - diventerà un tallone d'Achille dell'Europa. Già oggi il nostro continente coltiva circa quaranta milioni di ettari fuori dai propri confini per nutrire i suoi cittadini. Facile prevedere che, senza Ogm, le rese per ettaro diminuiscano ancora, senza poter combattere le malattie delle piante e gli aumentati stress idrici derivanti dai cambiamenti ambientali. Altrettanto probabile è la conseguenza che ci porterà a dipendere da importazioni di derrate alimentari provenienti da altri continenti in misura sempre maggiore. Vieteremo gli Ogm adducendo motivazioni ambientali, mentre stiamo aumentando la necessità di trasporti di derrate da altri continenti con ancora maggiori impatti ambientali sulle emissioni di gas serra"*.

Allo stato attuale, e quale conseguenza di queste scelte ideologiche, l'Italia vieta la coltivazione di OGM ma, di contro, importa centinaia di tonnellate di OGM per produrre i prodotti tipici italiani generando un deficit annuo del settore agricolo che, nel 2017, si stimava in 5 miliardi di euro.

Fatto ancora più esilarante, nella sua assurdità, è la preoccupazione immotivata ma assillante verso il patrimonio genetico dei cereali e delle piante che si contrappone al menefreghismo totale circa il genoma umano: oggi, infatti, a prescindere dai nostri cromosomi, ci possiamo chiamare uomo, donna, trans o come ci pare solo in base alle nostre percezioni e abbiamo socializzato l'idea che l'essere genitori non discenda anche e soprattutto dai legami biologici e dal sangue, ma costituisca unicamente un atto di "amore". La genetica applicata al genere umano è stata svilita a semplice "narcisismo".

Consapevole che la problematica sia complessa e che integri sicuramente delle rilevanti implicazioni di natura politica, sociale, economica ed etica è necessario, tuttavia, sottolineare che le giustificazioni pseudoscientifiche addotte dagli estremisti dell'ambiente e dai ribaltatori della realtà si sono dimostrate prive di alcun fondamento ed hanno condotto a scelte dimostratesi deleterie per l'ecosistema stesso.

Ma il grande Vasco va di moda e *"c'è chi dice no"* è il *refrain* preferito dai verdi per entrare nelle menti degli italiani e per continuare politiche di veti e rifiuti del progresso e di qualsiasi infrastruttura che ci porti verso la modernità. Fosse stato per il loro coro dei NO non avremmo avuto oggi il Gasdotto che dall'Azerbaijan ci rifornisce di gas e mitiga sostanzialmente il taglio delle importazioni di combustibile dalla Russia. Le motivazioni addotte per giustificare la loro posizione si sono rivelate totalmente infondate poiché quella che loro definivano a rischio di distruzione – la spiaggia di San Foca – è lì, bianca, incontaminata e più bella di prima con tanto di bandiera blu issata sul pennone alla faccia delle rimostranze e dei falsi allarmismi. Se fosse stato per il loro "NO TAP" oggi bruceremmo ulteriori milioni di tonnellate di carbone inquinando molto di più, avremmo sofferto il freddo in inverno e avremmo speso somme molto più elevate per l'energia elettrica.

Anche per i NO alle trivelle le minoranze ambientaliste ci hanno messo nella stessa paradossale situazione di rinunciare a quel poco di gas che abbiamo sotto la nostra zona economica esclusiva in Adriatico. Lo abbiamo lasciato ai Croati, che ringraziano, e hanno incrementato le loro estrazioni producendo quell'energia che, senza bisogno d'importarla, avremmo potuto produrre noi spendendo di meno e dando lavoro a migliaia di persone. Fortunatamente il governo ha recentemente sbloccato i permessi per estrarre gas e autorizzato nuove trivellazioni alla ricerca di possibili nuovi giacimenti.

E fra i tanti NO si annovera anche quello alla TAV che va a riempire il cesto delle *"non risposte"* ai problemi del presente e del prossimo futuro. Perché per limitare le tanto odiate emissioni di CO_2 che attualmente il trasporto su gomma produce, l'alta velocità è l'alternativa realizzabile ora, nel mondo reale, lasciando perdere quello dei sogni. Tenuto conto della saturazione e dell'inadeguatezza della vecchia linea ferroviaria del Frejus, l'opera è indispensabile per l'economia del Paese e fa parte di uno dei corridoi di trasporto europei più importanti. Nel 2017 le merci trasportate via terra verso la Francia, secondo partner commerciale dell'Italia, sono state quasi quarantacinque milioni di tonnellate. L'interscambio economico con i Paesi dell'Ovest Europa vale più di duecento miliardi con un saldo attivo di venti miliardi. Lo squilibrio del trasporto stradale (93% del totale) ai valichi francesi è il peggiore delle Alpi e produce inquinamento, congestione, incidentalità su tutta la rete autostradale. Uno degli effetti principali della nuova linea ferroviaria sarà proprio quello di contribuire al miglioramento dell'ambiente consentendo il trasferimento su rotaia della metà del totale delle merci trasportate a partire dal 2050. Per unità di peso trasportato, infatti, un treno produce un nono dell'anidride carbonica e delle polveri sottili della strada. La nuova infrastruttura consentirà di ridurre quasi della metà i costi di trasporto, di eliminare tre milioni di tonnellate di gas climalteranti ogni anno e di limitare in modo significativo il traffico e l'incidentalità sulla rete autostradale. Quale benefico effetto secondario, si apriranno nuove alternative per i passeggeri sulle tratte che da Milano e Torino vanno verso Lione, Marsiglia, Barcellona, Parigi e Bruxelles e che, con l'alta velocità, produrranno un decimo dell'inquinamento che attualmente viene generato con il trasporto aereo. Ma, non più tardi della fine del mese di luglio scorso, i facinorosi e violenti dimostranti si sono scagliati ancora contro i cantieri aperti a San Didero e a Chiomonte. Dopo aver inscenato sui prati di Venaus il festival dell'"Alta Felicità", vendendo ammennicoli rappresentanti il "treno crociato" e pietanze rigorosamente vegane a prezzi incredibili giustificati dall'autofinanziamento della protesta, i circa duemilacinquecento manifestanti si sono divisi in due gruppi per raggiungere le aree dei lavori. Rigorosamente incappucciati hanno tentato di divellere cancelli e recinzioni e hanno ingaggiato le forze dell'ordine con lanci di pietre, sassi, petardi e bombe carta. L'ennesima conferma della nauseabonda e disgustosa logica del Mondo al Contrario in cui una striminzita minoranza si sente nel diritto di distruggere, impedire, ostacolare, usando metodi violenti e brutali, ciò che la maggioranza ha già da molto tempo deciso, disposto e deliberato. Quello che colpisce ancora di più è che questi facinorosi sono gli stessi da anni, sono ampiamente conosciuti, ma il nostro Mondo al Contrario è stato privato degli strumenti per renderli inoffensivi e metterli nelle condizioni di non nuocere ulteriormente alla società. Fortunatamente, nonostante l'accanimento dei pochi violenti, i lavori vanno avanti ed anche l'ambiente, oltre che la collettività, potrà presto tirare un sospiro di sollievo.

Il lupo perde il pelo ma non il vizio e con la scusa di salvare falchi, fratini, rospi, rane e tritoni l'ideologismo ambientalista blocca infrastrutture indispensabili che hanno anche lo scopo di ridurre le emissioni, mette a rischio investimenti da miliardi e lascia a casa migliaia di lavoratori procurando costi aggiuntivi insostenibili alla collettività senza, per questo, produrre alcun effetto positivo sull'ecosistema.

La nuova strada statale Orte-Civitavecchia è ferma dopo che il TAR del Lazio ha accolto la denuncia delle associazioni ambientaliste. I lavori per il completamento degli ultimi 14 chilometri sono bloccati e i camionisti, per giungere al porto di Civitavecchia, sono costretti ad attraversare diversi centri abitati inquinando proprio dove la concentrazione abitativa è più elevata ed incrementando il traffico e l'incidentalità del vecchio asse stradale. LIPU, il Wwf e Italia Nostra sostengono che in estate, lungo le sponde del fiume dove era previsto un ponte, nidifica il falco grillaio che non gradisce il frastuono degli autotreni e che non può spostare di qualche metro la sua dimora estiva.

A Bari, analogamente, un altro nodo ferroviario è stato fermato da una sentenza del TAR per non disturbare la nidificazione della passera. A Lesina, sulla stessa tratta ferroviaria, i verdi hanno ostacolato i lavori per proteggere l'uccello fratino e per evitare di disturbare rane, tritoni e rospi che dovessero attraversare i binari. Gli ambientalisti gioiscono, ma il rischio è di perdere oltre 200 milioni del PNRR e di lasciare a casa centinaia di operai. I piccoli comitati ambientalisti locali, gli stessi che avevano quasi impedito la realizzazione del TAP e che radunano le istanze di qualche centinaio di attivisti, riescono ad ostacolare imprese ciclopiche richiedendo, come già avvenuto, l'intervento del Consiglio di Stato per annullare le delibere del Tribunale Amministrativo in merito ad un'opera di cui si è iniziato a discutere nei primi anni del 2000. Il danno per il Paese, per la comunità e per la stragrande maggioranza degli Italiani è enorme ma, nel segno della dittatura delle minoranze continuiamo ad appiccare il fuoco su qualsiasi iniziativa tenti di ammodernare un territorio che, soprattutto quando si parla di Sud Italia, non conosce l'alta velocità e ha infrastrutture che risalgono al ventennio. Sono convinto che se si chiedesse ai ricorrenti di risarcire la somma di denaro persa per ogni sospensione dei lavori deliberata dai ricorsi al TAR che dovessero dimostrarsi infondati il problema sarebbe risolto alla radice.

Giusto per inserire un aneddoto curioso e divertente che riguarda la città dove abito, gli ambientalisti della carta bollata a febbraio del 2023 si scagliano anche contro le piste ciclabili e la manutenzione dei sentieri che passano dentro la pineta della Lecciona. Gli ecologisti del no, con un esposto presentato al Comune di Viareggio, alla Regione, al Parco e ai Carabinieri Forestali, chiedono lo stop ai lavori di manutenzione e di stabilizzazione di un tracciato sterrato già esistente tra le marine di Levante e Torre del Lago. Obiettivo del cantiere, avviato poco prima, era quello di mettere in sicurezza il trattturo, oggi sconnesso e sassoso, da sempre frequentato a piedi e in bicicletta da chi, nelle calde estati o nelle fresche mattine invernali, si vuole fare una passeggiata sotto i pini ed i lecci del parco. La denuncia è firmata da Amici della Terra Versilia, dal Comitato Le Voci degli Alberi, dal Comitato per la Salvezza della Pineta e, *dulcis in fundo*, da Italia Nostra. Per queste minoranze anche i sentieri e le ciclovie sono diventati delle pericolose e reazionarie minacce per la terra e contestare tutto fa parte della strategia del non fare niente in nome dell'ambiente.

In sinergia con la "strategia dei no" non potevano mancare le iniziative controproducenti per l'economia, la società e l'ambiente stesso. La direttiva europea che impone il divieto di produzione e vendita di motori termici a partire dal 2035 è un'altra delle battaglie perse dell'ideologizzato mondo ambientalista. Oltre alle motivazioni empiriche ed oggettive che sommariamente illustrerò, questo assurdo accanimento invece di avvicinare i cittadini ai temi di uno sviluppo sostenibile li ha convinti che, più che un provvedimento ambientale, si tratti di una manovra economica e fiscale che punti a spostare sui privati il prezzo della cosiddetta transizione energetica e a limitare la libertà dei cittadini tramite una disincentivazione della mobilità privata. Prima di affrontare l'argomento specifico trovo estremamente utili due considerazioni che dovrebbero aprire gli occhi anche ai più ideologizzati ecologisti dell'ultima ora. Se le emissioni di CO_2 sono il problema, è bene sapere che l'intera Unione Europea è responsabile solo del 7,3% delle emissioni totali mondiali[17]. Quindi, se noi "spegnessimo" integralmente l'Europa distruggendo tutte le fabbriche, le centrali e gli opifici, eliminando ogni autoveicolo e treno, affondando le navi e mettendo a terra gli aeroplani, abbattendo tutti i miliardi di animali degli allevamenti intensivi[18], disattivando tutti i sistemi di riscaldamento casalinghi e riducendo i 450 milioni di

---

[17] Dati da: *"CO₂ emissions of all world countries 2022 report"* della Commissione Europea. EDGAR - The Emissions Database for Global Atmospheric Research (europa.eu)

[18] Secondo uno studio del Parlamento europeo, si stima che nell'UE vi siano 4,5 miliardi di polli, galline ovaiole e tacchini e circa 330 milioni di bovini, suini, ovini e caprini.
Relazione speciale n. 31/2018: Il benessere degli animali nell'UE (europa.eu)

europei a cavernicoli senza neanche il diritto di accendere un fuocherello per ripararsi dal freddo, guadagneremmo solamente un misero 7% di emissioni globali di anidride carbonica a livello planetario. Un'inezia! Una quantità totalmente risibile ed ininfluente. Pensate, quindi, quale infinitesimale impatto possano avere tutti quei provvedimenti a livello europeo intesi a limitare le emissioni. Tanto per fare un raffronto e immergerci nella realtà discostandoci solo un attimo dall'ideologia, il dato che più impressiona è relativo al carbone, una delle fonti energetiche più inquinanti: nel 2022 Pechino ha concesso permessi per 106 gigawatt di capacità in 82 siti, il quadruplo della capacità approvata nel 2021 e pari all'apertura di due centrali a carbone ogni settimana. Cosa volete che conti l'Europa nel contesto planetario? Oltre il danno anche la beffa perché, mentre in Europa ci sveniamo a spese dei privati per incrementare l'energia prodotta da fonti rinnovabili, Pechino aumenta la produzione da centrali a carbone utilizzando tale energia super-inquinante per realizzare la componentistica necessaria per le rinnovabili esportate in Occidente.

La seconda considerazione riguarda la "convenienza" che, secondo i ribaltatori della realtà, caratterizzerebbe tutta la transizione verde. *"Conviene! Spenderemo molto di meno in bolletta con le green houses e meno per girare con le nuove auto"* – sostengono i verdi. Ma anche questa è una bufala galattica che si smentisce da sola. Se la transizione fosse conveniente da un punto di vista economico non avrebbe bisogno di incentivi, di direttive, di stop a suon di leggi, regolamenti attuativi e *ultimatum* coercitivi. Un provvedimento conveniente viene attuato naturalmente e senza costrizioni dai cittadini. Da quando costa di meno sostituire un ombrello o un paio di scarpe piuttosto che ripararli, ombrellai e calzolai sono quasi spariti. Non vi è stata alcuna legge per imporre le lampadine a led ma sono stati i cittadini che, valutandone la convenienza, hanno provveduto alla sostituzione delle lampadine a fluorescenza. Quando il GPL e il metano erano più convenienti del gasolio e della benzina, sono gli automobilisti ad aver scelto tali tipologie di combustibile. Perché, allora, ricorrere a norme coercitive se i provvedimenti convenienti sarebbero liberamente e volontariamente attuati da tutti? Semplicemente perché non lo sono!

Venendo, ora, alla questione specifica del trasporto su gomma, secondo i dati ufficiali forniti dall'Agenzia Europea dell'Ambiente, il settore dei trasporti nella sua integralità (compreso quello aereo, navale, su rotaia e su strada) incide in Europa per il 25% delle emissioni totali di CO_2. Il ramo trasporto su strada incide all'incirca per il 71% di quello del trasporto totale e rappresenta, alla fine, l' 1,4% delle emissioni totali di CO_2 mondiale[19]. La totale eliminazione di

---

[19] Calcolo arrotondato: (fonte CO_2 emissions - Our World in Data); produzione mondiale annua di CO_2 nel 2021 (da combustibili fossili e industria): 37.000.000 Ktonn, produzione euopea annua di CO_2: 3.000.000 Ktonn. Settore trasporti europeo (25% del totale) 750.000 Ktonn. Settore trasporti su strada (70% del settore trasporti) 525.000 Ktonn. Quindi il settore trasporti su strada europeo pesa il 1,4% delle emissioni totali di CO_2 mondiali.

ogni veicolo porterebbe quindi ad una misera riduzione di gas serra pari al 1,4% del totale mondiale. Trattandosi però di una sostituzione con veicoli elettrici, che producono comunque emissioni perché l'energia elettrica dobbiamo comunque produrla, la riduzione totale sarà realmente insignificante a livello mondiale e, peraltro, totalmente compensata e superata dall'incremento del numero delle centrali a carbone che sta avvenendo in Cina. Come se un obeso, prima di sottoporsi alla visita di controllo dal suo dietologo, si tagliasse unghie e capelli per dimostrare di aver perso peso. Anche sul fronte dell'inquinamento dovuto agli agenti nocivi e alle polveri sottili emesse dai motori endotermici (NOX, PM2,5 e PM10) le recenti ricerche basate sui rilevamenti effettuati in piena pandemia, quando all'interno delle maggiori città vi è stata una riduzione del traffico del 70%, hanno rivelato una sostanziale invarianza di contaminazione dell'atmosfera considerando sia le emissioni primarie sia i processi secondari di trasformazione. Ad una decrescita degli ossidi di azoto si è associata una tendenza leggermente negativa del PM10 e PM2,5 ma un contestuale incremento dell'ozono dimostrando l'impatto non scontato e non inversamente proporzionale del traffico urbano sulla salute pubblica[20]. Questa tesi è sostenuta anche dal fenomeno del superamento delle soglie massime di inquinamento nelle

---

[20] L'inquinamento atmosferico in un anno di pandemia - Openpolis
La pandemia ha realmente migliorato l'aria che respiriamo? | Fondazione Umberto Veronesi (fondazioneveronesi.it)

grandi città italiane che, ormai ripetutamente negli ultimi 20 anni, avviene nei mesi invernali e mai nei periodi di clima mite-caldo in cui il traffico è comunque presente con la stessa se non maggiore intensità. Tale periodicità della manifestazione trasla evidentemente su altri soggetti la co-responsabilità del fenomeno.

Vi sono, inoltre, ben documentati studi sul *life cycle* delle vetture elettriche che dimostrano che prendendo in esame le energie in gioco per la produzione, l'impiego e lo smaltimento di tali auto le emissioni di CO_2 sono uguali, se non maggiori, a quelle che necessitano per le auto a motore termico. Lo stesso rappresentante di TOYOTA ha recentemente dimostrato a Davos, numeri e grafici alla mano, l'inconvenienza *green* dei motori *full electric* se paragonati agli ibridi che mantengono in vita il propulsore termico. Altro rischio è quello di affidarci prematuramente ad un sistema non ancora solido, affidabile e preparato a tale cambiamento. Già adesso, che le macchine elettriche rappresentano una misera porzione del parco veicoli circolante, la Svizzera ha fatto marcia indietro poiché le ricariche consumano troppa energia. Per premunirsi contro un'ipotetica crisi energetica, infatti, il Consiglio Federale ha ordinato il blocco delle auto elettriche che assorbirebbero troppi Kilowatt a discapito del tessuto produttivo del paese. Le *full electric* rimarranno in garage e chi ha speso fortune per comprarle viaggerà in treno e in autobus. A completare il quadro paradossale, sono proprio i partiti ecologisti che in Svizzera chiedono il blocco delle auto elettriche in caso di crisi, gli stessi partiti che ne avevano invece supportato e promosso la vendita per sostituire le tanto odiate euro 5 o euro 6 a gasolio e a benzina. Senza sapere, quindi, se salveremo il pianeta domani ci mettiamo oggi in una situazione di crisi auto-procurata che mina la nostra prosperità ed il nostro stile di vita. Perché non sono solo i costi a fare paura ma anche la necessità di cambiare le nostre abitudini. L'uso dell'auto elettrica impone una programmazione degli spostamenti, dipendente dal tempo di ricarica e dalla disponibilità delle colonnine, che è poco compatibile con lo stile di vita moderno caratterizzato sempre di più dall'imponderabile, dall'estrema mutevolezza delle condizioni, da decisioni improvvise e da ampia flessibilità. Altra considerazione non trascurabile coinvolge le macchine termiche che in Europa verrebbero sostituite dalle elettriche. Secondo voi, le auto euro 5 e 6 ancora in circolazione verranno rottamate o, piuttosto, esportate in altri paesi dell'Africa o dell'Asia a prezzi stracciati continuando a inquinare allegramente?

La soluzione delle auto elettriche, pertanto, è inefficace e inefficiente. Inefficace perché non raggiunge l'obiettivo valendo notevolmente meno dell'un percento delle emissioni globali di anidride carbonica. Inefficiente perché quell'infinitesimo di guadagno in termini di esalazioni ci costerà enormemente.

Un'analisi della *Reuters* chiarisce che, solo per convertire la produzione e sfornare in prevalenza auto elettriche, le industrie automobilistiche dovranno spendere 1200 miliardi di Euro da qui al 2030[21]. Aggiungiamoci i costi di

---

[21] Serviranno 1.200 miliardi di dollari per la transizione alle auto elettriche | Hardware Upgrade (hwupgrade.it)

adeguamento della rete, delle infrastrutture e l'installazione di milioni di colonnine di ricarica e ci facciamo una rozza idea di quanto ci costerà ogni ininfluente tonnellata di CO_2 che, forse, eviteremo di emettere. Ma gli ambientalisti sostengono che la transizione elettrica è stata una decisione già presa dai produttori di veicoli che, autonomamente, avrebbero già attuato questa scelto di mercato. Altra balla, perché allora non vi sarebbe stata alcuna necessità di un improcrastinabile e definitivo ultimatum europeo. Disquisendo di infrastrutture e di colonnine di ricarica dovremo inoltre immaginare che almeno per ogni coppia di macchine che ora vediamo parcheggiate nelle nostre città ci debba essere un dispositivo di ricarica. Ovunque! E allora ci viene il dubbio che tutto ciò sia praticamente realizzabile e si concretizza la seria ipotesi che il provvedimento miri, anche e soprattutto, a ghigliottinare la mobilità privata minando la nostra libertà e il nostro amato stile di vita. Anche in questo caso a discapito delle classi medie e meno abbienti della società perché, se sono ricco e abito nella mia villa con garage, il problema non me lo pongo, anzi, ne traggo un beneficio approfittando di tutti gli incentivi. La classe media e i poveri, invece, quella grande maggioranza che vive negli appartamenti in periferia e nelle case popolari non avrà scelta e dovrà girare in autobus oppure prenotarsi con grande anticipo una vettura con il *car sharing* per permettersi una gita fuori porta sperando di non rinunciare alla passeggiata a causa della coda per ricaricare le batterie. E meno male che questo provvedimento è sostenuto da chi predica la ridistribuzione della ricchezza e la riduzione delle enormi differenze sociali che questa società basata sul fossile ha prodotto. Oppure la libertà di muoversi e andare dove si vuole a qualsiasi ora del giorno e della notte non rientrerà tra la schiera degli infiniti diritti civili che questi progressisti propugnano in qualsiasi occasione? Un altro piccolo dettaglio, quale ciliegina sulla torta: su un totale di circa 250 milioni di veicoli circolanti in Europa almeno la metà verrà ricaricata di notte, quando la gente non lavora e quando i pannelli solari non producono. Per fornire l'energia richiesta come faremo?

Ma, si sa, anche le incontrovertibili argomentazioni oggettive sono ciance per i ribaltatori della realtà e le questioni tecniche annoiano quelle frange di pseudo intellettuali che usano l'ambiente come argomento di propaganda e minacciano apocalissi per raccattare qualche voto e fare soldi a carico dei contribuenti.

Discutendo di denaro bisogna anche affrontare il nodo della fiscalità. Nel 2019 i 28 Paesi dell'UE (inclusa la Gran Bretagna) hanno incassato circa 242,5 miliardi di euro da accise e da IVA sulle accise (senza contare l'IVA sul prezzo industriale) provenienti dai consumi di benzina e gasolio per autotrazione[22]. Quando i motori endotermici saranno banditi come sostituiremo questi introiti se non tassando quelli elettrici, come già anticipato dalla Gran Bretagna, e rendendoli ancora meno convenienti rispetto a quelli tradizionali? O forse tasseremo le case, divenute nel frattempo *green* con un altro salasso della popolazione?

---

[22] TRANSIZIONE: FISCALITÀ SUI CARBURANTI NELL'EUROPA COMUNITARIA - FIGISC - Federazione Italiana Gestori Impianti Stradali Carburanti

La saga ecologista, infatti, non si ferma e il combinato disposto *case green* e stop ai motori endotermici ridicolizza l'Unione Europea a guida progressista-ambientalista. Entrambi i provvedimenti servirebbero per affrontare il problema delle crescenti emissioni di CO_2 ma, poiché anche quelle delle abitazioni sono stimabili intorno al 12% del totale UE e quelle totali dell'UE sono pari al 7,3% del totale mondiale, anche questo settore conta per meno dell'1% nel mondo. Se poi mettessimo nel calcolo le emissioni che saranno necessarie per produrre e trasportare i milioni di tonnellate di materiale isolante per i cappotti termici delle nostre case, per gli infissi, e per tutti gli altri interventi, il bilancio potrebbe effettivamente azzerarsi. Ancora una volta ci dimostriamo ridicoli e sconsiderati poiché i grandi inquinatori ed i paesi in via di sviluppo, potendo contare su un'energia a prezzi stracciati fornita dai combustibili fossili, ci spingeranno fuori mercato inasprendo una concorrenza già accanita e spietata alimentata da una manodopera sempre meno remunerata. La crisi del 2022 avrebbe obbligato l'Europa a raddrizzare le sue politiche e a rilanciare l'economia dopo il disastro del Covid, invece, accentua lo sbilanciamento sull'ambiente a scapito dei costi per le sue famiglie e le sue imprese. Se un intervento sugli edifici è comunque opportuno allora in Unione Europea sarebbe molto più logico e socialmente accettabile concentrarsi sulle nuove costruzioni e sull'edilizia pubblica. Scuole, ospedali, caserme, ministeri, agenzie potrebbero essere resi più efficienti continuando contestualmente a fornire incentivi a quei cittadini che volessero migliorare la prestazione energetica delle proprie abitazioni. Le imposizioni sono sempre mal percepite nelle democrazie, soprattutto quando sono a spese degli stessi elettori e, particolarmente, quando gli stessi inderogabili imperativi sembrerebbero non passare neanche per l'anticamera del cervello ai disprezzati dittatori ed autocrati dei paesi vicini. Se poi, come dispensa facilmente una classe politica in mala fede, questi interventi fossero realmente economicamente convenienti perché permetterebbero un risparmio sostanziale in bolletta consentendo l'ammortizzazione dell'investimento in pochi anni, non ci sarebbe neanche bisogno dell'aiuto statale. Ma qui casca l'asino perché, secondo lo studio ENEA del 2017, senza incentivi il ritorno di investimento per trasformare un'abitazione in edificio a emissioni quasi zero (*Nearly Zero Energy Building*) si ha dopo 60 anni[23]. E anche nel caso della mobilità elettrica, perché non iniziamo a elettrificare i veicoli pubblici: autobus, trasporti collettivi, veicoli di polizia, carabinieri, guardia di finanza, vigili urbani, poste, veicoli commerciali delle forze armate, macchine blu dei vari ministeri, delle regioni, delle province, dei comuni e via dicendo. Una spiegazione la azzardo io: perché non è

---

[23] - (enea.it) : "*Nuove strategie per la determinazione dei livelli ottimali di prestazione energetica degli edifici*": "Nel caso della ristrutturazione di edifici si osserva come i requisiti di legge nazionali richiesti per i NZEB comportino elevati investimenti a fronte di risparmi sui costi non particolarmente significativi. E' quindi evidente l'interesse a valutare definizioni alternative di NZEB più stimolanti per il mercato ..." ; "Il triangolo rosso rappresenta il risultato ottenibile con una ristrutturazione di un edificio esistente applicando l'attuale definizione di NZEB. In genere il tempo di ritorno dell'investimento è molto lungo (frequentemente > di 50-60 anni)"

conveniente! Se lo fosse, lo Stato risparmierebbe e sarebbe il primo a intraprendere la via dell'elettrico. Invece, l'Europa a trazione socialdemocratica e verde, sostenuta da una schiera ipocrita di politici nazionali, continua a sbandierare il risparmio in bolletta e la convenienza solo per spingere i cittadini a spendere, a spendere molto e a fornire quei capitali privati senza i quali la transizione energetica non si farà! Il Pianeta Verde costa moltissimo e dovete spendere, svuotare le vostre tasche per far circolare la moneta e per foraggiare un'economia di consumo, non certo per il bene della Terra. Perché una cosa è sicura, questi due provvedimenti saranno inutili per risolvere il problema del cambiamento climatico ma sicuramente ci renderanno più poveri, meno autonomi e meno concorrenziali.

Potrei continuare a citare decine di situazioni paradossali che coinvolgono l'ambientalismo da strapazzo ma per pietà del lettore limito l'esposizione a queste iniziative strampalate, alle imposizioni delle minoranze e alle visioni antimoderne ed antieconomiche che ho citato e che trasformano l'ambientalismo da opportunità di crescita sostenibile a zavorra ideologica.

Alla fine, considerando l'assurdità delle pretese ecologiste, le strategie dei no e l'assenza pratica di proposte alternative viene un legittimo dubbio: ma non è che l'ambientalismo e l'ecologia ideologizzata siano solo un paravento ed una maschera per nascondere il desiderio di sovvertimento totale del sistema che sino ad oggi ha consentito benessere, progresso, sviluppo e prosperità?

Non è che i marxisti reali, quelli che vorrebbero "comunizzare" il mondo e livellare la società non si siano ancora arresi alla plateale sconfitta di questa ideologia che in tutto il 900 si è dimostrata fallimentare ed ora usano lo spettro dell'ecologia e dell'ambientalismo in funzione anticapitalista? Non è che la cosiddetta "giustizia climatica" servirebbe quale *alter ego* del "regime del terrore" per cercare di scardinare le basi sulle quali si è sviluppata la benestante società occidentale moderna?

Perché questo dubbio, se considerato, allora spiegherebbe tante cose.

CAPITOLO III

"L'ENERGIA"

Il mondo appartiene a quelli che hanno la maggiore energia.

(Visconte Alexis de Tocqueville)

La tematica dell'energia, dell'approvvigionamento energetico e dei suoi strabilianti costi, dei consumi di energia e dell'inquinamento indotto domina da tempo il palcoscenico di tutte le piattaforme della pubblica informazione. A dire la verità, la materia è ricorrente da almeno 50 anni, portata alla luce della ribalta dalla prima vera crisi energetica che ha coinvolto l'occidente e risalente al 1973.

In questo campo, come in moltissimi altri, la politica si è spesa sovente in analisi traballanti, pareri autoreferenziali ed in soluzioni altrettanto poco efficaci, dando luce a liberi filosofi ed a vere e proprie frange settarie di pensiero che propongono formule e direttrici risolutive al limite del credibile. Tutt'altro che semplice, tuttavia, anche questo settore può essere affrontato con il pragmatismo, il buonsenso e il raziocinio che dovrebbe caratterizzare l'uomo di media preparazione ed istruzione che, per affrontare problematiche di così ampio respiro e dai risvolti anche eminentemente tecnici, dovrebbe tenere conto anche dei pareri degli addetti ai lavori che, per quanto scomodi, sono concreti e realistici. Si scoprirebbe, quindi, perché le soluzioni concretamente percorribili, se spogliate di ideologia, faziosità e fanatismo, non sono poi così diverse tra loro e potrebbero e dovrebbero costituire un percorso abbastanza trasversale a tutte le forze politiche.

Per prendere il largo dobbiamo partire da alcune considerazioni quasi ovvie ma che, comunque, cercherò di motivare ed illustrare al meglio.

1. **La domanda mondiale di energia è inesorabilmente cresciuta negli ultimi 200 anni (ma io azzarderei anche un lasso temporale molto più ampio pur non disponendo di dati oggettivamente registrati) e continuerà altrettanto inesorabilmente a crescere in futuro[24].**

---

[24] U.S. Energy Information Administration - EIA - Independent Statistics and Analysis; La US Energy Information Administration stima un incremento del 28% di domanda di energia mondiale entro il 2040. *"The U.S. Energy Information Administration's latest International Energy Outlook 2017 (IEO2017) projects that world energy consumption will grow by 28% between 2015 and 2040. Most of this growth is expected to come from countries that are not in the Organization for Economic Cooperation and Development (OECD), and especially in countries where demand is driven by strong economic growth, particularly in Asia. Non-OECD Asia (which includes China and India) accounts for more than 60% of the world's total increase in energy consumption from 2015 through 2040."*

Le motivazioni di questo assioma sono molte e svariate ma riconducibili essenzialmente, e semplificando molto, al continuo sviluppo scientifico, tecnologico e sociale e alla crescita mondiale della popolazione. Il nostro stile di vita, incredibilmente più agiato di quello dei nostri genitori o nonni, richiede sempre più energia ed anche la generazione che ha idolatrato Greta Thunberg non può e, soprattutto, non vuole, fare a meno di una casa riscaldata in inverno e condizionata in estate, di una rete internet che faccia funzionare lo *smartphone*, di un sistema di trasporto multimodale che permetta rapidi e comodi spostamenti e di tante altre amenità che ormai vengono considerate come scontate. Quando ero bambino andavo a trascorrere le feste di Natale dai miei nonni che abitavano nel pieno centro della Spezia in un appartamento al quinto piano. La casa, semplicissima per quanto funzionale ed accogliente, era priva di riscaldamento e di acqua calda corrente. Solo in cucina era presente una stufetta elettrica che riscaldava il piccolo locale. Per lavarci riscaldavamo un pentolone d'acqua sui fornelli che poi mescolavamo nella vasca da bagno con l'acqua marmata che proveniva dai rubinetti. Eppure ho dei ricordi bellissimi di quel periodo. Quando rivedo le vecchie foto constato che a casa eravamo ben vestiti con maglioni e calze di lana e che mio nonno dormiva con il cappello di lana sulla testa, ma non ho la minima memoria di un qualche disagio o malessere. Ogni tanto, allora, per scherzare, propongo a mia moglie e alle mie figlie di ritornare alle condizioni di quel tempo e loro, senza neanche pronunciarsi, mi guardano come se fossi un folle. E probabilmente hanno ragione. La generazione *Zeta* o la *Alpha* sarebbero disposte a questo sacrificio?

Pensare di invertire questo *trend* è assolutamente utopico ed irragionevole alla faccia di chi, questa impensabile eventualità, la sta liberamente professando. Se, infatti, possono esistere in un occidente ricco ed evoluto rari convinti ambientalisti pronti – solo in teoria – a ritornare a vivere in fattorie ottocentesche prive di motori, aria condizionata, riscaldamento ed elettricità per evitare l'estinzione della specie umana profetizzata dalla cosiddetta "comunità scientifica", la quasi totalità della popolazione mondiale, che non ha ancora beneficiato delle comodità su cui noi occidentali ci siamo ormai da decadi adagiati, non vuole rinunciare ai benefici del progresso anche a discapito dell'ecologia e della sostenibilità ambientale. Questa condizione è ampiamente supportata dall'ultima riunione dei ministri del clima e dell'ambiente del G20 tenutasi a Chennai, in India, a fine luglio 23: le nazioni che producono l'80% dei gas climalteranti del pianeta non sono riuscite a trovare un accordo sui quattro fondamentali obiettivi che, guarda caso, riguardano il picco delle emissioni da raggiungere entro il 2025, la transizione all'energia pulita e la tassa sul carbonio come metodo per ridurre le emissioni.

Circa i tre quarti della popolazione mondiale, in continua ed inesorabile crescita, è concentrata in Asia (4,5 miliardi di persone) e in Africa (1,2 miliardi) e vive in paesi in via di sviluppo la cui coscienza ambientalista è molto diversa da quella da noi percepita. In poche parole, anche se i pochi abitanti dei paesi ultra-sviluppati dell'Europa e del Nord America rinunciassero a qualche viaggio in aeroplano ed a qualche ora di condizionatore, la diminuzione di domanda energetica che queste azioni comporterebbe sarebbe assolutamente risibile rispetto all'incremento della stessa domanda per soddisfare necessità considerate primarie e divenute ormai accessibili per i quasi 6 miliardi di persone dell'area afroasiatica. Chiunque abbia viaggiato in questi continenti si rende immediatamente conto dell'ovvietà di quanto asserito. Per chi non ha altro e rischia di morire di freddo un pezzo di pneumatico abbandonato rappresenta una fonte di salvezza anche alla faccia delle polveri sottili, dell'anidride carbonica e dei gas velenosi che la sua combustione libera. Lo stesso dicasi per il verduraio del Cairo che, in una metropoli di venti milioni di abitanti, sposta il suo carico di merce con un camioncino euro zero e serve datteri, insalate e ortaggi di stagione in originali sacchetti di vera plastica. Purtroppo, la preoccupazione per il futuro è direttamente proporzionale al tempo che la vita ci concede per poterci pensare al futuro. Il timore che fra qualche secolo i ghiacci polari si possano fondere non lambisce neanche la coscienza dei quasi 7 miliardi di persone che devono impegnare la totalità del proprio tempo per sbarcare il lunario e per sopravvivere oggi e giorno per giorno.

Anche disquisendo delle enormi diversità nei consumi pro-capite di energia e di quella che si definisce "disuguaglianza energetica" non si riesce a fare quadrare i conti. Si dice che lo 0,6 per cento della popolazione mondiale composto dai milionari sparsi per il globo consumino ciascuno 10.000 volte più energia dell'un per cento della popolazione più povera del pianeta. Ma anche volendo intervenire su questi nababbi decimando, con provvedimenti despotici e tirannici, l'energia a loro disposizione non riusciremmo neanche lontanamente a bilanciare l'incremento della domanda energetica che invece proviene dai 5 miliardi di individui che vivono dalla soglia di povertà in giù. Un po' come la tassazione degli ultraricchi e dei beni di lusso, che si è sempre rivelata un intervento più ideologico che pragmatico e non ha mai permesso di rimpinguare le casse dell'erario, anche il tentativo di recuperare quote di energia da quella esigua minoranza che ne fa un uso smodato ed eccessivo non risolverebbe il problema ed innescherebbe altre dinamiche di imprevedibile evoluzione che, probabilmente, porterebbero ad una decrescita economica generalizzata.

Tenuto conto di ciò, tutti i dati in nostro possesso ci indicano che la domanda energetica mondiale, per quanto possa essere moderatamente contenuta con dispendiose manovre di "transizione", continuerà inevitabilmente a crescere. Di seguito un grafico della *U.S. Energy Information Administration* che stima l'andamento della domanda energetica mondiale nei prossimi 20 anni.

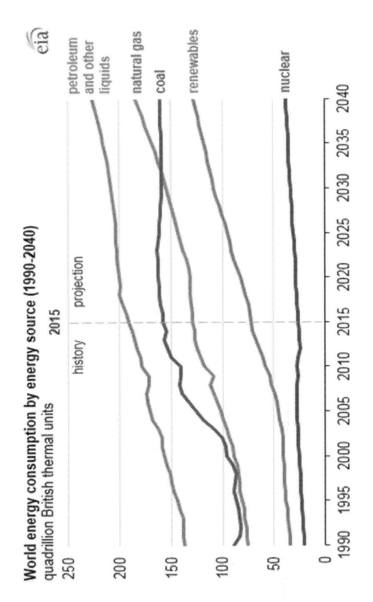

(fonte: U.S. Energy Information Administration - EIA - Independent Statistics and Analysis;)

Tutte le fantasiose considerazioni che lascerebbero intravedere la possibilità di invertire l'andamento decisamente crescente della domanda energetica mondiale tramite comportamenti virtuosi delle società più ricche rappresentano semplici speculazioni non suffragate da alcun dato scientifico e statistico.

2. **Per fare fronte alla crescita di domanda energetica mondiale ci sono solo due vie che possono e devono essere percorse contemporaneamente: l'incremento della produzione energetica e l'incremento dell'efficienza energetica.** Se l'incremento energetico può crescere anche sensibilmente sfruttando le più svariate, ma sempre finite, fonti energetiche a cui la scienza e la tecnologia ci consentono di accedere, l'efficientamento energetico è purtroppo sottoposto a dei limiti fisici non oltrepassabili e dettati dall'impossibilità di realizzare sistemi ad efficienza uguale a uno (in parole semplici, che non contemplino perdite o attriti). Inoltre, l'efficientamento energetico oltre determinati limiti (ben inferiori a uno) è estremamente dispendioso tale da risultare assolutamente non conveniente. È un po' come dimagrire, per perdere il primo chilo basta un po' di riguardo e di attività motoria, già la perdita del secondo chilo ci mette in crisi e, per continuare a dimagrire, siamo spesso sottoposti a rinunce incredibili pur trattandosi della stessa quantità di "*massa*" da perdere. Quando studiavo ingegneria – alla fine degli anni '80 – il rendimento medio di una centrale

termoelettrica era dello 0,4. Oggi, le centrali a gas a ciclo combinato superano rendimenti dello 0,6 e, probabilmente, questo valore potrà ancora crescere un po' ricordando, tuttavia, che i piccoli passi che ci faranno forse guadagnare un decimale di efficienza nei prossimi venti anni saranno sempre più complicati e dispendiosi da compiere.

3. **Il settore energetico è strategico ed irrinunciabile; di conseguenza la sua prima caratteristica deve essere la sicurezza e l'affidabilità.** La fornitura di energia di un paese deve essere garantita a qualsiasi costo pena la distruzione economica e sociale del paese stesso e la sua regressione ai livelli pre-industriali. Il sistema energetico deve quindi essere plurimo, ridondante e diversificato per abbassare al minimo il rischio di carenza di energia. Come ho accennato in precedenza, le fonti energetiche sono svariate ma in numero pur sempre finito. In base ad una classificazione universalmente accettata esse si possono suddividere in fonti rinnovabili (essenzialmente vento, sole, e acqua), fossili (petrolio, carbone, gas ecc...), nucleare, e altre fonti di energia che spaziano dal biogas al geotermico. Come per le medicine, lo sfruttamento di ognuna di queste fonti implica delle conseguenze e delle controindicazioni per l'ambiente e per l'uomo. Proprio tenendo conto della prima caratteristica di sicurezza di un sistema energetico, il mix energetico che si dovrebbe realizzare per raggiungere tale requisito

dovrebbe includere tutte le fonti a disposizione secondo una percentuale che potrà essere poi individuata in base ad altre considerazioni, anche ambientali e politiche. Rinunciare aprioristicamente anche ad una sola delle citate fonti di energia ci pone, dal principio, in un sistema più debole, meno stabile e affidabile e, di conseguenza, più soggetto a crisi, catastrofi o, semplicemente, eventi non previsti. Il rifiuto del nucleare o dei combustibili fossili, pertanto, aggiunge sicuramente debolezza e criticità al sistema energetico.

4. **Le fonti energetiche non sono infinite e trasformare una consolidata architettura energetica necessita tempo e risorse.** Non possiamo tirare un colpo di spugna su quanto fatto fino ad oggi e pretendere di cambiare il nostro sistema energetico in pochi mesi. Ogni trasformazione richiede i suoi tempi e, sempre imparando dalla natura e dalla fisica, più è veloce la trasformazione più la sua efficienza è inferiore e più sono elevati gli sforzi per attuarla in quanto gli attriti aumentano con l'aumentare della velocità del cambiamento. Una passeggiata di un chilometro a piedi ci piace ma percorrere quella stessa distanza nella metà del tempo ci sfianca. Pensare di contrarre eccessivamente i tempi della transizione energetica comporta provvedimenti che, qualora realizzabili, comportano spese spesso troppo elevate e non sostenibili. È facile presentarsi in televisione e dire

"liberiamo da domani 50 Gigawatt di solare". In realtà, tale eventualità, sempre che sia fisicamente realizzabile, comporterebbe interventi strutturali sulla rete elettrica che richiedono tempo e molto, molto denaro per essere effettuati. Al di là delle posizioni demagogiche di chi vuole anticipare ad ogni costo la transizione energetica pena l'*Armageddon* cosmico, vi sono dei parametri temporali a cui fare riferimento per mantenersi nel campo del fattibile e del conveniente.

Uscendo dal panorama generale e tornando nella nostra amata Italia potremmo ora esplorare quale dovrebbe essere la strada per garantire un approvvigionamento energetico sicuro, continuo, sostenibile, a costo contenuto e che preservi l'ambiente, il pianeta e il nostro futuro.

Parlando di sicurezza – primo requisito del sistema energetico – quello che più innalza questo parametro è la diversificazione, cioè l'inclusione di tutte le fonti energetiche in un portafoglio che sia il più ampio e flessibile e che, come nel caso degli investimenti finanziari, ci metta al riparo da crisi che possano interessare uno o più settori del mercato. Se dovessi esprimermi in termini che mi sono familiari introdurrei l'acronimo PACE che, al di là della bellissima condizione che evoca tale parola, sta a significare Primario, Alternato, Contingenza ed Emergenza. Anni di servizio attivo e molteplici coinvolgimenti diretti in operazioni ad alto rischio al comando di incursori mi hanno infatti abituato a considerare sempre il *"what if"* e sempre l'eventualità che qualcosa possa andare storto comportando l'assoluta necessità – pena il rischio della morte – di avere già pianificato soluzioni di riserva, viabili e verificate, da poter implementare immediatamente ed automaticamente nei momenti difficili. Così, tornando all'energia, se il piano principale può contemplare solo alcune fonti energetiche, magari le meno inquinanti, ne dovrò avere uno alternato e funzionante che supplisca a eventuali disfunzioni o discontinuità del primo, uno di contingenza – che gioco forza includa altre fonti – che possa essere implementato nei momenti di crisi e uno di emergenza – sempre alternativo ai tre precedenti – che rappresenti l'ultima spiaggia prima del collasso. Pensare, per esempio, di eliminare il carbone, il nucleare o il gas da questo costrutto energetico significa semplicemente innalzare incredibilmente il rischio che il sistema non regga a eventuali scossoni e, prima o poi, crolli catastroficamente.

Lo abbiamo visto con la crisi scaturita dalla guerra tra Ucraina e Russia: chi si è trovato in maggiore difficoltà sono quei Paesi, come l'Italia e la Germania, che non potendo contare su una indipendenza energetica avevano fatto troppo affidamento sull'economico gas proveniente dalla Siberia privandosi del tutto, o in larga parte, di altre possibilità come il carbone ed il nucleare. La scelta, presentata quale una necessità a fin di bene per ragioni principalmente ambientalistiche ed economiche, si è dimostrata tragicamente errata. Fedeli al principio che sbagliare è umano ma imperversare è diabolico, dovremmo aver imparato la lezione sia della necessità della massima pluralità delle fonti energetiche sia della seria e sempre attuale eventualità che gli eventi bellici ci possano coinvolgere anche direttamente. A ben interpretare l'articolo 11 della nostra Costituzione, infatti, l'Italia ripudia la guerra ma non ha né l'autorità né il potere per eliminarla e quindi dovremmo sempre considerare quali potenzialmente avverabili eventi bellici vicini, lontani o che ci possano coinvolgere direttamente. Questa considerazione, per quanto non direttamente connessa con l'energia, la riprenderò in successive disquisizioni anche dibattendo di chi vuole, ad ogni costo, recuperare denari e fondi dal comparto sicurezza e difesa.

Per quanto attiene **il carbone**, è la fonte fossile più vecchia e inquinante che si conosca ma rappresenta comunque una valida alternativa quando tutto potrebbe cadere a rotoli. Ha un senso radere al suolo le centrali che funzionano con tale combustibile? Il noto buonsenso ci consiglierebbe di mantenerle in piedi, magari a regime nullo o minimo, al fine di poterle impiegare nei momenti di estremo bisogno. Come peraltro successo proprio subito dopo lo scoppio della guerra tra Russia e Ucraina alla faccia degli ambientalisti che, comunque, grazie a questo provvedimento hanno potuto continuare a riscaldarsi ed a impiegare le varie utenze elettriche che ormai tutti abbiamo nelle nostre case.

Il **petrolio** ed il **gas** continuano ad essere fra le principali fonti di energia. Così è e, nonostante le ire degli ambientalisti, così sarà ancora per molti anni. Ho lavorato per molto tempo in Medio Oriente e l'ultima esperienza come Comandante del Contingente Nazionale in Iraq e come Vice Comandante della coalizione Anti-ISIS per l'addestramento e l'equipaggiamento delle forze irachene mi ha offerto l'opportunità di conoscere in maniera ancora più approfondita il paese del Tigri e dell'Eufrate. L'incarico da me rivestito comportava la necessità di spostarmi molto frequentemente sul territorio iracheno per visitare sia i reparti che i siti addestrativi dove si conducevano le attività di preparazione dei reparti militari locali alla lotta contro il sedicente stato islamico. Considerata l'ampiezza del territorio e la ristrettezza dei tempi questi spostamenti avvenivano quasi sempre o tramite elicotteri o con aerei da trasporto tattico. Durante i voli quello che colpiva era l'estrema densità delle zone di estrazione petrolifera che costellavano il territorio che si estendeva sotto il velivolo. Pompe di estrazione e campi, a volte sterminati, per l'aspirazione dell'oro nero che di notte erano facilmente riconoscibili per il bagliore delle fiamme di combustione dei gas che vengono esalati durante i processi di estrazione del greggio. Il "*gas flaring*", infatti, è una pratica che, in fase di perforazione, consente di liberarsi tramite la loro combustione dei gas naturali inutili accumulati nel sottosuolo. Pensare che tale enorme produzione, che spesso rappresenta la percentuale preponderante degli introiti di stati che dipendono dall'oro nero, possa diminuire sensibilmente nei prossimi anni per le iniziative *green* di qualche governo particolarmente sensibile alla causa ambientalista è semplicemente utopistico. Nazioni intere come Iraq, Iran, Qatar, Nigeria, Russia, Emirati Arabi, Libia, Azerbaijan e molti altri, basano essenzialmente la loro sopravvivenza sull'estrazione di combustibili fossili ed è semplicemente impensabile che i rispettivi governi rinuncino a questa unica ricchezza per perorare le cause dei seguaci di Greta. Sembrerà cinico ma è puro e semplice realismo. Anche se un continente come l'Europa diminuisse sensibilmente l'importazione di greggio, vi sono numerosissime popolazioni di stati in via di sviluppo che ne hanno un'impellente ed irrinunciabile necessità. Come già stima l'Opec, in barba alle politiche *green* che imperversano nel ricco Occidente, la domanda di petrolio mondiale da qui al 2045 sarà in continua crescita[25]. A guidare la crescita della domanda saranno i Paesi non Ocse con l'India capolista degli stati che incrementeranno il consumo di oro nero. Le centrali a gas e petrolio rappresenteranno ancora una viabile e relativamente economica fonte di energia almeno per i prossimi cinquant'anni e dovranno costituire una parte di quella architettura energetica su cui il nostro Paese dovrà poter fare affidamento.

Sul **nucleare,** poi, si sono scritti ampissimi trattati. Ricordo, da adolescente, le automobili che sul parabrezza posteriore avevano l'adesivo giallo a forma di sole con la scritta "Nucleare? No grazie". Fatto sta che, alla luce delle statistiche e delle ricerche scientifiche basate su più di 60 anni di esperienza nel settore[26], per quanto attiene lo sfruttamento dell'energia nucleare:

---

[25] Opec: "Domanda petrolio salirà". E chiede alla Guyana di entrare - Business24 La TV del Lavoro (business24tv.it)

[26] Rapporto del Joint Research Centre: ufficio per la scienza della Commissione Europea.

- le emissioni sul ciclo di vita di gas serra sono comparabili a quelle dell'energia idroelettrica ed eolica;
- le emissioni sul ciclo di vita di ossidi di azoto, diossido di zolfo, particolato e NMVOC (composti organici volatili non metanici) sono molto basse e comparabili con quelle di fotovoltaico ed eolico;
- emissioni e forme di inquinamento e degrado di altro genere sono anch'esse comparabili a quelle di fotovoltaico, eolico e idroelettrico;
- l'uso di suolo è comparabile a quello degli impianti a gas e minore di solare ed eolico;
- i depositi geologici in profondità possono essere considerati, allo stato delle conoscenze attuali, soluzioni sicure e adeguate per le scorie radioattive;

Tra le varie conclusioni del rapporto dell'Ufficio per la Scienza dell'Unione Europea occorre anche citare che *"Le analisi non hanno rivelato alcuna prova scientifica che l'energia nucleare sia più dannosa per la salute umana o per l'ambiente rispetto ad altre tecnologie di produzione di energia elettrica già incluse nella Tassonomia come attività a supporto della mitigazione del cambiamento climatico"* [27]

Proprio alla luce di queste incontrovertibili e scientifiche osservazioni, il nucleare è stato inserito nella tassonomia verde dell'unione Europea, al netto del ricorso

---

[27] *The analyses did not reveal any science-based evidence that nuclear energy does more harm to human health or to the environment than other electricity production technologies already included in the Taxonomy as activities supporting climate change mitigation"*.

di Austria e Lussemburgo alla Corte di Giustizia seguiti da un'altra decina di ONG. E questo la dice anche lunga sui farraginosi meccanismi europei: due stati che rappresentano il 2,1% della popolazione del Vecchio Continente e una manciata di organizzazioni sulla cui buona fede è lecito ormai serbare molti dubbi possono mettere in scacco una decisione già approvata da Commissione, Consiglio e Parlamento europeo.

Ma in Italia, i puristi dell'ambiente, sfoderano il referendum del 1987 e – menzionando *Chernobyl* e *Fukushima* – sbandierano i rischi enormi che le centrali nucleari implicano. Ecco, esaminiamo allora, sempre con quel buonsenso che ci dovrebbe appartenere, queste affermazioni.

L'Italia è accerchiata da centrali nucleari, quindi, l'infelice scelta di non averne sul nostro territorio non ha diminuito di un'oncia il rischio di un disastro che lo sfruttamento di tale energia potrebbe comportare. Ad oggi, l'Europa conta circa 103 reattori nucleari operativi, quasi tutti di seconda generazione. Questi producono circa un quarto dell'elettricità totale del Vecchio Continente.

Solo Oltralpe si contano 56 centrali che garantiscono il 70% dell'elettricità alla Francia e che rappresentano il 52% di tutta l'energia atomica d'Europa. Per energia nucleare prodotta, seguono – dati 2020 – la Germania (9%), la Spagna (9%) e la Svezia (7%) e centrali operative sono presenti anche in Belgio, Bulgaria,

Repubblica Ceca, Ungheria, Olanda, Romania, Slovenia, Svezia, Finlandia e Slovacchia. La denuclearizzazione, in Italia, ha avuto quindi i toni di un'ironica beffa perché non ci ha permesso di godere dei vantaggi di un'energia a basso costo, che una produzione sul territorio nazionale avrebbe garantito, ma ci ha sicuramente inflitto il pericolo per i danni di un eventuale, per quanto improbabilissimo, incidente. Inoltre, se il motivo principale del "no" del 1987 è stato il rischio ed il pericolo, la scelta è stata alquanto bizzarra alla luce dei numeri citati in precedenza e della vicinanza delle centrali di molti paesi europei ai nostri confini. Ma nel 1987 avevamo la metà dell'esperienza su cui possiamo contare oggi. Secondo quasi tutti i recenti studi l'energia nucleare, insieme alle rinnovabili, è uno dei metodi più sicuri di produrre energia. Questo dato, rappresentato nel grafico della pagina seguente, non è un parere o un'opinione ma un fatto inequivocabile ed insindacabile molto più certo dell'*inevitabile crisi climatica* che, se non agiamo in fretta, porterà all'estinzione della specie umana. Le varie ricerche, infatti, si basano su un passato conosciuto e su dati realmente disponibili e non risultano da una predizione di condizioni che presentano infinite variabili ed illimitate possibilità di differenti evoluzioni.

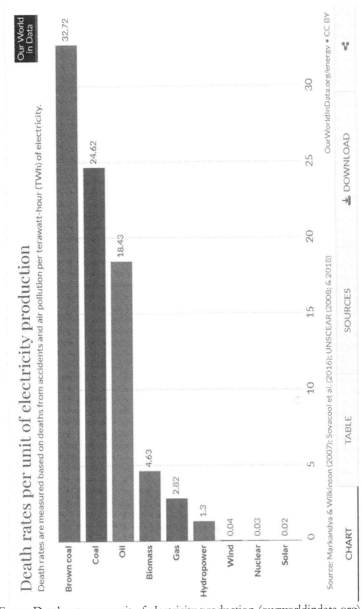

Death rates per unit of electricity production
Death rates are measured based on deaths from accidents and air pollution per terawatt-hour (TWh) of electricity.

Brown coal	32.72
Coal	24.62
Oil	18.43
Biomass	4.63
Gas	2.82
Hydropower	1.3
Wind	0.04
Nuclear	0.03
Solar	0.02

Source: Markandya & Wilkinson (2007); Sovacool et al. (2016); UNSCEAR (2008; & 2018)

OurWorldinData.org/energy • CC BY

Fonte: Death rates per unit of electricity production (ourworldindata.org)

Nonostante questi inconfutabili dati continuiamo ad avere pletore di accaniti combattenti contro il nucleare. L'assurdità, che ogni tanto mi lascia veramente attonito, è che di rischi, nella nostra bellissima Penisola, ne corriamo di molto più seri e contingenti ogni giorno. Pensate, infatti, alla zona attorno al Vesuvio ed ai Campi Flegrei, classificata ad alta pericolosità vulcanica, dove si trova una delle aree a più alta densità abitativa d'Italia. L'eventualità che un'esplosione piroclastica metta a rischio la vita di milioni di persone – come peraltro già realmente avvenuto un paio di migliaia di anni fa – ci spaventa di meno di una centrale super controllata, monitorata e costruita secondo i più stringenti requisiti di sicurezza. Gli adesivi con "Vesuvio? No grazie" non li ha mai commercializzati alcuno! Ma se la logica è quella di abbassare i rischi, perché non si è provveduto progressivamente a de-urbanizzare quella zona? Il recente terremoto in Turchia e Siria ci riporta alla cruda realtà con agghiacciante cinismo: perché dovremmo orientare tutte le nostre risorse per contrastare previsioni non accertate di apocalissi e rischi teorici non supportati da alcuna statistica quando invece i rischi reali sono davanti ai nostri occhi. *"Terremoto in Turchia come 100 atomiche"*, titola il 7 febbraio il Corriere delle Sera! E se usassimo i proventi che ci derivano dall'impiego dell'energia nucleare per rendere antisismico il nostro vetusto patrimonio immobiliare non sarebbe molto più logico alla luce del rischio geologico a cui è soggetta la nostra penisola? L'arte del comando negli ambienti militari e la politica nella società civile si concretizzano definendo le priorità e sarebbe veramente il caso di farlo levandosi di dosso ogni veste ideologica e strumentale. All'indomani dell'incredibile inondazione avvenuta in Emilia Romagna ai primi di maggio, il capo dei geologhi della regione, Paride Antolini, è stato chiarissimo: "*Abbiamo speso montagne di euro per il superbonus, cioè per rifare le case "belle", ma non investiamo un euro per assicurarci che le case siano anche "solide". Cioè in sicurezza. Cosa ci fai col cappotto termico se alla prima scossa viene giù tutto*".

Proprio in tema di sicurezza e di affidabilità un esempio lo fornisce *Olkiluoto3*: l'ultimo reattore appena inaugurato nella verde ed ambientalita Finlandia, il più potente del Vecchio Continente. Le centrali di terza e quarta generazione offrono, infatti, delle misure di sicurezza incomparabili con la tecnologia disponibile nel passato. Le prime, in caso di incidenti, hanno sistemi in grado di allagare il nucleo o spegnersi, mentre quelle allo studio e di quarta generazione usano l'uranio naturale, non arricchito, sono a ciclo chiuso e, di conseguenza, creano pochi rifiuti radioattivi, eliminando in parte il problema di gestione delle scorie. Ad aprile 2023 la nuova centrale atomica finlandese ha completato i test ed è passata alla produzione regolare e, dai dati consolidati a Giugno 23, la produzione energetica del reattore nucleare ha fatto diminuire i prezzi dell'elettricità nel Paese di oltre il 75%. Grazie alla nuova centrale nucleare la Finlandia avrà più stabilità e ricchezza e potrà programmare una transizione energetica verso fonti rinnovabili secondo delle scadenze più realistiche contando su una fornitura di energia sicura, economica e continua. I ribaltatori della realtà che aborriscono il nucleare dovrebbero pensarci.

Altra critica dei verdi ad oltranza, volta a impedire che in Italia si ripensi sul nucleare, è focalizzata sul tempo necessario per lo sviluppo e l'entrata in produzione di una centrale atomica. Dalle stime più accurate dai 10 ai 15 anni ma che con le lentezze del Belpaese potrebbero, si sa, diventare 20. Anche in questo frangente bisogna fare chiarezza. Il problema energetico sarà tutt'altro che risolto fra 20 anni! Avremo sempre bisogno di energia, anzi, ne avremo bisogno sempre di più. Quindi, non dobbiamo perdere un giorno! Dobbiamo investire. Anche un ulivo ci mette 15 anni ad entrare in piena produzione, ma proprio perché crediamo nel futuro e vogliamo lasciare ai nostri figli un mondo migliore, ne continuiamo a piantare.

Il nucleare, quindi, in maniera complementare allo sviluppo di eolico e solare e delle altre energie rinnovabili, è imprescindibile per soddisfare la richiesta energetica degli europei. E se continuiamo a ignorarlo continueremo ad evirarci senza, tuttavia, ottenere alcun beneficio da questa masochistica castrazione, neanche l'ammissione d'ufficio al coro delle voci bianche!

Sempre paradossale, e al limite del grottesco, è che per supplire alla carenza energetica ed ai suoi altissimi costi, e per dare certezza e stabilità nel tempo ad un settore produttivo che non può essere soggetto all'inaffidabilità che ancora caratterizza le fonti rinnovabili, gli industriali del Nord Est dell'Italia vadano ad investire centinaia di milioni di Euro per lo sviluppo e la costruzione di un secondo reattore nucleare in Slovenia, a due passi dal nostro confine[28]. Soldi che potrebbero rimanere nello Stivale e dare lavoro a migliaia di connazionali se invece le centrali le costruissimo noi, sul nostro territorio. Sapendo, peraltro, che non ci manca né la competenza né la capacità!

Nel nostro Belpaese anche le energie rinnovabili per eccellenza causano aspre polemiche e suscitano decisioni alquanto discutibili. Il solare sembrerebbe costituire l'uovo di Colombo: genera un impatto contenuto, non ha organi meccanici in movimento, produce energia abbastanza pulita ma occupa spazio. Qua abbiamo le Sovraintendenze che entrano in gioco e bloccano i lavori anche nelle aree industriali delle nostre città! Capisco che i pannelli in Piazza del Campo a Siena facciano accapponare la pelle, ma in tutti quei posti dove ci sono capannoni e aree produttive a cosa servono i nulla osta delle varie agenzie a qualsiasi titolo interessate? E le borboniche, complesse, arzigogolate e ridondanti procedure per iniziare i lavori? E parlando di ultime decisioni, se proprio si volevano incentivare le rinnovabili ad invarianza di spesa, non sarebbe stato molto più ragionevole abbassare magari all'85% il superbonus edilizio e innalzare al 70-75% (dall'attuale 50%) il bonus per chi installa solo pannelli solari svincolandolo da altri requisiti. Ci sarebbero stati molti proprietari che, non avendo interventi trainanti da poter effettuare, o giudicando la procedura del superbonus troppo complessa e costosa, avrebbero comunque installato

---

[28] L'accordo nucleare dei siderurgici: Federacciai punta sulla Slovenia | Il Foglio;

il fotovoltaico incrementando la produzione di energia elettrica e sfruttando spazi – i tetti – che sono comunque privati.

Ora che la crisi energetica ha riportato l'attenzione sul nucleare anche in Italia i detrattori, gli ambientalisti talebani e una certa sinistra atomoscettica, più in cerca di voti e di sostegno popolare che preparata scientificamente, hanno ricominciato una campagna denigratoria sostenendo innanzitutto che l'Uranio per le centrali si esaurirà nei prossimi 50 anni, che il pericolo associato all'atomo è sempre elevato – nonostante i numeri e le statistiche già disponibili – e che bisogna assolutamente dedicarsi alle energie rinnovabili che sarebbero le uniche a non depauperare la terra delle sue risorse. Queste teorie si basano su delle informazioni largamente diffuse secondo cui la durata delle attuali riserve di Uranio potrebbe essere sufficienti, al massimo, per i prossimi 80 - 100 anni conteggiando solo i consumi odierni. Al riguardo, mi ricordo benissimo che da bambino, alla metà degli anni '70, mentre frequentavo le elementari, venne un dirigente dell'allora AGIP, padre di un amichetto di classe, a farci una piccola lezione sul petrolio. *"Ne avremo ancora per trent'anni?"* – redarguiva all'epoca riferendosi all'oro nero. Ebbene, di anni ne sono passati quasi cinquanta e di petrolio ne continuiamo a estrarre a milioni di barili. Con lo stesso criterio, oggi, la ricerca di nuovi giacimenti di Uranio è del tutto ferma e alcune miniere ancora potenzialmente sfruttabili sono state chiuse, semplicemente perché l'estrazione è attualmente anti-economica. Se nel giro di qualche anno ci fosse una forte conversione energetica verso il nucleare che spingesse in su il prezzo del combustibile allora, sicuramente, riprenderebbero le prospezioni e le ricerche e, com'è successo per il petrolio, si troverebbero nuove risorse o si inizierebbero a sfruttare nuove tecniche estrattive come l'estrazione dell'Uranio dagli oceani che rappresentano una fonte ricchissima dell'elemento radioattivo[29]. Quando poi finisse l'uranio, o la sua estrazione diventasse totalmente antieconomica, si potrebbe impiegare il Torio che risulta essere cinque volte più abbondante in Natura dell'Uranio stesso e che ha anche una resa energetica superiore. Comunque, secondo molti autorevoli ricercatori e scienziati, l'Uranio sulla terra terrà in vita i reattori per almeno le prossime migliaia di anni....[30]

L'altra critica ambientalista è che con il nucleare si continua ad inquinare il mondo per la necessità di cavare il materiale combustibile. Ma solare, eolico, idrogeno e quant'altro richiedono a loro volta materiali inquinanti e limitati in quantità molto maggiori del nucleare, perché sono necessari milioni di pannelli o migliaia di turbine per equivalere la produzione di un singolo reattore nucleare.

I pannelli solari e le turbine eoliche non crescono sugli alberi, non germogliano sui campi e non durano in eterno. Una centrale solare ha bisogno, oltre che del sole – che non c'è di notte – di semiconduttori al selenio-germanio

---

[29] Limitless Fuel? Hydrogel Breakthrough to Nuclear Power | IE (interestingengineering.com)

[30] Nuclear fuel will last us for 4 billion years (whatisnuclear.com)
Uranium Supplies: Supply of Uranium - World Nuclear Association (world-nuclear.org)

o al gallio-arsenico e di silicio raffinato (col deprecato carbone, ovviamente). Una centrale eolica richiede migliaia di magneti permanenti fatti di terre rare come neodimio e disprosio, che generano migliaia di tonnellate di rifiuti tossici per chilogrammo di materiale raffinato. Per entrambe le forme di energia servono inoltre le batterie, che a loro volta richiedono milioni di tonnellate di nichel, cadmio, litio, cobalto e altri minerali.

In termini di spazio occupato e di consumo di materie prime per unità di potenza prodotta il nucleare è estremamente più conveniente delle rinnovabili come dimostra l'eloquente grafico sottostante[31]

---

[31] Glex Energy - The impact of energy use | Area and material consumption

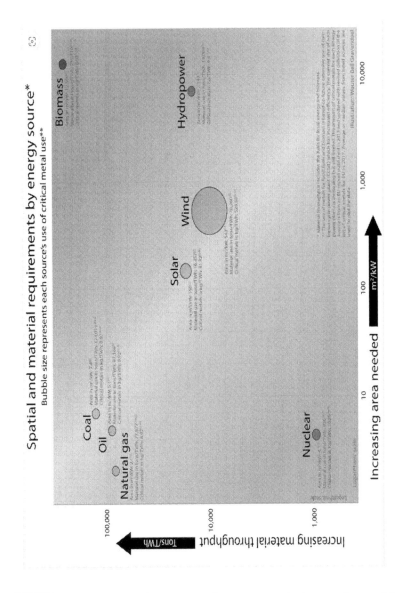

Fonte: Glex Energy - The impact of energy use | Area and material consumption

La soluzione, quindi, se volete banale, e che non è né di destra né di sinistra, è quella di non rinunciare a nulla! Nessuna fonte energetica ce la può fare da sola a sopperire ai nostri bisogni! Dubito che nei prossimi anni tutto sarà elettrico, ed anche se fosse, per produrre l'energia necessaria dovremmo continuare comunque a usare le fonti tradizionali perché, ammesso che avessimo le risorse, non ci basterebbe il tempo a ricoprire di pale eoliche e di pannelli solari gli spazi necessari all'*output* energetico. Dobbiamo quindi puntare sulle rinnovabili e sull'idrogeno perché nessuno obietta che allo stato della tecnologia siano le fonti energetiche più promettenti, ma senza rinunciare al nucleare, al gas, al petrolio, al carbone e a tutto quanto la natura e la tecnologia ci offre. Il mix, il cocktail, il portafoglio potrà essere dosato in base alle disponibilità e necessità, anche ambientali, ma è innegabile che la sicurezza deriva da quante più opzioni dispongo e da quanto meno sono esposto alle bizze del mercato, del tempo e dell'imponderabile che, proprio perché tale, è sempre in agguato!

La diversificazione è la miglior soluzione per affrontare l'incertezza!

Buonsenso, solo buonsenso!

CAPITOLO IV

"LA SOCIETÀ MULTICULTURALE E MULTIETNICA"

Un Paese composto di più civiltà è un Paese che non appartiene a nessuna civiltà ed è privo di un suo nucleo culturale costitutivo. La storia dimostra che nessuna nazione così costituita può durare a lungo come nazione coesa.

(Samuel P. Huntington)

Abbordando la scrittura di questo capitolo, il cui sviluppo si preannunciava complesso, articolato, ricco di riferimenti e, per certi versi, anche sensibile, avevo pensato di ricorrere all'espediente del BLUF imparato dai miei amici militari britannici. Per rendere immediatamente fruibile un qualsiasi documento la cui estensione superasse la paginetta erano infatti abituati a far precedere lo svolgimento da una specie di "sommario essenziale" che, sintetizzando i contenuti dell'elaborato, ne evidenziasse inequivocabilmente solo i punti da ritenere e, soprattutto, ne anticipasse le soluzioni proposte, lasciando all'interessato la possibilità di continuare la lettura e di approfondire solo se ne avesse avvertito la necessità. Il *Bottom Line Up Front*, espressione da cui prende origine l'acronimo BLUF, mi ha salvato spesso da noiose decifrazioni di lunghi e articolati appunti, su argomenti talvolta non proprio avvincenti, scritti in una lingua che, per quanto conosca bene, non sarà mai da me compresa ed intuita con la stessa immediatezza del mio idioma nativo. Questa stessa considerazione, tuttavia, è proprio quella che, alla fine, mi ha convinto di lasciar perdere e di costringere il lettore all'integrale decifrazione del capitolo, invece di limitarsi alla rapida scorsa dei suoi tratti essenziali. Comunque, onde evitare che questa mia personale pretesa si trasformasse in una lapidaria condanna, ho comunque inserito il BLUF – che in questo caso si è trasformato in *"Bottom Line At The End"* – alla fine del capitolo in modo da consentire, comunque, una scelta a tutti quelli che, stanchi delle mie ciance, volessero solo vedere se, in questo scritto, splenda qualcosa di nuovo e di interessante sotto al sole.

Nei primi anni '70 vivevo in quella bellissima città di Ravenna. A parte le orde di tedeschi e di biondi turisti del Nord Europa che, a partire dalla primavera, cominciavano a invadere le piazze, i lidi e le bellissime chiese bizantine, di stranieri non se ne vedevano tanti per le strade della città. E dire che il porto di Ravenna rappresentava già uno dei più considerevoli scali dell'Adriatico e importante crocevia commerciale ed energetico d'Italia. Fu nel 1975, quando con tutta la famiglia ci trasferimmo a Parigi che, per la prima volta, cominciai a venire a contatto quotidianamente con persone di colore. Mi ricordo nitidamente quanto suscitassero la mia curiosità tanto che, nel metrò, fingevo di perdere l'equilibrio per poggiare accidentalmente la mia mano sopra la loro, mentre si reggevano al tientibene dei vagoni, per capire se la loro pelle fosse al tatto più o meno dura e rugosa della nostra. Li guardavo continuamente, con quella scarsa discrezione che caratterizza l'atteggiamento di molti bambini curiosi, e mi colpiva sia la tonalità molto più chiara del palmo delle loro mani sia il netto contrasto che si percepisce nei loro occhi dove la sclera – la parte bianca del bulbo oculare – si staglia con i colori estremamente scuri delle loro pupille. Bastarono poche settimane e la vista dei neri smise di incuriosirmi. Non era poi così raro, infatti, trovarsi a giocare in gruppi di marmocchi, che includevano anche qualche bambino di colore, con i quali ci rotolavamo e arruffavamo insieme in qualche parco della capitale.

Pochi giorni fa, seduto al bar Irene di piazza Cavour a Viareggio a gustarmi un caffè mentre parlottavo con un caro amico, sono stato preso d'assalto da una schiera di persone di colore che, in rapida successione, mi hanno abbordato senza tanti convenevoli chi per cercare di vendermi un libro sulla cultura africana, chi proponendomi fazzoletti di carta e accendini a un euro e chi, molto più semplicemente, chiedendomi qualche spicciolo per comprarsi da mangiare. Poco più tardi, passeggiando sul bellissimo lungomare, ho incrociato un paio di Cingalesi che uscivano da un cantiere, ho salutato un Filippino che conosco e che lavora presso uno stabilimento balneare e sono incappato sui teli pieni di ciarpame stesi dai Senegalesi vicino al molo. In poco più di quarant'anni la nostra società è cambiata drasticamente e, con essa, hanno iniziato a barcollare molte certezze che davamo per scontate.

Quest'affermazione è alquanto banale poiché sono ormai lustri che sentiamo parlare di globalizzazione, di confini permeabili e di perdita della sovranità. Al solito, tuttavia, vi sono stati ampi tentativi di camuffare quello che in realtà stava succedendo, di invertire i ruoli e di capovolgere le prospettive per fare apparire totalmente naturale ciò che in realtà non lo era affatto. L'elogio della società multiculturale e multietnica e l'ineluttabilità dei flussi migratori rientrano appieno tra questi filoni ideologici e rappresentano uno degli ambiti in cui il mondo ci appare veramente al contrario.

Il pensiero comune è infatti ultimamente stato orientato a interpretare una società multietnica e multiculturale come un fattore estremamente positivo, un'idea progressista ed inclusiva ed un obiettivo a cui tendere imprescindibilmente poiché segno tangibile di arricchimento culturale e di evoluzione del genere umano. In uno dei recenti *talk show* televisivi l'affermato politico Pier Luigi Bersani si esprimeva sul tema affermando, con quel suo riconoscibile ed amabile accento emiliano, "*ma lo vediamo ogni giorno, le società migliori sono quelle colorate!*". Non so se fosse solo una dimostrazione di simpatia personale verso quelle collettività che inglobano svariate etnie o se fosse qualcosa di diverso ma sarei veramente interessato di conoscere quegli indicatori sociali che dovessero confermare quanto sostenuto dal noto esponente di Articolo Uno. Digitando su *google* quali siano le 10 società più felici al mondo emergono dati ben diversi da quelli sostenuti da Bersani e, benché l'aspetto etnico non sia il solo a contribuire alla felicità, sicuramente ne costituisce un elemento importante. L'esempio lampante ne sono gli Stati Uniti dove le annose problematiche connesse con la convivenza "spintanea" delle svariate etnie che compongono lo stato a stelle e strisce sono all'ordine del giorno. Se l'esempio non dovesse bastare, perché troppo specifico e circoscritto, sarebbe sufficiente fare un giro in India, il paese più popoloso al mondo e tra i più multietnici sulla faccia della terra. Il miliardo e quattrocentomila anime che vi vivono non sono solo nettamente separate in base al censo nelle note "caste" ma in tutta l'estesa penisola vige una rigida segregazione etnica, religiosa e di costume. Scontri sanguinosi tra induisti e mussulmani e sane scazzottate tra vegetariani e onnivori sono all'ordine del giorno e si trasformano, purtroppo spesso, in cruente tragedie. Solo pochi mesi fa è apparsa su Rai News la notizia che sarebbero almeno 55 i morti a causa delle violenze scoppiate tra i membri dei gruppi etnici *Kuki* e *Meitei* nello stato indiano del *Manipur*.

Se viaggiare lo trovate costoso e scomodo ma vi fidate della rete, basterebbe una veloce ricerca su internet per scoprire che tra i paesi in cui i crimini a sfondo raziale sono in aumento emergono indubbiamente tutte quelle società caratterizzate da una presenza multietnica importante.

Alla luce di questo inconfutabile dato oggettivo la domanda da porsi inizialmente, per cercare di approfondire razionalmente la questione, è perché questa multicolore società dovrebbe rappresentare effettivamente una meta da raggiungere e quali siano i valori aggiunti che un siffatto costrutto sociale offrirebbe.

Quello che risulta ovvio è che, da sempre, le società e le culture si siano formate attorno a valori comuni e condivisi. Chi me lo farebbe fare di congregarmi con chi non la pensa come me, con chi ha abitudini e costumi diversi, con chi ama ciò che io detesto e che, per giunta, non ha alcuna intenzione di trovare un punto d'incontro al fine di rendere serena e pacifica la convivenza? Non a caso la cultura, nel senso antropologico del termine, è sinonimo di "civiltà" ed è definita come quella serie di caratteristiche specifiche di un gruppo sociale in termini spirituali, materiali, intellettuali o emozionali. Dico bene, caratteristiche specifiche e quindi contraddistinguenti, comuni e condivise in maniera naturale. Pertanto, per quale motivo un'aggregazione di persone che è cresciuta e si è evoluta attorno a questi specifici valori ed ha magari anche combattuto per essi, dovrebbe mettere tutto a rischio buttando all'aria il proprio tessuto connettivo fondamentale per la semplice velleità di includere altri valori che sino ad oggi sono stati totalmente estranei alla propria esistenza?

Significherebbe andare a cercarsi dei guai gratuitamente, senza alcuna necessità.

Sgombriamo quindi il campo dalla prima verità sottosopra, ovvero, che la ricerca di una società multiculturale sia un'iniziativa spontanea e voluta da chi non si accontenta della vita pacifica, serena e spensierata che una società che condivide la quasi totalità dei valori offre. La sottaciuta evidenza ci mostra quotidianamente che le società multietniche sono invece il prodotto di necessità alle quali abbiamo dovuto adeguarci gioco forza. Siano esse derivate dal colonialismo, dalla necessità di importare forza lavoro a basso costo, dalla globalizzazione, dalla permeabilità delle frontiere o da leggi e norme internazionali che vietano i respingimenti, il mescolamento di etnie e culture diverse che portano con sé valori e principi differenti e, talvolta, poco conciliabili è un fenomeno che subiamo *obtorto collo* lungi dal rappresentare quell'Eden che alcuni dissimulatori vorrebbero farci apparire.

Questa considerazione è ancora più valida se alziamo lo sguardo verso le nostre istituzioni più elevate che, per prime, sono state fondate su valori leganti specifici che caratterizzano univocamente le singole civiltà. Forse ce lo siamo scordati, forse non ci facciamo più attenzione, forse non ce lo insegnano più a scuola e forse, più perfidamente, c'è qualcuno che ce lo vuole fare dimenticare, ma gli Stati sovrani nazionali, sì proprio quelli in cui ancora noi tutti viviamo, sono nati intorno al concetto di valori comuni e condivisi. Non vi è autore del nostro

Risorgimento che non esalti questo specifico paradigma. Tra le poche poesie studiate a memoria ai tempi della scuola ancora mi sovviene di "Marzo 1821" in cui il Manzoni si lancia in una definizione poetica di Patria come *"una d'arme, di lingua, d'altare, di memorie di sangue e di cuor"*. In essenza, più che dai confini geografici, dal colore della pelle o dalle caratteristiche delle *leadership* politiche, un popolo si riconosce in un patrimonio comune di tradizioni militari, culturali, linguistiche, religiose e in un passato condiviso che costituisce legante insostituibile e fondante della società. È proprio la difesa di questo patrimonio condiviso, inoltre, a spingere le genti che attorno ad esso si riuniscono sino all'estremo sacrificio, qualora necessario, e a renderle empatiche nei confronti di tutti gli altri popoli che lottano per affermare questa loro caratteristica contro ogni eventuale oppressore. La poesia, infatti, è dedicata a *Teodoro Koerner*, *"poeta e soldato dell'indipendenza tedesca, morto sul campo di Lipsia il 13 ottobre 1813, nome caro a tutti i popoli che combattono per difendere o per conquistare una Patria"*.

Non so se questo poema si studi ancora nei nostri istituti scolastici, perché il fondamento stesso dell'idea di società multiculturale, tanto sbandierato ai giorni nostri, va a infrangersi irrimediabilmente contro l'idea stessa di Stato sovrano, di nazione e di popolo. Questi ultimi, infatti, sono caratterizzati da una cultura specifica e distinta che si manifesta in una serie di valori e principi basilari comuni e condivisi in nome dei quali tutti i cittadini vengono trattati allo stesso modo. Sovranità e popolo, tra l'altro, sono anche sinonimi nella nostra forma di governo perché tutti noi sappiamo che, in democrazia, la sovranità appartiene al popolo che la esercita per il tramite di rappresentanti eletti.

Non importa il colore della pelle, l'etnia, la religione o il dialetto parlato, nello Stato sovrano tutti fanno riferimento ad un'unica Patria attorno alla quale si stringono e ad un'unica legislazione che sono tenuti a rispettare in nome del principio di eguaglianza ereditato dalla rivoluzione illuminista. Ed è bene ricordare che ancora oggi, per fortuna, sullo Stato sovrano e per *"la difesa della Patria"* giurano fedeltà tutti i militari che in forza di tale solenne impegno sono pronti a morire per essa. Con una formula leggermente diversa, ma che cita inequivocabilmente *"nell'interesse esclusivo della nazione"*, giurano anche tutti i Ministri ed i Sottosegretari dei nostri governi!

Se non esistesse il legante a presa rapida dei valori comuni da difendere come sarebbe possibile convincere i nostri soldati ad abbandonare le proprie famiglie e ad andare a morire a migliaia di chilometri da casa? Chi combatte e rischia la propria vita lo fa per due motivi: per un ideale e per i propri cari. Quando poi l'ideale si unisce al legame familiare si ottiene un'elevazione a potenza dello spirito di sacrificio. Per quella Patria che integra la famiglia, gli amici, le tradizioni, gli odori e i sapori dei luoghi dove si è nati, le memorie comuni e quanto ci lega attorno al concetto di cittadinanza allora si è pronti a tutto. Lo sanno i nostri nonni morti ad El Alamein o sulle alture del Carso o i cui corpi sono ancora racchiusi nei sommergibili Scirè o Malachite nel profondo degli abissi. Lo sapevano molto bene gli antichi Greci che, nella falange, disponevano gli opliti a fianco ad amici di vecchia data o a familiari e tutti combattevano non solo per la salvezza della comunità e della propria terra ma anche per il rispetto di coloro che stavano loro davanti, di fianco e dietro. Ve lo sottoscrive chi a schivare proiettili e schioppettate si è trovato spesso in allegra compagnia in quelle missioni denominate "di pace" dove però le fucilate non erano a salve e dove nessuno di noi ha mai girato in abiti sgargianti a distribuire pagnotte e caramelle. La difesa della Patria non può prescindere, infatti, dall'individuazione e dall'intima interiorizzazione di quei valori condivisi per i quali valga la pena morire. Allo stesso tempo, dubito fortemente che la necessità di proteggere i "diritti differenziati" e l'altrui cultura possa portare un cittadino a trasformarsi in combattente ed a rischiare la pelle in battaglia.

Dallo Stato sovrano discende poi direttamente il concetto di cittadinanza, ovvero, quell'istituzione che lega l'appartenenza alla Patria di origine all'esercizio dei doveri e dei diritti di cui il cittadino è investito per il semplice fatto di appartenere, per nascita o per genitorialità, alla storia ed alla tradizione di quella stessa nazione. Il *welfare*, le ferie pagate, l'assistenza sanitaria universale, l'istruzione obbligatoria, il servizio militare (o civile), le tasse non sono diritti e doveri piovuti dal cielo ma sono provvedimenti attuati grazie al lavoro, ai sacrifici, al sudore, al sangue, alle privazioni ed alle lotte di chi ci ha preceduto nella nostra Nazione ed ha voluto lasciare alla propria discendenza un mondo migliore. Che piaccia o no non nasciamo uguali su questa terra. La cittadinanza e l'appartenenza ad una determinata società dà luogo a differenti diritti e doveri a seconda dello stato nazionale a cui si fa riferimento. Nascere in Europa, da cittadino del Vecchio Continente, potrebbe non essere molto diverso, nonostante le distanze e le grandi differenze geografiche e climatiche, dal nascere negli Stati Uniti o in Australia, ma è immensamente differente dal vedere la luce in Bangladesh, ad Haiti o in Afghanistan. Nel 1993, a Mogadiscio, ho assistito impotente al taglio di una mano e di un piede ad un giovanissimo somalo che si era macchiato di un furto. Questo concedeva la "cittadinanza" somala in tema di diritti e doveri. È quindi facile capire come la pretesa di essere "cittadini del mondo" sia un'espressione inappropriata ed inesistente e, per quanto possa essere considerato inumano, la ricchezza, il benessere e lo sviluppo fanno la differenza e spesso condizionano sia la vita che la morte degli individui su questo pianeta.

Seguendo invece i principi radicali del multiculturalismo, lo Stato dovrebbe trattare in maniera diversa le persone proprio perché esistono delle differenze sostanziali tra di loro introducendo il concetto dei "diritti differenziati" e buttando nella spazzatura tutti quegli altri diritti conquistati nel tempo dalle maggioranze in nome di una fantomatica inclusione e dell'anti-razzismo. All'interno dello stesso Stato dovrebbero, pertanto, convivere gruppi di persone che fanno riferimento a culture, religioni, usi, costumi e valori differenti e questi dovrebbero essere lasciati liberi di autogovernarsi anche quando queste modalità di condotta fossero in contrasto con le leggi del paese ospitante. È violento pretendere, come lo prevede l'ordinamento nazionale, che le donne, benché, islamiche, abbiano il viso scoperto in pubblico, poiché la loro cultura lo impone. È inumano esigere di applicare il divieto di accattonaggio ai Rom, visto che da secoli hanno basato la loro sopravvivenza su tale espediente. Anche lo stupro, come già detto, può essere giustificato nell'Italia aperta, inclusiva e multiculturale, visto che chi sbarca sulle nostre coste viene da paesi così diversi che non può immaginare che la violenza carnale sia vietata nel Belpaese. Il cruento omicidio della povera adolescente pakistana Saman Abbas, strangolata dai parenti vicino a Novellara perché voleva vivere all'occidentale, ha anche trovato tentativi di giustificazione da parte dei multiculturalisti radicali che minimizzano parteggiando per le attenuanti culturali. Analogamente, pur senza contravvenire a leggi e a disposizioni normative, in nome del multiculturalismo si arriva a difendere qualsiasi cosa: diventa lecita l'istanza di qualche minoranza che vorrebbe evitare di festeggiare il Natale nelle scuole, perché esiste anche chi non celebra la nascita del Cristo; l'Unione Europea emana disposizioni intese a rendere inopportuni gli auguri in occasione delle feste cristiane, poiché conviviamo con chi cristiano non è; la richiesta di eliminare la carne di maiale dalle mense è accolta con favore, poiché il prosciutto che noi mangiamo da secoli è poco gradito alla minoranza mussulmana trasferitasi nella penisola.

Contrariamente a quello che in molti pensano, infatti, la multiculturalità non si esaurisce nel sacrosanto rispetto delle altrui culture e diversità ma, secondo l'ideologia sovvertitrice del multiculturalismo estremista si sostanzia in un approccio che giustifica, in nome di queste diversità, comportamenti e norme differenziate all'interno della stessa società. Una specie di *caos* istituzionalizzato che adatta l'interpretazione del comportamento sociale al contesto di provenienza e che viene altezzosamente chiamato "l'unità nella diversità" parafrasando il motto dell'Unione Europea. Il rispetto del diverso trova già applicazione nella maggioranza delle libere società occidentali: i mussulmani sono liberi di professare la loro fede, di digiunare durante il Ramadan e di recarsi nelle moschee fatte costruire proprio per il riguardo nei confronti dell'altrui religione. Analogamente, le svariate abitudini alimentari trovano assoluta libertà di esercizio purché non siano nocive per la salute ed avvengano in spazi privati. Anche i più estroversi stili di abbigliamento non producono particolari critiche purché non costituiscano un'offesa alla decenza o una minaccia per la sicurezza. Ma questo, evidentemente, non basta.

La dittatura delle minoranze ha prevaricato il concetto di democrazia dove la maggioranza decide ed il resto si adegua. Non si tratta più di vivere insieme pacificamente rispettando il codice della maggioranza ma di avere tanti codici e comportamenti di eguale rango e dignità che dovrebbero coesistere a prescindere dalla maggioranza. Bisogna, inoltre, cambiare la cultura dominante, è necessario epurarla, diluirla, falsificarla al fine di cancellare ogni riferimento a valori e realtà condivise. Anche le fiabe che noi tutti abbiamo letto da bambini sono inopportune, quelle in cui le principesse erano bionde e avevano le trecce lunghe. Dobbiamo cambiare il colore ai principi che da azzurri devono tendere al nero. Peter Pan è diventato troppo patriarcale, Campanellino deve essere di genere fluido e Wendy la deve smettere di accudire tutti quei maschi attorno a lei. Capitan Uncino sicuramente offende qualche minoranza e il coccodrillo non potrà mai più fare una brutta fine. Neanche il mondo del *"c'era una volta"* viene salvato dai devastati mentali del multiculturalismo che, incapaci di creazioni altrettanto geniali, si divertono a massacrare l'immaginario infantile con un incessante rogo della letteratura mondiale di ogni tempo sostituendola con una vomitevole paccottiglia *à la carte*.

La mera convivenza di persone provenienti da posti diversi, infatti, è fenomeno banale perché, che piaccia o no, la coesistenza di culture e etnie differenti è un dato di fatto ed un'oggettiva realtà in moltissime regioni del nostro globo. In quasi ogni angolo del mondo vivono a stretto contatto gruppi di persone che si distinguono per la loro diversità. L'ho visto personalmente in tutti i posti dove sono stato e dove la mia presenza era giustificata da una convivenza non proprio pacifica di queste diversità etniche. In Somalia, con gli Abgal di Hali Mahdi e gli Habr Gedir del generale Aidid, che nei primi anni '90 si sono aspramente combattuti per il controllo del potere e per il dominio della capitale Mogadiscio. In Rwanda, dove l'odio razziale contro la minoranza Tutsi ha portato ad uno dei peggiori genocidi della storia compiuto dagli ultrà del *Hutu Power*. L'ho toccato ancora più con mano in Bosnia, con i Serbi, i Croati e i mussulmani bosniaci che si sono ammazzati senza pietà tra famiglie che vivevano nelle stesse case ad un tiro di schioppo dalle nostre frontiere. Anche in Costa d'Avorio i disordini del 2004 erano connessi a liti tribali ed al concetto di *Ivoiritiè* ("ivoranietà"). Che dire poi in Iraq, con i sunniti, gli sciiti e i Curdi che, a fasi alterne, si sono decimati in nome della religione, dell'etnia e del partito di appartenenza e dove, più recentemente, gli appartenenti ad ISIS - rigorosamente sunniti - ammazzavano a vista chi portava il nome di Alì ricordato, anche da Dante, come primo califfo dello Scisma. Anche in un paese ricco e scarsamente popolato come la Libia la scomparsa del dittatore ha immediatamente fatto nascere le ostilità fra le maggioranze arabe e i Berberi (Amazigh) del Jebel, duramente repressi dal precedente regime e a cui Gheddafi aveva sempre sottratto ogni mezzo di sostentamento arrivando, perfino, a negarne l'esistenza. In Afghansitan, infine, evidenzio solo i Pasthun, i Tagichi e gli Hazara per non citare tutte le altre innumerevoli etnie che coabitano non certo placidamente nel paese degli aquiloni.

L'esperienza maturata in questi paesi logorati da guerre e conflitti mi ha anche messo davanti agli occhi una banalità ben chiara a chi la storia e l'antropologia l'ha studiata approfonditamente, ovvero, che tutte queste diverse etnie sono riuscite a convivere quasi pacificamente fintanto che una ha prevalso sulle altre, imponendo il proprio codice comportamentale oppure, fintanto che è esistita una terza entità che le abbia dominate smussando gli aspetti più estremisti di ogni cultura e obbligandole al rispetto di norme comuni. In Somalia tutto andava bene fintanto che Siad Barre, forte di un esercito tutto sommato ben armato e fondatore del primo servizio segreto somalo, riusciva a conglomerare con metodi non proprio da gentiluomo le varie tribù. Così, il braccio pesante di Tito nei confronti delle varie anime della ex Jugoslavia ha consentito una convivenza pacifica per più di mezzo secolo in tutta la penisola balcanica occidentale. Si entra poi nella contemporaneità quando andiamo ad esaminare il ruolo determinante che figure come Saddam Hussein e Gheddafi hanno giocato per garantire con la forza la coesione di stati in cui gli elementi culturali fondanti della società erano estremamente labili. Altra verità che quindi mi preme sottolineare è che nel mondo reale la convivenza di più civiltà è tanto più pacifica quanto più vi è il dominio di una civiltà sulle altre oppure, tanto più esista una forte organizzazione statuale che faccia rispettare rigorosamente a tutte le civiltà che coabitano un solo, univoco e irremovibile codice di condotta.   Questa ruvida e amara verità, che io ho semplicemente sperimentato sulla mia pelle in regioni dove ci si è scannati atrocemente fra diverse etnie, l'antropologa Ida Magli l'ha chiaramente evidenziata dopo anni di studi e di approfondite ricerche scientifiche nelle sue opere. La scienziata è lapidaria: "*nella nostra storia umana, le culture non si integrano pacificamente fra loro ma una vince e domina e l'altra perde, e viene dominata*".

Lo vediamo ogni giorno in tutti in quei paesi in cui le diverse etnie che, sempre per necessità o interesse e mai per scelta o per vocazione, si sono trovate a convivere non riescono a farlo pacificamente e, soprattutto, non riescono a fondersi. Guardate gli Stati Uniti: la loro storia comincia con il genocidio e la segregazione nelle riserve dei nativi americani e continua con lo schiavismo e la profonda discriminazione dei neri. Anni di lotte, rivoluzioni, leggi applicate con la canna dei fucili e ci ritroviamo ad oggi con una nazione che avrebbe dovuto rappresentare il crogiuolo delle razze, il famoso *melting pot* e che invece incarna l'esempio di un grande continente in cui le varie etnie fanno di tutto ma non si mescolano. Nonostante siano partiti col piede giusto da una multiculturalità intrinseca, poiché i primi coloni avevano origini nazionali e identità religiose diverse, la conflittualità nei confronti delle varie identità culturali che via via si sono aggiunte col tempo è stata sempre molto accesa. Nonostante i tanti sforzi, i progetti di integrazione, l'inno nazionale insegnato sin dai primi anni dell'asilo ed anche un presidente di origine africana, ad oggi non è avvenuta alcuna fusione multiculturale: la comunità bianca, cosiddetta *White Anglo-Saxon Protestant* – WASP – continua a rappresentare la cultura dominante. Nel Nuovo Mondo coesistono malamente vari gruppi sociali distinti nelle proprie identità separate e gli americani continuano ad autodefinirsi in base alle categorie etniche di provenienza. Ai nativi e agli *afroamericans* si sono aggiunti i *latinos* e molte comunità di cinesi e di immigrati provenienti dal Medio Oriente. Le statistiche ci indicano che i crimini a sfondo razziale sono in aumento rispetto al passato e la risonanza che ha avuto il movimento *black lives matter* dimostra solo parzialmente il clima di tensione che si vive nel paese.

Guardate l'Australia dove, nonostante le distanze, la cultura anglosassone ha prevalso su ogni altra identità etnica che abbia incontrato sul suo passaggio e dove, tutt'ora, vige una delle più rigide politiche anti immigrazione. *"Non farete dell'Australia la vostra casa"* – scandisce duramente lo spot della campagna anti-immigratoria denominata *"No Way"* varata da Melbourne qualche anno fa.

Guardate il Brasile, il tanto enfatizzato Canada, la Cina, il Giappone, la Svezia, la Russia, ma anche gli stati africani come la Nigeria, il Congo, il Sudafrica e chi più ne ha più ne metta. In nessuna di queste realtà il multiculturalismo ha attecchito! Senza contare che, se dovessi basarmi sulle esperienze personali, la segregazione ed il razzismo, quelli veri, li ho visti molto di più in quelle aree e tra quelle popolazioni che noi europei ci autoaccusiamo di discriminare. Nel Nord Africa i neri sono considerati quasi degli schiavi; in Rwanda i neri Tutsi sono stati fatti fuori a colpi di machete dai neri Hutu solo perché appartenevano ad una tribù diversa; negli Emirati Arabi ed in Qatar i Cingalesi, Pakistani, Indocinesi e Bangladesi sono privati di ogni diritto e segregati a vivere in quartieri dedicati ai margini delle città; in Afghanistan gli *Hazara* sono fortemente esclusi da ogni ruolo di rilievo nella società; in Somalia i *Bantù* sono totalmente marginalizzati.

Ed ora guardiamo l'Europa, caratterizzata dalla comune origine cristiana e da una storia tutto sommato condivisa, ma che sotto la pressione degli importanti flussi migratori delle ultime decadi si sta trasformando e sta vivendo le stesse contraddizioni e conflittualità degli altri paesi in cui il fenomeno si è già verificato. Ce ne siamo accorti in Francia ed in Belgio con il crearsi di vere e proprie *enclaves* dove la polizia non riesce a entrare, dove si bruciano le macchine dei pompieri chiamati a spegnere incendi inesistenti e dove è stato facile far dilagare il fondamentalismo islamico assassino responsabile degli orribili attentati del *Bataclan* e di Nizza. La rivolta che nei primi giorni di luglio, ha infuocato tutto lo stato transalpino a seguito dell'uccisione del giovane Nahel Merzouk conferma il fallimento delle politiche d'immigrazione e di integrazione attuate da Parigi. L'autorità stessa dello Stato è messa in crisi da una massa enorme di popolazione, da un intero gruppo etnico che segna un momento di grossa difficoltà per il popolo francese e potrebbe generare addirittura una guerra civile permanente. Le ragioni che hanno innescato i tumulti sono nella violenza, apparentemente ingiustificata da parte della polizia, che trovano tuttavia ragione, almeno parziale, nelle sue difficoltà di penetrare quel mondo, di affrontare i singoli ribelli disposti a tutto e difficilmente "domabili" senza usare forza e modi violenti. Lo vediamo anche in Italia, in tanti filmati, il comportamento aggressivo e insolente di tanti di loro che non si fermano di fronte ai divieti, alla cultura, alla decenza e nemmeno davanti alle forze dell'ordine, costrette spesso ad usare la forza e riprese, da improvvisati videoamatori, nei momenti dell'azione più energica da parte dei gendarmi subito aspramente criticata da stampa e gruppi interessati. Proprio qua in Italia un'accoglienza indiscriminata e un sistema d'integrazione insufficiente ad assorbire una così grande quantità di immigrati stanno favorendo la crescita, in tutte le maggiori città italiane, di aree abitative esclusive, rigorosamente inaccessibili agli estranei, forze di polizia comprese, e rifugio anche delle peggiori fecce provenienti da quel mondo, capaci di fomentare e manovrare il loro nuovo ghetto.

Vi sono quartieri dove la giustizia e il vivere comune sono amministrati da altre entità rispetto a quelle statuali, dove bande di extracomunitari occupano interi stabili e li gestiscono secondo le regole della prevaricazione e della violenza, dove si vorrebbe applicare la *Sharia* (ammesso che non lo si faccia già) oppure le leggi tribali africane, dove i minorenni non vengono avviati alle scuole e all'istruzione obbligatoria, dove le donne devono essere coperte dietro lo *shador* e dove è loro vietato uscire di casa. In Germania, nel pieno centro di Colonia, orde di nordafricani si impossessano di intere aree della città e palpeggiano e molestano le ragazze tedesche la sera di capodanno, perché nella loro cultura una donna che esce in minigonna manifesta un atteggiamento provocatorio. In Italia bande di Africani prendono possesso di aree industriali abbandonate o di interi quartieri cittadini trasformandoli in zone di spaccio e di delinquenza dove l'unica legge che vige è quella della prepotenza. Come se non bastasse, il multiculturalismo concede ogni licenza a questi delinquenti etnici in nome dei presunti torti e delle segregazioni subite nel passato. Pensate che in California si è costituita una vera e propria *Task Force (California*

Reparations Task Force) per perorare la causa di un consistente ristoro economico da devolvere a tutti gli afroamericani per ripagarli dello schiavismo e delle discriminazioni subite per secoli. Soldi ai neri, e solo a loro! Non borse di studio con cui spronare i meritevoli a prescindere dal colore della loro pelle, dalla religione professata, dal censo o dall'orientamento sessuale ma un obolo dato solo in base ad una provenienza etnica o ad un'appartenenza ad una minoranza. Perché l'ideologia multiculturale odia la meritocrazia in quanto razzista, poiché fa emergere qualcuno che merita da qualcun altro che è tutt'altro che meritevole. Per loro quello che contano sono i diritti collettivi basati sul genere, sull'orientamento sessuale o sul colore della pelle piuttosto che le pari opportunità che si basano sulla capacità intrinseca di ognuno di noi. E ce la menano terribilmente dicendo che anche le capacità individuali, in qualche maniera, discendono dall'ambiente di provenienza e quindi non possono costituire un paradigma di equità. Come paragonare il figlio di un ricco imprenditore bianco che studia a Yale con il povero afroamericano costretto a lavorare e crescere in un sobborgo di Memphis?

In Gran Bretagna è la responsabile delle risorse umane, il *Group Captain Elizabeth Nicholl,* a dare le dimissioni dal Ministero della Difesa in quanto, nei processi selettivi per i piloti della *Royal Air Force,* le era stato imposto di favorire le donne, i neri e le minoranze etniche invece che di basarsi su criteri esclusivamente meritocratici. L'ordine che le è stato dato è quello di fare offerte d'impiego ad ulteriori candidati donne e ad appartenenti a minoranze etniche solamente sulla base delle loro caratteristiche "protette" a scapito di uomini bianchi che avevano passato le selezioni con risultati ben migliori di loro. Eccola la mentalità multiculturale che sta prendendo il sopravvento! E le quote rose, di tristissima realtà nazionale, non sono forse figlie della stessa bacata mentalità che vede prevalere l'ottica dei diritti collettivi sulla meritocrazia basata sulle capacità dell'individuo?

Le comunità dove ancora vince il migliore, a prescindere dalle altre caratteristiche, dove la giusta e corretta competizione incrementa l'efficienza, dove le capacità e i meriti individuali sono premiati sono considerate dal multiculturalismo troppo violente, razziste, esclusive e, in definitiva, da smantellare! È la competitività stessa a salire sul banco degli imputati, quella che garantisce la sopravvivenza e l'evoluzione di tutti gli esseri animati sulla terra: produce selezione, stress, affanno, fa emergere i migliori…Che schifo, va eliminata!

Se queste sono le premesse, se la tengano loro la società multiculturale perché a me inorridisce! E penso faccia schifo a tutti i neri, alle donne, agli omosessuali, ai vegani e agli animalisti e a tutti quegli esponenti di minoranze che sono meritevoli e che vogliono affermarsi in base alle loro capacità.
No, al contrario dei multiculturalisti, non sono di quelli che credono che le culture siano tutte uguali. Anzi, per molti versi non le tollero le altre società, pur rispettandole nel loro contesto di origine. Quelle delle mani tagliate, delle

esecuzioni in pubblico, della subordinazione incondizionata delle donne, dell'infibulazione, della droga libera, del diritto al rapimento e al furto, del rifiuto della scienza e della medicina, della negazione dell'istruzione o dell'istruzione a senso unico, dei divieti alimentari, della prevaricazione autorizzata. Non ho la pretesa di cambiare il mondo e non sono tra i sostenitori dell'esportazione della democrazia e dei valori universali dell'uomo ma non voglio che nessuno cambi il mio di mondo. Ma non erano morti per questo i nostri nonni? Per evitare che il nostro mondo cambiasse e che fossimo dominati da una cultura e civiltà a noi estranea?

La mia società, quella in cui sono nato ed ho vissuto e per la quale ha combattuto mio nonno – classe 1898, che arruolandosi a 16 anni si è fatto la prima, la seconda guerra mondiale e la guerra di Spagna – tutto sommato mi piace. Sicuramente si può migliorare ma è meglio di molte altre. Mi piacciono le libertà individuali, lo stato di diritto, la libertà di espressione, l'idea di poter avere successo basandosi sulle proprie capacità, l'uguaglianza di fronte alla giustizia, il benessere che ci siamo conquistati ed il progresso a cui siamo stati capaci di giungere. Mi piace la mia cucina, i cantautori nazionali, l'odore del pane fresco al mattino e le campane che suonano la domenica. Le altre culture le rispetto, non le voglio cambiare, a volte le apprezzo e ne so valorizzare alcuni tratti piacevoli e positivi ma non le sostituirei alla mia. E non voglio che nessuno ci provi con la mia. La mia cultura, la considero un dono che i nostri avi ci hanno tramandato con cura e che dobbiamo custodire gelosamente. Sì, perché forse ingenuamente ed illudendomi un po', ritengo che nelle mie vene scorra una goccia del sangue di Enea, di Romolo, di Giulio Cesare, di Dante, di Fibonacci, di Giovanni dalle Bande Nere e di Lorenzo de Medici, di Leonardo da Vinci, di Michelangelo e di Galileo, di Paolo Ruffini, di Mazzini e di Garibaldi. E non vi dovete stupire se sono andato così lontano nel tempo. Da adolescente, infatti, leggendo un libro su Annibale ho avuto un'incredibile rivelazione: l'autore, il bravissimo Gianni Granzotto, sosteneva infatti che "*sessanta nonni ci dividono oggi da Annibale. Sessanta nonni soltanto. Potrebbero stare tutti in quella stanza della memoria, cucitrice del tempo*". E proprio questo bellissimo esempio mi consente di evidenziare che la cultura di una popolazione ed il tempo a cui fa riferimento sono parametri intimamente legati tra loro. È vero che la cultura è un prodotto storico, è in costante divenire e si arricchisce giorno per giorno mutando ma è anche vero che questi infinitesimali correttivi dell'ultima ora hanno un impatto insignificante su ciò che si è cristallizzato in 5000 anni di storia. Se lo dovrebbero stampare bene nella mente i fanatici della "*cancel culture*" che vorrebbero tirare un colpo di spugna su storia e tradizioni millenarie. Anche se abbiamo seconde generazioni di Italiani dagli occhi a mandorla, il riso alla cantonese e gli involtini primavera non fanno parte della cucina e della tradizione nazionale; anche se Paola Egonu è italiana di cittadinanza, è evidente che i suoi tratti somatici non rappresentano l'italianità che si può invece scorgere in tutti gli affreschi, i quadri e le statue che dagli etruschi sono giunti ai giorni nostri; anche se vi sono portatori di passaporto italiano che pregano nelle moschee, ciò non cancella 2000 anni di cristianità. La società cambia, e così la cultura, ma ogni popolazione ha il sacrosanto diritto, ed anche il dovere, di proteggere le proprie origini e le proprie tradizioni da derive e da tangenti che le snaturerebbero. Sono ormai più di cinquant'anni che abbiamo *McDonald's* in Italia e che milioni di italiani si cibano dei suoi prodotti, ma nessuno si azzarda a dichiarare che i panini con hamburger e *ketch-up* facciano parte della cucina tricolore. E fa benissimo Vissani, o qualunque altro virtuoso della culinaria, ad insorgere quando si vorrebbero applicare delle arbitrarie ed esotiche varianti ad una delle grandi espressioni dell'arte nazionale. Analogamente, per quanto crescano le percentuali di stranieri o di cittadini italiani "acquisiti", fare il distinguo su ciò che appartiene alla cultura nazionale e ciò che è importato è indice di tutela di un patrimonio culturale vecchio di millenni e non di inutile sciovinismo o di xenofobia.

Nulla contro gli Abu Bakr, i Gengis Kan, i Ming, i Musashi ma la loro anima non la sento pulsare nel mio petto come quella dei nostri eroi. Spetta a chi abbraccia per scelta la cittadinanza italiana farsi contagiare e permeare dalla cultura del paese ospitante e non il contrario. Lo straniero che non si integra nel tessuto della terra che lo accoglie non è più un immigrato ma diventa un invasore. Da soldato che ha servito in uniforme in decine di paesi stranieri ho imparato questo concetto non solo sui libri, ma soprattutto nella vita di tutti i giorni. Per quanto mi trovassi in Iraq per combattere al fianco delle forze locali rischiando la mia vita e quella dei miei uomini per aiutare il governo di Baghdad a riconquistare la propria sovranità, non mi facevo vedere bere di giorno durante il *Ramadam*; rispettavo i momenti di preghiera dei mussulmani; mangiavo alle loro mense senza storcere la bocca o fare commenti sul cibo non sempre di gusto Mediterraneo che mi veniva offerto o su quanto mi sarebbe piaciuta una fetta di prosciutto o una salsiccia alla brace. *"Il soldato in terra straniera è come il pesce: dopo qualche giorno puzza"*. Con questa semplice, ma molto esplicita frase, insegnavamo a tutti i militari il rispetto e l'accettazione delle tradizioni locali perché ogni cultura percepisce come estraneo ed invasore chi non si integra nel suo tessuto. E così, proprio per il rispetto delle altrui civiltà, a casa propria tutti hanno il diritto di esercitare la propria cultura d'appartenenza ma a casa mia – perché questa è casa mia e non la terra della popolazione mondiale – ti devi adeguare alla mia di cultura, come io faccio quando sono ospitato nella tua terra di origine.

Chi viene a vivere da noi, sgombriamo ogni dubbio, lo fa per scelta e non per necessità perché anche chi scappa dalla guerra, dalla fame, dal clima, dell'emarginazione non si sposta il minimo necessario per garantirsi la sopravvivenza ma sceglie deliberatamente l'Europa. Sceglie il *welfare*, le cure gratuite, il reddito di cittadinanza, la libertà di espressione e di culto e tutti i diritti che negli anni una società monoetnica è riuscita a ideare, sviluppare, e proteggere. E se scelgono questi diritti se ne devono sobbarcare anche i doveri senza alcuna esclusione, si devono adattare alla nostra di cultura senza pretendere altro, anzi, ringraziando immensamente per la compassione e la generosità. Le differenze culturali sono tutte accettabili ed accettate ma non devono mettere in discussione l'integrità della società e l'identità del paese ospite. Una nazione che si prende il carico di ospitare milioni di stranieri non può e non deve anche sacrificare i simboli della propria identità per compiacerli. Questo semplice e logico paradigma non può essere interpretato come violenza, dittatura, esclusione e razzismo perché l'ospite, qualora non contento di quello che la nostra società possa offrire, è libero di andarsene, di spostarsi e di trovare un luogo a lui più congeniale. Ci sono tanti altri paesi, oltre l'Europa, che garantiscono l'assenza di guerre, carestie, e fame. In Algeria, Marocco, Tunisia, Egitto, Turchia, non si muore d'inedia e non vi sono conflitti. In Senegal ed in Ghana neanche, come tutto sommato sono garantiti i diritti umani fondamentali in India, in Pakistan in Kazakistan, in Mongolia, in Nepal, in Sudafrica, in Niger ed in tutta l'Indonesia e ne potrei citare quanti ne volete presi dalla mappa del sito *"ourworldindata.org/ human-rights"*....Quello che cambia, diciamolo pure con il cinismo che ogni tanto ci deve caratterizzare per mantenerci attaccati alla realtà, è il benessere e l'assoluta libertà combinata con la manica larga delle regole e delle punizioni associate a chi non le rispetta. Vengono da noi in cerca di denaro, di benessere, di garanzie, di casa riscaldata, di televisione, di *smartphone*, di cure gratuite, di impunità e di molte altre amenità che non sono funzionali solo a garantire la loro sopravvivenza. Sono un di più, sono benessere non indispensabile, sono prosperità, libertà, agiatezza che la nostra becera civiltà occidentale razzista e monoetnica si è guadagnata aspramente con decenni di guerre e di morti, con le schiene spaccate dei nostri avi che hanno dissodato la terra a mani nude, con il lavoro in miniera, con le ore passate in catena di montaggio, con la rinuncia alle ferie, con le valigie di cartone contenenti pochi stracci ed un salame per sbarcare il lunario, con i cappellini fatti di carta di giornale nei cantieri, con le morti nelle raffinerie o nelle cave di amianto. Per quale motivo, dunque, tutto questo dovrebbe essere elargito gratuitamente a chi, non solo non ha contribuito minimamente a questa prosperità, ma bussa alle nostre porte con arroganza e prepotenza ed esige quello che i propri paesi di origine non sono in grado di dare?

La risposta è presto fornita con fare altezzoso dai *radical chic* progressisti: *"Perché non se ne può fare a meno….Perché i flussi migratori sono inarrestabili…. Fatevene una ragione"*. Così si esprimeva la giornalista Claudia Fusani in uno dei tanti *talk show* televisivi in cui è invitata a prendere la parte dei poveri immigrati o, usando un termine molto caro ai progressisti, dei "migranti".

Altra balla incredibile! La polizia di frontiera, i visti sui passaporti ed il controllo dei confini sono istituzioni che da centinaia di anni servono anche, e soprattutto, a questo scopo. Chi ha voluto fermare i flussi migratori lo ha fatto anche in barba a pressioni demografiche altissime ed al cosiddetto "Diritto Internazionale". A Malta – Unione Europea – i barconi non arrivano! Nel 2023, nell'isola che rappresenta il primo approdo del Mediterraneo è stato accolto un solo immigrato sbarcato[32]. Eppure La Valletta, pur essendo stata più volte accusata di violazione del principio di non respingimento, non si trova sul banco degli imputati né All'Aja né presso la Corte Europea dei Diritti dell'Uomo né – mi risulta – che i suoi ministri e governanti debbano apparire presso i tribunali nazionali per rispondere del reato di crimine verso l'umanità. In Giappone non si immigra da irregolari, e neanche in Australia. Chi entra in queste nazioni senza un visto, sempre che ce la faccia ad entrarvi, viene arrestato, detenuto, concentrato in apposite aree e riportato ai confini senza troppi complimenti. Da evidenziare che Malta, Giappone e Australia, in base all'autorevole sito *"ourworldindata.org"*, hanno lo stesso elevato indice di rispetto dei diritti umani di Italia, Francia e Stati Uniti. Anche il democratico e sinistrorso Biden mantiene chiuse le frontiere e manda 1500 soldati al confine con il Messico nonostante la norma denominata *"Title 42"*[33] e varata da Trump in tempo di Covid sia scaduta. Continueranno pertanto le espulsioni immediate di chi varchi il confine con gli USA in maniera irregolare. Inoltre, sempre l'attempato presidente prende accordi con i paesi del Sudamerica affinché realizzino dei centri di raccolta all'interno dei loro confini per consentire agli eventuali

---

[32] Situation Mediterranean Situation (unhcr.org) (dati riferiti al 30 marzo 2023)

[33] il *'Title 42'*, è la misura sanitaria di emergenza introdotta dall'ex presidente Donald Trump per espellere, in nome della lotta al Covid-19, i migranti entrati illegalmente nel Paese dal Messico anche se richiedenti asilo.

richiedenti asilo di muovere le proprie istanze senza entrare nel territorio a stelle e strisce.

In Qatar, negli Emirati Arabi, in Oman, in Arabia Saudita non si approda clandestinamente, eppure per chi viene dall'Afghanistan, dal Pakistan, dal Bangladesh e dall'Indonesia queste destinazioni sono molto più vicine e facili da raggiungere. Sono tutte nazioni prospere e ricche; spesso scarsamente abitate; aderiscono alle Nazioni Unite con cui hanno firmato accordi e trattati; intrattengono proficue ed intense relazioni economiche con l'Occidente; sempre più sovente, ospitano manifestazioni mondiali che dovrebbero essere bandite dai paesi che non rispettano i diritti umani ed, infine, sono diventate mete turistiche per molti di quei *radical chic* che manifestano per l'apertura delle frontiere e per i diritti dei migranti ma postano selfie sui social dalla terrazza del Burj Khalifa. Se non sbaglio, proprio l'Esposizione Universale del 2021-22 si è tenuta a Dubai e tutte le nazioni i cui governi sbraitano sguaiatamente per il rispetto dei diritti umani vi hanno partecipato con padiglioni imponenti e dall'impressionante bellezza. Che ipocrisia!

In Russia c'è lavoro, e ce n'è anche tanto. Rispetto a molti posti del mondo, vi si vive anche abbastanza bene. A Mosca quasi tutti i tassisti sono Kirghisi, Uzbechi o Tagichi come quasi tutti gli operai che manutengono le strade, che sgomberano le città dalla neve nel lungo inverno e che lavorano nelle costruzioni e nell'agricoltura. Nei grandi cantieri che ho visitato a Murmansk, dove la nostra SAIPEM era solidamente presente, la maggioranza dei lavoratori era dai tratti somatici mongoli. Ma in Russia, nonostante l'incredibile estensione del territorio e l'impossibilità di gestirne e controllarne le frontiere, l'immigrazione clandestina non esiste o è un fenomeno relegato alle popolazioni nomadi delle steppe asiatiche. Il clandestino in Russia non lo vai a fare perché sai che non avrai vita facile. Nel 2019 i lavoratori stranieri immigrati temporaneamente in Russia erano 12 milioni su una popolazione di 145 (quasi il 10 %). Nel 2020 sono scesi a 6 milioni a causa della pandemia. Per immigrare in Russia le candidature dei potenziali lavoratori sono vagliate nel paese di origine e, a chi viene accettato, è garantito il contratto di lavoro ed il contratto per la casa prima ancora dell'ingresso nella terra degli Zar. Se poi non rispetti le leggi e la cultura locale, oltre a finire in carcere per gli eventuali reati commessi, vieni rispedito al mittente senza troppi complimenti e senza la possibilità di poter ritornare per innumerevoli anni. Certo che è più facile e conveniente venire in Europa. In Italia se rubi, molesti il prossimo o non paghi il biglietto del treno mica ti rimandano a casa!

Se i flussi migratori si indirizzano tutti verso l'Europa il motivo c'è! Non a caso sono stati denominati "flussi" impiegando un termine che descrive il comportamento dei fluidi. Come i liquidi, che scorrono sempre verso il basso, i disperati vanno laddove è più facile e conveniente andare, a prescindere dalle distanze. Se esiste un'Europa che per statuto si è imposta di accoglierli incondizionatamente a braccia aperte in nome dei diritti più disparati e di elargire loro gratuitamente ogni beneficio, non vi è dubbio che le correnti non si invertiranno mai. Fintanto che il Vecchio Continente rappresenterà l'*Eldorado* dove si vive, si mangia, si dorme, si è curati vestiti e nannati senza dover lavorare e dove si può delinquere senza alcuna conseguenza è chiaro che nulla cambierà. Non ci vogliono sociologi, studiosi, scienziati e illuministi per capirlo. Se, forse in buona fede e credendo realmente in una trasformazione democratica del mondo, ci siamo dati delle regole sull'accoglienza incondizionata che ora minano le nostre stesse società e culture e che impongono cambiamenti nel tessuto sociale che la nostra collettività non è pronta ad accettare, allora è l'ora di cambiarle queste regole. Nulla è scolpito nella pietra per secoli. Nel Medio Evo era accettato lo *ius primae noctis*, oggi non solo non esiste ma sarebbe considerato un'ignominia. La regola del divieto di respingimento forse è da rivedere o da declinare in modo diverso altrimenti i flussi continueranno inarrestabili. L'onere della prova di essere sfuggito da una situazione che metteva in pericolo la propria vita forse dovrebbe essere invertito e risultare in capo al richiedente e non a chi lo potrebbe ospitare. La semplice "autocertificazione" di appartenere ad una delle categorie cosiddette "protette", come gli omosessuali, le minoranze religiose, i perseguitati politici, non dovrebbe essere considerata sufficiente a spalancare le porte dell'Europa. Ma non prendiamo la migrazione come una fatalità alla quale ci dobbiamo arrendere, è una balla madornale! Non c'è nulla di inevitabile. Accadrà se noi vogliamo che accada. Siamo noi a deciderlo quanto questo fenomeno debba essere considerato una fatalità. Se abbiamo disegnato noi un assurdo costrutto normativo che rende il fenomeno migratorio inevitabile, allora sarebbe il momento di svegliarsi perché chi predica l'inclusività obbligatoria lo fa per due ragioni: o non si può permettere di essere esclusivo o è in malafede e, per raccattare voti e popolarità si erge a protettore dei più deboli. Alla prima categoria appartiene chi non riesce negli studi e pretende il 18 politico; chi abita nelle buie e degradate periferie e vorrebbe l'edilizia popolare nei quartieri alti; chi non ha la possibilità di frequentare la scuola privata e aspirerebbe che tutta l'istruzione fosse pubblica; chi vive ai margini della società e, per questo, la vorrebbe distruggere; chi non ha talento e volontà e disprezza la meritocrazia e la determinazione. Alla seconda, invece, appartengono i progressisti della ZTL, quelli che vorrebbero aprire i porti all'immigrazione ma non gradiscono la presenza degli immigrati a Capalbio; quelli che si battono contro i privilegi ma sono i primi a trarne beneficio; quelli che vorrebbero proibire il traffico nei centri urbani ma usano l'auto blu per andare allo stadio; quelli che si ergono a protettori dei disperati ma poi li sfruttano e non li pagano nelle loro cooperative.

Molti paesi progressisti e profondamente aperti hanno capito i pericoli di un'immigrazione incontrollata e di un inclusività ingiustificata e queste regole autolesionistiche le stanno già cambiando autonomamente in nome della loro sovranità. Ecco che la culla della democrazia e della *Magna Charta*, la Gran Bretagna, vara una linea durissima sugli immigrati irregolari: niente asilo, bando a vita e trasferimento in Rwanda per tutti i clandestini. Ci voleva un

Premier come Sunak, di origine indiana e dalla pelle di evidente color olivastro per far passare una delle più controverse e dure normative anti immigrazione senza essere tacciato di xenofobia e razzismo. Nelle ultime settimane è apparsa anche la prigione galleggiante ormeggiata a Portland e che fa parte degli ultimi provvedimenti del governo di Sua Maestà per scoraggiare i clandestini. La chiatta dovrà ospitare i richiedenti asilo sino a che non venga concesso loro il beneficio, ovvero, vengano rimpatriati. E se ne frega, il buon Sunak, dei commenti di Filippo Grandi – l'Alto Commissario delle Nazioni Unite per i Rifugiati – che critica il disegno di legge anti clandestini che non aspetta altro che l'approvazione, ritenuta scontata, di re Carlo III d'Inghilterra.

Anche l'inclusiva e progressista Danimarca ci ripensa. La stessa Danimarca che, già dagli anni '70, si era inventata l'esperimento della *"città libera di Christiania"* per far circolare apertamente l'eroina e che, tutt'oggi, mantiene quell'area con statuto di extraterritorialità. Ebbene, il parlamento di Copenaghen ha votato una nuova legge per istituire i centri per i richiedenti asilo fuori dai confini europei. Un provvedimento ben contrario alla politica di accoglienza sia dell'Unione Europea che delle Nazioni Unite. L'Ungheria di Orban è stata tra le prime che, gabbandosi delle normative e delle lagnanze europee, ha da subito eretto un muro ed un reticolato per frenare le orde di disperati. Così ha fatto la cattolicissima Polonia, patria di Papa Giovanni Paolo II, che per respingere quelle poche migliaia di iracheni che il buon Lukashenko gli faceva arrivare sotto forma di ricatto ha steso fili spinati e mobilitato esercito e polizia per un'operazione di caccia al clandestino. La stessa Polonia che ha invece aperto le porte a più di un milione di Ucraini dalla carnagione sicuramente più chiara dei pochi mediorientali che Minsk cercava di far infiltrare dalle foreste. Che dire della moderata ed egualitaria Svezia, da sempre terra promessa per i richiedenti asilo, che decuplica i controlli alle frontiere e chiude le saracinesche agli immigrati. Nella nazione simbolo della tutela dei diritti umani, di genere e delle minoranze si cambia strategia e si pone fine all'automatismo del ricongiungimento familiare per gli immigrati oltre che ribadire che durante la presidenza svedese del Consiglio dell'UE non ci sarà alcun patto sull'immigrazione. Anche Stoccolma, infatti, non ne vuole sapere di nuovi criteri e obblighi di ripartizione degli immigrati che entrano nei confini dell'UE. Ma anche più a sud, la Spagna del "socialistissimo" *Sanchez* firma un accordo con la Mauritania che rafforza la già solida collaborazione tra i due paesi nel contrasto all'immigrazione clandestina. Usando gli stessi toni della tanto criticata Meloni, che guida il governo più di destra che l'Europa abbia mai avuto, il ministro degli interni spagnolo Fernando Grande Marlaska afferma che: *"La cooperazione con la Mauritania ci ha permesso di ridurre gli arrivi irregolari e di salvare vite umane evitando che le mafie mettano a rischio migliaia di persone"*. Lo stesso Marlaska, ministro di uno dei governi più di sinistra d'Europa, additato dalla BBC, dalle ONG e da molte altre TV internazionali per la strage dei disperati che il 24 Giugno 2022 cercavano di scavalcare i reticolati e le recinzioni per entrare nell'enclave spagnola di Melilla. Ad oriente, la Grecia è continuamente additata e condannata per i respingimenti che opera nei confronti di chi si avvicina alle sue coste. Malta non risponde alle richieste di soccorso nella sua zona di competenza marittima. Infine, la Francia di Macron è quella che, come al solito, si fa distinguere per l'originalità e la schizofrenia della sua politica sul tema. Da una parte ci esorta a farci carico di tutti gli immigrati che sbarcano sulle nostre coste in nome del diritto internazionale e del dovere di accoglienza, pur rifiutandosi di offrire porti sicuri alle stesse navi delle ONG che noi invece dovremmo ricevere a braccia aperte. Dall'altra, invia centinaia di poliziotti alle frontiere terrestri con l'Italia per respingere gli immigrati, spesso minorenni, che tentano di varcare il confine alpino. In ultimo, si stranisce quando l'Algeria sospende il trattato di cooperazione sull'immigrazione che gli consentiva di rimpatriare nel paese nordafricano migliaia di immigrati clandestini in qualche modo arrivati nella nazione transalpina.

Il fenomeno non si limita alla ricca Europa poiché anche il Marocco insorge e polemizza sulla gestione dei flussi immigratori. C'è, infatti, un'Africa che vorrebbe chiudere le porte ai clandestini africani, benché questa realtà ci sia sapientemente e deliberatamente nascosta dai sovvertitori delle verità, dagli amanti del pensiero unico e dai *radical chic*. Come vi ho già detto, il vero razzismo l'ho visto in quei posti e tra quelle genti che noi ci autoaccusiamo di discriminare! "*Maroc Hebdo*", un settimanale del paese nordafricano, ci racconta il clima di intolleranza che da tempo si è creato nel paese ormai stremato dai flussi provenienti dall'africa sahariana e sub sahariana diretti verso la Terra Promessa dell'Europa. L'Algeria, paese socialista che non ha una legislazione in materia d'asilo, è accusata da *Médecins Sans Frontières* e dall'Organizzazione Internazionale per le Migrazioni (OIM) di aver respinto circa 47.000 clandestini verso il Niger tra il 2020 e il 2021. La stessa aria si respira in Tunisia, attanagliata da una pesante crisi economica e che, dopo il discorso dagli aspri toni contro l'immigrazione clandestina tenuto dal presidente Kaïs Saïed il 21 febbraio scorso, è stata teatro di diffuse violenze e attacchi sanguinosi da parte di Tunisini nei confronti di immigrati africani. Nonostante le proteste dell'Unione Africana, delle ONG e della commissione Africana per i Diritti dell'Uomo e dei Popoli, chi ha la pelle nera non se la passa bene nella Tunisia di oggi. Della Libia non vi è neanche la necessità di disquisire, considerate le accuse di detenzione arbitraria, tortura, stupri e nefandezze varie che le entità locali perpetrerebbero nei confronti dei miserabili neri.

In tutto questo marasma la risposta dell'Europa a trazione socialista è quella di prenderceli noi i disperati, o meglio, che se li prendano amorevolmente le nazioni di primo ingresso perché ogni tentativo di rivedere il trattato di Dublino è tristemente ed altrettanto ovviamente naufragato. È chiaro che il problema non è ripartirli i disperati, ma non farli arrivare!

Il fallimento del modello multiculturale della società ha la sua responsabilità nella situazione che si è venuta a creare perché se quelli che entrano clandestinamente si sentono solo portatori di diritti e non percepiscono la necessità di adeguarsi ad un sistema di valori e di doveri dello Stato in cui approdano allora sì che sono percepiti come un pericolo e come una minaccia. Peraltro, un'elementare analisi dei numeri e dei dati ci indica che il futuro è tracciato: se non modificheremo le condizioni attuali, l'incredibile natalità dei paesi in via di sviluppo combinata con il benessere dei paesi sviluppati e con l'impossibilità di regolare i flussi applicando la normativa vigente ci lascia presagire che le pressioni migratorie continueranno a crescere inasprendo i disagi sociali e le disuguaglianze e favorendo l'estendersi dei baraccamenti e dei ghetti.

Siamo quindi a un bivio perché è ormai chiaro che dovrà pur esserci un limite al numero di immigrati che potremo accettare. Quanti ancora potranno entrare in Europa? 10 milioni? 20 milioni? 100 milioni? 500 milioni? È altrettanto chiaro che se vorremo mettere un freno a questa immigrazione incontrollata dei provvedimenti dovranno essere presi. Dovremo fare in modo che la "pendenza" che spinge i flussi di disperati diminuisca e ciò si può realizzare agendo in due direzioni: facendo in modo che i vantaggi percepiti nel raggiungere l'Europa siano sempre inferiori, in modo da non stimolare le partenze ed incrementando il livello delle condizioni di vita nei paesi di origine, in modo da incoraggiare a restare. Se l'impianto normativo e legislativo attualmente in essere in materia di immigrazione e asilo non è adeguato a contrastare il fenomeno lo dovremo emendare sia a livello nazionale che in sede europea. È anche e soprattutto su questo tema, combinato con le questioni energetiche, con la transizione verde e con il patto di stabilità, che si giocheranno le prossime elezioni europee del 2024 che, a giudicare dalla spinta che tutti i partiti sovranisti e anti-immigrazione hanno avuto nelle nazioni del Vecchio Continente, rischiano di cambiare gli equilibri che attualmente vigono a Bruxelles. Perché l'emergenza immigrazione c'è, è inutile e irrealista negarlo. Basta fare un giro alla stazione Centrale di Milano o a Roma Termini per accorgersene; basta fare una gita a Ventimiglia e poi oltrepassare il confine e andare a Calais; basta soffermarsi nelle baraccopoli cresciute a dismisura nelle *banlieues* parigine o dare un'occhiata a quello che avviene negli edifici abbandonati di qualsiasi centro urbano.

Purtroppo, la politica dell'incondizionata accettazione attuata sino ad ora va esattamente nella direzione opposta. Innanzitutto stimola il *pull factor*: se accettiamo tutti allora chiunque se la tenta. In secondo luogo impoverisce i paesi di origine privandoli delle risorse più preziose: quelle umane. Perché chi scappa sono innanzitutto i laureati, i professionisti, quelli che sanno fare qualcosa, che conoscono le lingue straniere o che, al limite, si danno da fare. Scappare costa, e anche tanto, e servono cospicue risorse economiche per affrontare l'esodo. Basta andare in un ospedale della Gran Bretagna per rendersi conto che una grande quantità di medici e di infermieri hanno la pelle scura o olivastra. Lo stesso fenomeno si percepisce in molti paesi dell'Europa Centrale ed anche in Canada.

L'ho toccata con mano la problematica all'indomani dell'improvvisa decisione USA e NATO di abbandonare l'Afghanistan. Al tempo ero Addetto per la Difesa presso l'Ambasciata italiana a Mosca ed il collega afghano si era rivolto a me per cercare di facilitare la fuoriuscita da Kabul della sua famiglia. Mi sono dato subito da fare e mi sono fatto inviare i documenti dei familiari da evacuare. I sei adulti della sua famiglia mussulmana allargata erano tutti laureati, parlavano almeno due lingue straniere e avevano già avuto esperienze di lavoro nell'ambito di istituzioni multinazionali. Alla fine sono andati via dalla terra d'origine, ma in fondo a me stesso mi sono sempre chiesto se questa fuga, come le tante altre verificatesi nella stessa congiuntura, pur garantendo un futuro migliore ad un ristretto gruppo di persone non avesse contribuito a far sprofondare l'Afghanistan nell'abisso dell'estremismo talebano nel quale soggiace.

La realtà è cruda e va affrontata com'è. Le soluzioni ideali sono spesso utopiche ed irrealizzabili oppure costano troppo e sono sconvenienti. Quelli del Mondo al Contrario ce le vorrebbero far passare come ineludibili e inevitabili e ci paventano la fine del mondo per farci accettare quello che, altrimenti, non saremmo mai propensi a subire, ma l'evidenza dimostra che non è così. Nei secoli l'Occidente si è guadagnato una posizione predominante basata sullo sviluppo e sulla tecnologia che ci consente di vivere in condizioni di benessere estremamente più vantaggiose dei sette miliardi di persone che vivono altrove. Se vogliamo mantenerlo, questo benessere, se lo vogliamo tramandare ai nostri figli allora tocca continuare a lottare duramente per esso altrimenti sì che il tanto vaticinato inevitabile ed ineludibile si trasformerà in realtà.

BOTTOM LINE AT THE END

L'esistenza e la formazione di società multiculturali e multietniche è riconducibile a condizioni di necessità e non a fenomeni spontanei ed autonomi. Generalmente, le società in cui convivono più etnie e culture sono più problematiche di società monoculturali e monoetniche.

La convivenza di più civiltà è tanto più pacifica quanto più vi è il dominio di una civiltà sulle altre oppure tanto più esiste una forte organizzazione statuale che fa rispettare rigorosamente a tutte le civiltà che coabitano un solo, univoco e irremovibile codice di condotta

La coabitazione di più etnie e culture non è il multiculturalismo che invece si sostanzia in una ideologia che mette sullo spesso piano qualsiasi forma culturale e che presuppone che gruppi d'individui che fanno riferimento a culture diverse debbano essere assoggettati, all'interno della stessa collettività, a regole diverse.

Ovunque si sia cercato di applicare l'ideologia del multiculturalismo si è andati incontro a esacerbati attriti sociali, crescente violenza e protratti tentativi di prevaricazione.

L'immigrazione non è un fenomeno ineludibile ma è governato da leggi di convenienza. La stabilità, la prosperità, lo sviluppo e la pacifica convivenza della società occidentale può essere seriamente messi in pericolo dai continui ed incontrollati flussi migratori.

Se le normative e gli impianti legislativi in atto non sono adeguati a regolare i flussi migratori un loro emendamento a livello nazionale ed europeo è necessario.

CAPITOLO V

"LA SICUREZZA E LA LEGITTIMA DIFESA"

Non cercare la sicurezza; è la cosa più pericolosa al mondo.
[Don't play for safety. It's the most dangerous thing in the world].

Hugh Walpole, Fortitude, 1913

Nulla è al riparo dai ribaltatori dei valori e delle verità, neanche concetti e principi alla base del vivere comune e che, forse proprio anche per questo – perché provengono dal passato – sono continuamente attaccati e minacciati senza tuttavia proporre nulla di consono e di efficiente per sostituirli.

La sicurezza, si sa, è il primo requisito su cui si basa la convivenza civile. Sin dagli albori dei tempi la prima condizione che ha spinto gli uomini a riunirsi in comunità sempre più grandi è stata la capacità delle collettività di garantire maggiore probabilità di sopravvivenza al singolo.

Più si era, più era agevole procacciarsi il cibo e meglio ci si difendeva dagli animali, dalla Natura, dal clima e, soprattutto, dagli altri uomini che, per sopravvivere, tentavano di appropriarsi dei beni altrui spesso procurati con abilità, esperienza, sacrificio, lavoro e, perché no, anche fortuna. Quello che ci ha garantito un'evoluzione indubbiamente strabiliante rispetto agli altri esseri del Creato sono stati intelligenza e capacità di collaborare anche e soprattutto nel creare ambienti sicuri che consentissero lo sviluppo di altre capacità.

In realtà, la sicurezza ed il rispetto delle regole sono un pre-requisito della convivenza civile e costituiscono le fondamenta, irrinunciabili, per lo sviluppo delle comunità. In sostanza, meglio stare da soli o in piccoli gruppi di stampo familiare, che rischiare di essere derubati, ammazzati, stuprati e mutilati in una società numerosa e senza codici comportamentali. Anche facendo astrazione e pensando a cosa saremmo pronti a rinunciare in caso di apocalittiche calamità che dovessero affliggere il mondo, la sicurezza sarebbe quasi sicuramente una delle ultime certezze che saremmo disposti ad abbandonare. Potremmo privarci delle ricchezze, dello studio, della casa, della possibilità di curarci, forse del lavoro – almeno temporaneamente – ma non ci potremmo mai rassegnare alla sola idea di vivere in una situazione in cui, in ogni singolo momento, dovessimo rischiare che qualcun'altro ci spacchi la testa o ci depredi del poco che ci rimane per garantirci la vita.

Durante il mio primo schieramento Afghanistan, paese quasi integralmente distrutto dopo anni di dominio dei "Talebani", la comunità internazionale aveva intessuto un piano per ricostruire le istituzioni locali e per permettere l'avvio di una società civile che si basasse su principi il più vicino possibile a quelli democratici. Il costrutto si basava su tre pilastri principali: La Sicurezza, la *Governance* e lo Sviluppo Economico e Sociale del paese. Ad ogni riunione con le autorità civili internazionali la solfa era sempre la stessa: "*I militari devono fare di più perché sono i soli che possono garantire la Sicurezza senza la quale non ci può essere uno sviluppo economico e non può esistere un sistema di governo del Paese*". Quasi un'ovvietà che, tuttavia, tanto ovvia sembrerebbe non essere più ai giorni nostri nel ricco, evoluto e progressista Occidente.

Se per dare maggiore sostanza alle nostre intuizioni ci si volesse affidare a qualche blasonato studioso un qualsiasi motore di ricerca ci rimanderebbe ad Abraham Maslow che, a metà del ventesimo secolo, tracciava chiaramente la piramide dei bisogni primari dell'uomo alla cui base, al secondo scalino dopo le necessità fisiologiche essenziali (mangiare, bere dormire, …. In poche parole, esistere), è situata proprio la necessità di sicurezza.

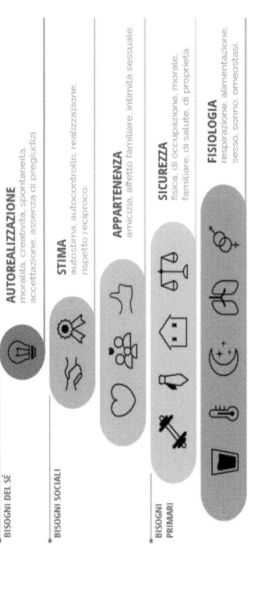

PIRAMIDE DEI BISOGNI DI MASLOW (1954)

BISOGNI DEL SÉ

AUTOREALIZZAZIONE
moralità, creatività, spontaneità,
accettazione, assenza di pregiudizi

BISOGNI SOCIALI

STIMA
autostima, autocontrollo, realizzazione,
rispetto reciproco.

APPARTENENZA
amicizia, affetto familiare, intimità sessuale.

BISOGNI
PRIMARI

SICUREZZA
fisica di occupazione, morale,
familiare, di salute, di proprietà.

FISIOLOGIA
respirazione, alimentazione,
sesso, sonno, omeostasi

Già evidenziare chiaramente questo concetto, ovvero, riconoscere quale bisogno imprescindibile del vivere comune la sicurezza, è un'operazione non trascurabile perché ci sottolinea, da subito, l'incoerenza di chi, quando vuole trovare risorse, con estrema faciloneria e superficialità propone di tagliarle a quei comparti dedicati proprio a garantirci la difesa contro ogni tipo di minaccia, sia essa esterna o interna. Tendenza, quest'ultima, tutt'altro che marginale in tempi in cui il benessere diffuso ci ha spinto a considerare la sicurezza come un requisito scontato, gratuito, fornito, un dono che ci deriva dal progresso e dalla civiltà di cui ormai nessuno ci può privare. Nulla di più sbagliato. Come la Democrazia e la Libertà, la sicurezza ha un costo elevato e va coltivata e preservata con cura e dedizione, va custodita e difesa non solo dallo Stato e dalle organizzazioni ed enti deputati, ma da tutti i cittadini che devono contribuire, nel loro stesso interesse, a mantenere in buona salute questo bene primario della collettività. Anche queste basiche e semplici convinzioni, al limite del banale, non sfuggono ai ribaltatori della realtà che sconvolgono metodicamente quello che è il sentire comune e che finiscono per giustificare tutto, anche ciò che costituisce palesemente una diretta minaccia al singolo e alla collettività.

"Innanzitutto i Diritti!" – Esordiscono i benpensanti che giustificano i comportamenti criminali quando commessi in nome di diritti definiti più nobili e dignitosi. La spesa proletaria imperversava nella metà degli anni '70 ed è ritornata alla ribalta anche ai giorni nostri diffondendo il

principio che rubare è lecito quando lo si fa per difendere un certo ancora non ben digerito "diritto al reddito". Vi sono poi le manifestazioni violente, quelle dove i dimostranti sembrano autorizzati a incendiare veicoli, spaccare vetrine e demolire negozi come se il fatto fosse naturale poiché commesso in difesa del diritto di dissentire. I *"casseurs"* francesi e i più popolari e internazionali *Black Bloc* sono peggio di Attila ma il fenomeno sembra quasi giustificato in nome della tanto enfatizzata "disubbidienza civile". Gli occupanti illegali delle abitazioni che privano dell'alloggio i legittimi proprietari sono nel giusto poiché nessuno può infrangere il diritto alla casa. I terro-ambientalisti che bloccano il Raccordo Anulare lo fanno per la salvezza del pianeta e poco importa se l'ambulanza con il moribondo a bordo non riesce a raggiungere il pronto soccorso, si tratterà di un inevitabile danno collaterale. I giovani possono delinquere, spacciare e occupare spazi pubblici e privati dove inscenare *rave parties* perché il loro diritto a essere giovani scapestrati prevale sull'inviolabilità della proprietà privata. Guai a reprimere, vietato vietare, mal gliene colga al povero poliziotto che, manganello in mano, tenta di fermare le orde di violenti manigoldi. E quando finiscono gli argomenti si giustifica relegando queste nefandezze a dettagli, a questioni marginali che non costituiscono certo una priorità per il Paese come invece il clima, l'iniqua distribuzione della ricchezza e l'ingiustizia sociale.

Altra diffusa tendenza buonista è la deresponsabilizzazione dei singoli al fine di accollare le colpe a entità non perseguibili. Ogni deviazione commessa dal singolo viene immediatamente attribuita a disagi, persecuzioni e discriminazioni subite in quanto appartenente ad un ceto sfortunato o ad una minoranza "discriminata". Se uno ruba, è colpa della povertà; se imbratta le mura delle nostre case, è colpa del grigiore e della bruttezza delle nostre città; se si sballa, è colpa dell'ambiente dove ha vissuto; se occupa spazi altrui per organizzare dei *rave parties,* è per supplire ad un insopportabile disagio giovanile e se un immigrato illegale stupra una ragazza su una spiaggia è perché, considerata la sua provenienza, può ignorare che in Italia la violenza carnale sia un gravissimo reato[34]. Anche il disoccupato è tale perché qualcuno – in genere lo Stato – non gli trova il lavoro. Insomma, ci fosse una volta in cui si ammetta e si persegua candidamente la responsabilità individuale senza andare a chiamare in causa chissà quali circostanze giustificatrici.

Vi sono poi quelli che, con fare scocciato, sminuiscono l'ampiezza del fenomeno asserendo che, tutto sommato, il problema della sicurezza è dei ricchi, degli abbienti, di chi ha qualcosa da perdere, di quella casta di istruiti benestanti che ignora e disprezza le condizioni di vita del popolo. A rigore, invece, e riprendendo il tema

---

[34] *"Non possiamo pretendere che un africano sappia che in Italia, su una spiaggia, non si può violentare, probabilmente non conosce questa regola": a dichiararlo è stata Carmen Di Genio, avvocato e membro del Comitato Pari Opportunità della Corte d'Appello di Salerno".* https://www.ansa.it/campania/notizie/2017/09/16/carmen-di-genio-gli-immigrati-non-sanno-che-non-devono-violentare_da862c57-2418-4a32-a651-36d26812c9ad.html

dell'ingiustizia sociale tanto caro ai giustificazionisti, sono soprattutto le frange più deboli e misere quelle che, più di ogni altro, pagano le conseguenze di una diffusa criminalità e sono quelle che più richiedono un intervento statale in senso securitario. Se sono ricco me ne vado a vivere in un *residence* sigillato e protetto, frequento i cosiddetti quartieri "alti", i figli li invio alla scuola privata dove, considerato il prezzo della retta, il bullismo è sconfitto in partenza e gli spostamenti li effettuo con un'auto personale, magari con autista, invece di rischiare di essere scippato e malmenato nei mezzi pubblici. Se sono invece un semplice cittadino non posso far altro che appellarmi allo Stato e alle istituzioni affinché facciano valere il mio diritto alla tranquillità. Sono costretto a vivere in quartieri degradati e la mia esistenza è fortemente condizionata dalla pericolosità dell'ambiente che mi circonda.

Ma all'apice delle contraddizioni, che finisce per giustificare i più disparati comportamenti delittuosi, vi è la convinzione della vocazione genomica alla violenza e alla criminalità di cui il popolo italiano sarebbe cromosomicamente caratterizzato. Sono tantissimi ad asserire che nella nostra penisola non possono funzionare le formule adottate all'estero perché siamo Italiani, perché siamo truffaldini per nascita ed evasori per tradizione, perché da noi c'è la Mafia, la 'Ndrangheta e la Camorra e siamo la patria naturale delle organizzazioni criminali più efferate del globo. Molto più semplicemente, e senza tirare in ballo Darwin e la teoria della selezione e dell'evoluzione, la delinquenza diffusa è puramente un fattore di convenienza. Come l'acqua, che tende a scorrere verso il basso, la delinquenza si concentra dove conviene. Laddove, infatti, a fare il criminale si rischia grosso e si ha la quasi certezza di essere acciuffati e puniti, il rispetto delle regole è diffuso ed il senso civico è sviluppato. Se la certezza della pena è una realtà e l'organizzazione statale è contrassegnata da un elevato livello di efficienza, anche nel perseguire tutti i reati, la pressione sociale esercitata sui malviventi è tale da costituire il migliore dei deterrenti

.

Anni fa mi trovavo in Germania, in una ridente località sulle Alpi e, correndo con un collega tra le strade sterrate mi fermo a osservare un bel *chalet* isolato che oggi sarebbe definito *"green"* per la presenza massiccia di pannelli fotovoltaici in ogni spazio disponibile. Guardiamo attentamente per qualche minuto, facciamo qualche considerazione avvicinandoci all'ingresso della villa e riprendiamo il nostro *jogging* disquisendo su quanto osservato. Poco dopo raggiungiamo una strada asfaltata e, questione di poche falcate, veniamo raggiunti da un'auto della polizia che accosta davanti a noi. Un po' stupiti ci fermiamo ai bordi della strada e i due agenti, scesi dall'auto, ci salutano cordialmente e cominciano a questionarci su che cosa facessimo, chi fossimo, dove andassimo, perché ci fossimo fermati vicino ad un'abitazione con fare — a dir loro – sospetto e avessimo scrutato attentamente l'interno di uno spazio privato. Sprovvisti di documenti di identità, poiché in pantaloncini e maglietta, rispondiamo candidamente a tutte le domande e, comunque, veniamo molto cortesemente accompagnati presso il nostro albergo al fine di verificare se, effettivamente, la nostra versione dei fatti fosse veritiera. Erano stati i proprietari dello chalet ad avvisare le forze dell'ordine che sono immediatamente intervenute, anche se non era stato commesso alcun reato, per il semplice fatto che si fosse percepito un comportamento che poteva suscitare dei sospetti. Pressione sociale, efficienza delle organizzazioni statali e certezza della pena.

Come mai, noi Italiani, siamo attentissimi a rispettare i limiti di velocità quando entriamo in Svizzera o in Austria? Perché non si scappa! Se sgarri paghi e non ci sono ricorsi e azzeccagarbugli che tengano! E così anche per i furti. Se rubi una bicicletta in Italia cosa rischi? Niente, forse un buffetto e devi anche subirti l'espressione languida e pietosa dell'agente che, nei rari casi in cui il malfattore venga individuato, ti chiede se vuoi deporre denuncia per un fatto, tutto sommato, così lieve e che, con certezza, non comporterà alcuna seria conseguenza giudiziaria al piccolo mariuolo. E se danneggi deliberatamente un'auto? O un edificio? Niente, te la cavi forse con un rimprovero anche perché nella quasi totalità dei casi il colpevole rimane incognito ed impunito. E devi stare anche molto attento a segnalare i rei e gli spacciatori. Ne sa qualcosa lo scavezzacollo Vittorio Brumotti, aggredito a Brescia mentre riprendeva pubblicamente le strade del malaffare e del traffico illecito di stupefacenti. E anche borseggiare a Milano rientra nei sempre più numerosi diritti di uno stato democratico, poiché le spavalde truffaldine del metrò, nonostante fossero state segnalate ed individuate da Valerio

Staffelli e malgrado le decine di servizi documentati da *Striscia la Notizia*[35], non hanno subito alcuna pena che le abbia distolte dalla malavita. I servizi del periodico satirico d'informazione testimoniano come le stesse borseggiatrici siano state fermate dalla polizia, denunciate a piede libero e continuino comunque, imperturbabili, ad occuparsi delle loro attività criminali come se nulla fosse, anzi, gabbandosi pure delle istituzioni e ammettendo in mondovisione *"sì, rubo e mi piace rubare"*. Le truffatrici lo definiscono addirittura *"lavoro"* e alcuni buonisti si oppongono alla pubblicazione delle immagini delle scippatrici in azione sui mezzi d'informazione perché, a dir loro, violerebbero chissà quale diritto alla riservatezza e sarebbe contrario al senso civico. La progressista consigliera di Milano Monica Romano scrive *"Quest'abitudine di filmare persone sorprese a rubare sui mezzi Atm e di diffondere i video su pagine Instagram con centinaia di migliaia di follower è violenza, ed è molto preoccupante. Punto. La smettano sia quelli che realizzano i video sia chi gestisce i canali Instagram che li rendono virali di spacciare la loro violenza per senso civico, perché non è senso civico. Le cittadine e i cittadini che sanno davvero cos'è il senso civico alzino la voce e invitino a spegnere le fotocamere, perché non è trasformando le persone in bersagli che si ottiene giustizia. Di violenze e di squadrismo ne abbiamo già avuti abbastanza davanti a un liceo di Firenze e nelle acque di Cutro. Milanesi, ribelliamoci a questa pessima pratica".*

---

35 Inchieste: Borseggiatrici, tutti i video - Striscia la Notizia (mediaset.it)

Eccolo davanti a noi il Mondo al Contrario, quello che difende gli scippatori, che li vuole anonimi e possibilmente liberi, che vuole impedire al cittadino di intervenire con i mezzi che ha a disposizione sapendo che la polizia non può essere onnipresente. La *privacy* dei ladri è la nuova frontiera del *politically correct*. Il senso civico, tuttalpiù, è quello espresso dai cittadini coraggiosi che intervengono e che mettono in atto ogni strategia consentita affinché reati così odiosi non vengano commessi. Quelli che rischiano la loro incolumità per fermare aggressioni, che filmano e denunciano gli abusi e l'invadenza degli spacciatori di droga, che prestano soccorso anche quando sarebbe più facile darsela a gambe. Quando vengono trasmessi dalle TV o pubblicati sui social gli insulti razzisti, la violenza omofoba[36], gli attacchi squadristi degli studenti di Firenze[37] ed i maltrattamenti su animali tutti plaudono nel riconoscere e denunciare gli autori di tali gesti. Mille sono le scene postate sui social – ormai specchio della nostra esistenza – che ritraggono ogni situazione considerata inopportuna. Chi parcheggia indebitamente nei posti riservati ai disabili, ragazzi che offendono e si burlano dei propri coetanei, scippatori di orologi in azione, chi tocca il sedere alle ragazze. È stata proprio l'onorevole Boldrini, applaudita da tutti i progressisti ed acclamata dalle femministe, a lanciare la campagna *#eiotipubblico*. L'eccentrica rappresentante della sinistra propose di

---

[36] Aggressione omofoba: riprendono la violenza e la pubblicano sul web - Quiiky Magazine

[37] "Aggressione squadrista" al liceo Michelangiolo di Firenze: "Erano di Azione Studentesca" - Il Riformista

diffondere sui social non solo gli insulti, ma soprattutto i nomi e i cognomi di chi offendeva le donne. L'iniziativa fu subito sottoscritta da scrittrici, giornaliste, politiche e associazioni tra cui spiccano in nomi di Ilaria Cucchi, dell'onnipresente Michela Murgia, *Arisa*, Nina Zilli, Maria Elena Boschi, Monica Cirinnà, Lucia Azzolina e Rula Jebreal. Come mai per le ladre del metrò la logica dovrebbe cambiare diametralmente? Se gli insulti alle donne costituiscono un fatto riprovevole e schifoso, ma che si limita alla sfera del verbale, il furto delle borseggiatrici è altrettanto odioso, ci colpisce direttamente privandoci di un bene che ci appartiene, ci procura una perdita economica ed incide anche sul nostro stile di vita facendoci percepire la pericolosità di ogni luogo che frequentiamo. L'onorevole Boldrini voleva *"accendere un faro sulle sconcezze degli odiatori"* e incitava a gran voce: *"Fatelo anche voi. Facciamolo tutte insieme. Mettiamo in moto una catena collettiva di indignazione"*. Perché, mi chiedo, non sarebbe lecito fare altrettanto sugli autori dei furti nel metrò? Se è vero che l'uso legittimo della forza è monopolio del solo Stato, il potere della denuncia, anche pubblica, appartiene a tutti i cittadini. E se è probabilmente altrettanto vero che esiste una norma che proibirebbe di rendere pubblica l'identità di un privato cittadino senza il suo consenso, allora quello delle borseggiatrici del metrò è un caso che sicuramente merita la disubbidienza civile. Quella tanto invocata dalla sinistra che giustifica le interruzioni di pubblico servizio e i blocchi stradali degli attivisti del clima. Quella di alcune frange della politica che strizzano gli occhi agli anarchici di Cospito che menano lo scompiglio e la devastazione nei centri delle nostre città.

Quella brandita dai fanatici dei sindacati che, non accontentandosi di scioperare, inducono al picchettaggio degli ingressi nelle fabbriche. Ulteriormente bizzarro e stomachevole, inoltre, che gli stessi soggetti che si inalberano sdegnati per la pubblicazione *online* dei volti di chi commette reati siano invece i primi a gioire accusando gli appartenenti alle forze dell'ordine la cui identità viene deliberatamente divulgata in qualche loro presunto eccesso nell'uso della forza. In quel caso la *privacy* non esiste più, l'odio ritorna in soffitta, la discriminazione non è d'uopo: bisogna far conoscere il nome, cognome e indirizzo del vigile, poliziotto o carabiniere che potrebbe aver abusato dell'uso della forza nella concitazione dell'evento. Fa riflettere...Fa ribrezzo quell'Italia ormai schierata dalla parte dei delinquenti!

Uscendo dalla logica del Mondo al Contrario mettere in carcere i delinquenti non è indice di autoritarismo e disumanità, non viola alcun diritto fondamentale, non ci fa tornare indietro a tempi medioevali ma è il modo meno violento per rendere inoffensiva una persona pericolosa, per controllarla e per recuperarla alla convivenza sociale. Soprattutto nei confronti dei recidivi plurimi, quelli che questa convivenza sociale non l'accettano – forse perché per loro non è conveniente accettarla – è imperativo metterli in condizioni di non nuocere ulteriormente alla collettività. Ogni altra soluzione, come quella di permettere a malavitosi, mariuoli, teppisti e bulli di quartiere di agire indisturbati, magari dopo averli arrestati e subito rilasciati, avvilisce le forze dell'ordine e crea fra i cittadini l'immagine di uno Stato impotente, inadeguato ed inefficace. In fin dei conti superfluo! Anche e soprattutto le forze che istituzionalmente sono deputate ad acciuffare i furfanti sono incredibilmente frustrate dalla rapida rimessione in libertà degli arrestati, ancorché pluripregiudicati, e nel constatare quindi che il loro impegno ed i rischi personali che corrono giornalmente risultano vani, talora anche mortificati da assurde denunce per maltrattamenti o, addirittura, per tortura.

Altro fattore che sorprende è che osservando i dati ISTAT scopriamo che i reati nel nostro paese, dopo aver subito un'impennata negli anni '80-'90, sono in lieve ma costante diminuzione. Nonostante la sua reputazione criminale, se ci riferiamo al numero di reati per unità di popolazione, L'Italia non è in coda ai paesi Europei ma si piazza nella media, in un campione di 12 nazioni del Vecchio Continente, secondo una statistica che prende a riferimento omicidi, rapine e furti di autoveicoli[38].

Non parrebbero quindi i numeri a giustificare la reputazione criminale del nostro Paese. Quello che in realtà cambia drasticamente è la percezione della sicurezza da parte degli Italiani. La cronaca spopola con delitti di mafia, organizzazioni criminali e malaffare internazionale ma ai reati a cui è esposta la maggioranza della popolazione, alla microcriminalità che affligge ogni cittadino sembra dedicata solo un'importanza marginale. Al furto – reato percepito tra

---

[38] Perché gli italiani si sentono così insicuri - Welforum

i più odiosi dalla gente comune perché spesso viola la tua intimità, perché ti priva di quanto hai onestamente lavorato per ottenere, perché ti colpisce nelle cose alle quali più tieni – viene normalmente e normativamente attribuita importanza bagatellare. L'altro giorno sono incappato in un articolo di giornale che raffigura pacificamente quest'abominevole tendenza: *"Ruba chitarre elettriche e viene arrestato per furto, il giudice lo assolve: Reato troppo lieve.* Fatto non punibile per la particolare tenuità del fatto. Grazie all'articolo *131 bis* un uomo di 52 anni è riuscito ad uscire indenne da un processo per direttissima ed a farla franca nonostante i carabinieri gli avessero messo le manette ai polsi per furto"[39] . L'impianto normativo in essere, combinato con una certa interpretazione di manica larga della nostra magistratura, non è più evidentemente adeguato a contrastare il fenomeno della sottrazione indebita dei beni altrui che ogni giorno affligge migliaia di italiani. Sono 900.000 all'anno – ovvero circa 2500 al giorno – i furti denunciati nel 2022 in Italia, con un andamento in rialzo del 17% rispetto all'anno precedente. Non so quanti ladri vengano effettivamente perseguitati dalla giustizia ma riporto un dato personale: nella mia vita avrò fatto circa 6-7 denunce per furto e mai, dico mai, il perpetratore del reato è stato acciuffato e perseguito. Molti di voi, anzi la rilevante maggioranza, potrà sicuramente affermare la stessa cosa. Il furto sembra essere quasi derubricato e considerato una ragazzata su cui passare sopra o, al limite, dare un buffettino

---

[39] Largo Argentina: ladro di chitarre arrestato e assolto in processo (romatoday.it)

sulla guancia al giocherellone che l'ha commesso. Il fenomeno nella sua integralità è invece molto preoccupante e incide significativamente sulla percezione della sicurezza e della giustizia. Per fornire un esempio tratto da lontano, in modo da non urtare la sensibilità di alcuno, cito San Francisco, la città dello sviluppo tecnologico, del *boom* del WEB e della vivacità culturale. Ebbene, la metropoli del *Golden Gate*, come afferma Federico Rampini, è l'epicentro di un esodo: icone della grande distribuzione americana come *Whole Foods*, *Nordstrom*, e *Walgreens* hanno chiuso i loro battenti nella famosa baia californiana a causa dei continui, quotidiani ed altrettanto impuniti taccheggi. La *policy* dell'ultra progressista magistratura locale, che incide anche sul comportamento della polizia e dei tutori dell'ordine, è quella di non perseguire il furto considerando i ladri delle vittime di ingiustizie sociali e di una società in cui la distribuzione della ricchezza è sperequata. La bella città ritratta in tanti film che hanno fatto la storia del cinema americano si è trasformata in un baraccamento di senzatetto ed è diventata incontrastato polo della tossicodipendenza. Quale risultato, la popolazione, le imprese e i commercianti fuggono e molti vanno a rifugiarsi in Texas o nella Florida di Ron Desantis che, invece, garantiscono standard di sicurezza molto più elevati ed una tassazione ben inferiore.

È soprattutto questo atteggiamento che porta alla sfiducia dei cittadini nello Stato e nelle istituzioni. L'immagine che ne deriva è quella di uno Stato impotente, di istituzioni che non esistono o che soccombono di fronte alla malavita e di valori democratici che vengono distorti e confusi con la libertà assoluta, anche di delinquere. Gli Italiani sono pertanto convinti che non ci sia nulla da fare, che ogni sforzo sia vano e che non resti altra soluzione che proteggersi da soli con inferriate ed allarmi, con saracinesche, codici e lucchetti evitando stazioni, parchi pubblici e periferie, pianificando accuratamente gli itinerari più sicuri per i propri spostamenti e pagando un'altra tassa – occulta e necessaria – per dormire sonni un po' più tranquilli. Questa reazione obbligata ed onerosa di fronte ad un'incontrovertibile realtà caratterizzata da una criminalità dilagante e da uno Stato poco efficiente nel combatterla sconfessa inoltre chi, brandendo la nostra Costituzione, sostiene che la sicurezza sia unico appannaggio dello Stato. Perché il cittadino, per incrementare quel livello di sicurezza che le istituzioni repubblicane dovrebbero "esclusivamente" garantirgli, dovrebbe essere costretto, di fatto, a investire patrimoni in mezzi, barriere, allarmi anti-furto e anti-rapina e a modificare il suo stile di vita? Non è lo Stato stesso che, con la sua inappropriatezza, devolve e delega al singolo ciò che le istituzioni non riescono a garantirgli?

Quando andiamo all'estero ci stupiamo per lo stile di vita apparentemente tranquillo che conducono i nostri vicini, per le vie del passeggio illuminate anche di notte e le vetrine non sormontate da arrugginite saracinesche, per i sottopassaggi puliti e sicuri, per le stazioni ordinate, per le mura non imbrattate dai graffiti e non deturpate da ogni tipo di manifesto, per l'assenza di vagabondi, *vucumprà* e venditori di qualsiasi tipo di ciarpame, anche contraffatto.

Ho vissuto 2 anni a Bucarest, dal 2000 al 2002, e vi posso assicurare che, anche in quei tempi lontani, la percezione della sicurezza era notevolmente a favore dello stato balcanico. Niente sbarre alle finestre, niente porte blindate, pochi furti di auto e una microdelinquenza visibile, sicuramente, ma generalmente meno pericolosa ed invasiva di quella di stampo nazionale. In quel periodo mi avevano rubato l'autoradio e la polizia, intervenuta su mia chiamata, era giunta sul luogo per rilevare le impronte digitali all'interno della mia vettura. Non so se in seguito sia stata condotta alcuna indagine per il reato, ma l'atteggiamento era stato indubbiamente incoraggiante. E dire che proprio in Italia opera una fetta di delinquenti proviene dalla Romania. Provate a chiedervi il perché abbiano scelto la nostra penisola quale teatro preferito del loro malaffare?

Anni fa sono andato in vacanza in Grecia e, anche in quella circostanza, mi sono stupito sia nel vedere le abitazioni lasciate aperte, anche di notte, sia le gioiellerie che esponevano i loro preziosi con sorprendente naturalezza senza la necessità di assoldare metronotte armati all'ingresso dei negozi e senza proteggersi con vetri a prova di proiettile, porte blindate, telecamere e sistemi avanzati di sicurezza. Anche in Turchia ho avuto la stessa sensazione. Nonostante le strade affollate e la confusione tutto sembrava sotto controllo. Per non parlare della Russia, ed in particolare di Mosca, dove incontravo, ben dopo l'imbrunire nei grandissimi e bellissimi parchi cittadini, donne sole e mamme con bambini che assaporavano il fresco delle sere estive senza il benché minimo timore di essere molestate da qualcuno. *"Ma là c'è una dittatura"* – tuona qualcuno – come se una delle caratteristiche delle democrazie fosse quella di autorizzare ladri, stupratori e criminali a esercitare liberamente le loro attività. E il problema è anche questo. Se la democrazia non riesce a dare risposte concrete soprattutto nei confronti della delinquenza comune e di quei reati, come i furti, che toccano più di ogni altro il cittadino allora l'elettorato si volgerà verso sistemi diversi, verso forme di governo più efficaci nei confronti dei malviventi. Basta guardarsi intorno per capire la fisionomia di queste leadership: in base all'indice di criminalità i paesi più virtuosi al mondo sono il Qatar e gli Emirati Arabi in buona compagnia con molti altri stati le cui forme di governo non possono annoverarsi tra le democrazie più virtuose[40]. Parlando di grandi paesi, Cina e Russia hanno un indice di criminalità notevolmente inferiore ai grandi paesi europei, agli Stati Uniti e al Canada.

In questa bolgia di giustificazionismo all'estremo si è trovato anche il modo di evitare di biasimare le istituzioni che non contrastano efficacemente la criminalità. L'ultima delle attenuanti che impera nei *talk shows* è infatti *"la complessità del fenomeno"* che si applica ormai ad ogni circostanza e che finisce per scagionare qualsiasi anormalità. Ragionamenti abbastanza diretti quali *"chi sbaglia paga"*, *"tolleranza zero"*, *"se non ci sono più posti nelle carceri costruiamone altre"* vengono censurati e accantonati in nome di un'estrema complessità del fenomeno che non può essere

---

[40] Indice della Criminalità per Nazione 2023 (numbeo.com)

gestito con soluzioni definite troppo dirette e semplicistiche. Quando, invece, almeno per le violazioni minori ma che più direttamente affliggono i cittadini, sono proprio queste soluzioni ad avere garantito il rispetto delle regole. Da quando sono stati installati centinaia di *autovelox* le auto rispettano i limiti di velocità. Quando si sono cominciate a comminare sanzioni salate si è cessato di fumare negli spazi pubblici chiusi. *"Fuga dal reddito di cittadinanza: domande in calo del 65% dopo la stretta sui controlli"* – titola il Corriere della Sera a riprova che basta annunciare una volontà di fare rispettare le norme che malviventi, furbetti e truffatori ci ripensano. La microcriminalità è diminuita sensibilmente con l'avvento delle telecamere di sorveglianza e, soprattutto, con la presenza sul territorio dei militari in uniforme che, giornalmente, presidiando i luoghi sensibili e più frequentati fermavano, bloccavano e consegnavano malviventi, vagabondi e scippatori alle questure. Le vie del traffico sono state liberate dalla più sfrontata e sfacciata prostituzione da quei sindaci, prefetti e questori che hanno implementato misure drastiche e tangibili per contrastarla. Ma provvedimenti di questo tipo vengono definiti da "Stato di polizia", da regime autoritario scordandoci sovente dei droni, degli elicotteri e dello spropositato zelo usati in pandemia per catturare passeggiatori solitari in spiagge deserte.

Il fenomeno osservato durante lo svolgimento dell'operazione "Strade Sicure" – che ha impegnato nelle vie dei maggiori centri urbani migliaia di soldati nel presidio di obiettivi sensibili – è indicativo in questo caso. La presenza delle uniformi è stata apprezzata oltre ogni aspettativa dalla popolazione che ha constatato immediatamente la diminuzione drastica di ogni delitto connesso con la microcriminalità. E poco importa se per i pochi faziosi capeggiati da Michela Murgia la vista dei militari armati e delle mimetiche nei centri cittadini disturba ed evoca le dittature del Sud America. Sindaci ed assessori, anche dei più piccoli borghi, hanno richiesto a gran voce l'intervento dell'Esercito nelle stazioni ferroviarie e nei luoghi più critici dei loro centri urbani proprio perché i benefici che ne derivavano erano palpabili e sotto gli occhi di tutti e la cittadinanza lo riconosceva apertamente. Finalmente lo Stato si faceva vedere anche in quei posti che erano dati definitivamente per persi, dove il degrado aveva preso il sopravvento e dove i pochi negozianti superstiti e gli avventori per necessità si erano ormai rassegnati.

Il cittadino si sente pertanto abbandonato, non vede via d'uscita, non sa più che pesci prendere e deve provvedere in proprio a garantirsi la tranquillità che le istituzioni non sono in grado di fornire. Oltre a pagare le tasse ufficiali, che dovrebbero far funzionare lo Stato in ogni sua articolazione, è costretto a pagarne un'altra per proteggere sé stesso, la propria famiglia e la propria attività. Consideriamo infatti ormai normale investire capitali per sistemi di sicurezza, sirene e telecamere a circuito chiuso. Una sorta di "pizzo" che ci faccia dormire sonni tranquilli. Tuttavia, come per l'eterna lotta spada-scudo, spesso non basta e i benzinai, gioiellieri e tabaccai che hanno subito plurime rapine hanno addirittura deciso di dormire sul luogo di lavoro per cercare di evitare ulteriori danni all'unica attività fonte di reddito illudendosi pure, con questo loro stratagemma, di poterla proteggere efficacemente.

Da soluzione estrema, ultima e sporadica, la difesa privata diventa quotidiana normalità. Se non mi difendo da solo vengo per giunta tacciato di aver incitato il crimine. Se non chiudiamo a chiave la nostra auto sembrerebbe naturale che qualcuno ce la rubi. Se non ci dotiamo di una porta blindata e di serrande anti-scasso perché ci lamentiamo se ci entrano in casa? Se non installiamo telecamere e non assoldiamo guardiania privata il taccheggio viene derubricato quasi come se l'atto non fosse censurabile come tale e, di conseguenza, punibile, ma lo diventi in base a quante misure di contrasto vengono implementate per impedirlo.

Anche la legittima difesa diventa oggetto di aspro scontro ideologico. In nome del garantismo più assoluto viene aspramente limitata anche la possibilità di difendere sé stessi, il proprio nucleo familiare e la propria attività. Il ribaltamento della logica e dei valori ci porta a questionare se sia lecito difendersi, anche usando la forza, da chi entra nelle nostre case e che, per la sola effrazione nel luogo più inviolabile della nostra esistenza minaccia la vita nostra e dei nostri cari. Il monopolio dell'uso della forza appartiene allo Stato, ma quando il criminale ha varcato la soglia della mia casa o della mia attività commerciale lo Stato ha palesemente fallito nell'implementazione di tutte quelle attività di prevenzione, scoraggiamento e repressione di cui è unico titolare e che avrebbero dovuto sventare a monte l'effrazione. Se è giusto il principio che la difesa deve essere proporzionale all'offesa è altrettanto vero che la percezione della minaccia di chi subisce una violazione domestica è massima. La casa, infatti, è sacra, rappresenta l'ultimo baluardo, l'ultima barriera per quanto abbiamo di più caro, il luogo dove proteggiamo i nostri figli e quanto rappresenta l'essenza della nostra vita. Come si può limitare il diritto alla difesa della propria abitazione e della propria famiglia? Seguendo la logica, quella vera, è lo stesso malvivente che consapevolmente e volontariamente mette a rischio la propria esistenza nel momento in cui varca le mura di un'abitazione altrui. Il danno, qualora ci fosse, ed anche la perdita della vita, nei casi più estremi, sarebbe da considerarsi auto procurato. Un po' come se, consapevolmente e nonostante gli avvisi ben visibili, un ladro di rame andasse a toccare i fili dell'alta tensione. Non possiamo mica condannare l'Enel o l'elettricità! Gli stessi protettori all'estremo della vita umana che vorrebbero proibire tassativamente il possesso di armi a scopo di difesa cosa propongono in alternativa? Niente! Che lo Stato intervenga. Ma lo Stato non c'è e non può essere onnipresente e sono centinaia le cronache di anziani picchiati a sangue, coniugi legati e torturati, figli minacciati con armi e persone innocenti morte per mano di delinquenti. Dove si trova lo Stato quando il malvivente è già entrato nella mia camera da letto con una spranga in mano e minaccia me e la mia famiglia. Perché non dovrei essere autorizzato a sparargli, a trafiggerlo con un qualsiasi oggetto mi passi tra le mani o a catapultarlo giù dalle scale o dalla finestra dalla quale sta tentando di entrare e renderlo per sempre inoffensivo.

Claudia Fusani, che come molti altri oltranzisti in ogni trasmissione si schiera contro il possesso di armi cosa propone? Se non posseggo un'arma, almeno quale *extrema ratio*, cosa posso fare? Quale sarebbe l'alternativa dell'onesto cittadino? Aspettare, arrendersi e pregare che i malviventi siano magnanimi? Dar loro tutto quello che chiedono? E se oltre ai soldi, gioielli e valori che mi sono costati anni di sacrifici e di onesto lavoro volessero anche farsi una sveltina con mia moglie o con mia figlia minorenne?

Chi vorrebbe limitare al massimo la possibilità di possedere legalmente delle armi sostiene che sia proprio il numero di queste a innalzare i livelli di criminalità e paventa sempre la paura di trasformare le nostre strade in una specie di *far west* in cui ci si spara dalle finestre per futili motivi. *"Guardate New York e Los Angeles, pensate a Miami e a Memphis e immaginatevi il Texas e la Louisiana"* – echeggiano i puristi della non violenza. Oggi possono tranquillizzarsi, le statistiche dimostrano che le modifiche legislative del 2006 e del 2019 in ordine alla legittima difesa non hanno originato questa tendenza. Inoltre, tranne che negli Stati Uniti – federazione grandissima con problematiche ben diverse da quelle domestiche – il paventato principio di proporzionalità tra armi detenute e livello di criminalità è assolutamente ribaltato in tutti gli altri paesi occidentali ben più raffrontabili alla realtà nazionale. Tra i paesi più armati al mondo per numero di abitanti risultano, infatti, il Canada, la Finlandia, La Svizzera, La Svezia, La Norvegia, La Francia, La Germania, l'Austria e, nonostante la sua politica restrittiva adottata circa vent'anni fa, anche l'Australia e la Nuova Zelanda. Guarda caso, tutte nazioni con ampie tradizioni democratiche e, tranne la Francia, con livelli di criminalità contenuti, se non addirittura risibili[41]. Altro fattore curioso è che la distribuzione di armi per unità di popolazione sembrerebbe proporzionale al livello e all'anzianità della democrazia presente nel paese, come se il divieto di possedere e detenere fucili e pistole fosse storicamente una prerogativa dei regimi totalitari. Guarda caso, i paesi dell'est Europa che hanno subito la dittatura comunista per mezzo secolo figurano tra i meno armati nel Vecchio Continente così come la Cina, Cuba e la Corea del Nord[42].

Continuando a ristabilire il giusto verso delle cose, come fa l'assalito a poter immaginare le bramosie dell'aggressore? Come si interpreta e si quantifica l'ampiezza del "turbamento" e la percezione del pericolo da parte della vittima che, in punta di legge attuale ed insieme alla "necessità" costituirebbero l'unica giustificazione per una reazione violenta? Come faccio a sapere che i due ceffi che mi aggrediscono per la strada a suon di botte e catenate mi vogliono solo rubare il portafoglio il cui valore, in base alla proporzionalità, è sicuramente inferiore alle loro vite?

---

[41] Indice della Criminalità per Nazione 2023 (numbeo.com)
[42] Elenco dei paesi per tasso di armamento - frwiki.wiki

Ecco perché la difesa, a parte rare eccezioni, deve essere considerata sempre legittima! È l'aggredito la vittima non l'aggressore. È a lui che vanno pagati i danni per lo spavento procurato e per il turbamento della sicurezza della propria persona che, ricordiamoci, insieme alla vita costituisce un diritto fondamentale garantito allo stesso articolo dalla Dichiarazione Universale dei diritti dell'uomo[43]. Il principio della proporzionalità, infatti, in quasi tutti i casi viene rispettato se non nelle aule dei tribunali certamente nella cruda realtà. L'aggressore è sempre in vantaggio. Ve lo dice un esperto di forze ed operazioni speciali. Lui detiene l'iniziativa e sa quando e come entrare in azione sorprendendoci; lui pianifica l'azione con meticolosità; lui si prepara ripetutamente prima del colpo in modo da non lasciare nulla all'imprevisto; lui compie l'atto criminoso molto velocemente non dandoci il tempo di reagire; lui impiega aggressività e motivazione – sa cosa cercare e ottenere – per portare a termine la sua rapina mentre la vittima è colta sempre dal dilemma se scappare, difendere i suoi cari, chiamare aiuto o reagire fisicamente. In termini dottrinali l'aggressore realizza la *superiorità relativa*, ovvero quella condizione che le forze speciali di tutto il mondo ricercano per avere ragione di unità più consistenti e meglio organizzate a difesa[44]. Il vantaggio, per cui, è sempre sproporzionatamente a favore dell'aggressore. Come fa la

---

[43] Ogni individuo ha diritto alla vita, alla libertà ed alla sicurezza della propria persona. Art. 3 Dichiarazione Universale dei Diritti dell'uomo

[44] William. H. McRaven. *"Spec Ops. Case studies in Special Operations Warfare: Theory and Practice"*

reazione della vittima a essere considerata sproporzionata? Anche se smilzo e dotato di solo temperino in pugno chi ha l'iniziativa ha la meglio su un energumeno colto all'improvviso e armato di una Colt 45 nella fondina. La proporzionalità della difesa, quindi, dev'essere commisurata con la minaccia percepita dall'aggredito e non con il valore dell'oggetto che poteva essere ingiustamente sottratto. Cosa ne so che il malvivente che aspira al mio portafogli non è pronto ad ammazzarmi anche a mani nude per ottenerlo? Cosa ne so se, anche disarmato, non possa usare oggetti contundenti per mettere in pericolo la mia vita? Cosa ne so se in tasca non abbia un martello o un cacciavite da usare prontamente? E se pianto la matita che ho nel taschino nella giugulare del ceffo che mi aggredisce – ammazzandolo – perché dovrei rischiare di essere condannato per eccesso colposo di legittima difesa visto che il povero malcapitato tentava solo di rubarmi l'orologio da polso? Perché devo provare che in quel repentino, concitato e adrenalinico nanosecondo a disposizione per decidere cosa fare non ho potuto valutare un'alternativa meno violenta che preservasse il povero assalitore?

Dire che l'istituto della legittima difesa esiste già nel nostro ordinamento e non necessita di alcuna modifica è asserire una balla. Sono molto limitate le integrazioni legislative del 2006 e del 2019 che avrebbero dovuto rafforzare il costrutto legislativo a favore dell'aggredito e, troppo spesso, vittime di criminali continuano a soccombere nei tribunali in sede penale e, qualora assolti, sono sovente condannati a risarcire grotteschi danni quale esito del processo civile. I bacchettoni del giustificazionismo mettono avanti la Costituzione che preserva la vita quale diritto incondizionato ed inalienabile, anche quella degli stupratori, dei ladri e dei rapinatori. Lo stesso articolo 3 della Dichiarazione Universale dei Diritti dell'uomo, tuttavia, equipara il diritto della vita a quello della libertà e della sicurezza della propria persona[45]. Ma non si tratta di demolire questo principio, non si tratta di promuovere uno Stato che devolva al singolo il mantenimento della sicurezza e dell'ordine pubblico e la difesa armata. Si tratta, tramite dei mirati provvedimenti legislativi, di mettere in condizione la magistratura di giudicare l'aggredito secondo un costrutto che lo difenda proprio in quanto vittima e persona che è stata messa in soggezione e, sempre, in pericolo dagli aggressori. Ed il repentaglio al quale è soggetto l'aggredito, in ogni situazione, è sempre un pericolo di altissimo livello, anche di vita: chiedetelo al milanese che a febbraio scorso alla stazione Termini è stato accoltellato a morte da tre magrebini per rubargli un cellulare e una ventina di Euro. Oppure fatevelo raccontare dalla giovane donna franco-marocchina che, alla fine di aprile – in partenza per Parigi dalla stazione Centrale di Milano – è stata orribilmente violentata più volte da uno sconosciuto senza fissa dimora di origine nordafricana fortunatamente incastrato dalle telecamere di sorveglianza e dalla prontezza di un passante che ha chiamato gli addetti alla sorveglianza. È vero, il

---

[45] Costituzione Italiana Art. 3: *"Ogni individuo ha diritto alla vita, alla libertà ed alla sicurezza della propria persona"*

maledetto stupratore è stato preso ma la violenza contro la povera donna è stata consumata! Se avesse potuto reagire efficacemente, forse, non sarebbe andata così. Né possiamo pretendere che la polizia sia presente sempre ed in ogni luogo. Perché, per esempio, non estendere le circostanze di presunzione assoluta di proporzione fra difesa e offesa contemplate nel caso di violazione di domicilio[46] anche agli altri luoghi. Il *"grave turbamento"* che escluderebbe la punibilità della vittima e derivante dalla situazione di pericolo creata dall'aggressore è presente anche quando veniamo assaliti per la strada, in un treno, nella metropolitana o in un parco pubblico e non solo presso la nostra abitazione o nel luogo dove esercitiamo la nostra attività commerciale. Non si tratta, infatti, di non tutelare la vita umana, tutt'altro, si protegge la vita innanzitutto delle vittime. Si tratta di concedere all'aggredito un'opportunità in più per difendere la propria di vita, con qualsiasi mezzo a disposizione, senza dover poi essere condannato per averlo fatto. Si tratta, inoltre, di considerare l'assalitore quale un soggetto che, per il semplice fatto di aggredire, mette deliberatamente, volontariamente e volutamente a rischio la propria vita non potendo a priori prevedere, misurare, quantificare, con metodi scientifici e oggettivi, l'ampiezza e il livello della minaccia percepita dall'aggredito che reagirà proporzionalmente a tale parametro.

Sempre parlando di migliorie legislative a favore delle vittime, perché non equiparare il giudizio civile a

---

[46] Legge n. 36/2019, art. 52, comma quarto.

quello penale nel quale, in merito alla sussistenza della scriminante della legittima difesa ed in caso di una situazione probatoria non soddisfacente l'imputato viene comunque assolto[47]. Non sembra quasi ridicolo che vittime di aggressioni assolte penalmente soccombano nei processi civili e siano costrette a grotteschi rimborsi nei confronti dei loro aggressori? Oltre il danno dell'aggressione la beffa del risarcimento.

Perché alla fine della vicenda, e per riprendere il titolo di questo libro, non è possibile continuare a tollerare che la vittima venga colpevolizzata in processo mentre l'aggressore sia ristorato con un lauto risarcimento.

---

[47] Art. 530, comma 3, c.p.p.

CAPITOLO VI

"LA CASA"

Il privilegio di trovarsi dappertutto a casa propria appartiene solo ai re, alle puttane e ai ladri.

(Honoré de Balzac)

Noi Italiani siamo strani: crediamo ancora in valori tradizionali e cerchiamo di aggrapparci ad ogni certezza che ci possa mettere al riparo dalle avversità della vita. Forse è stata la discontinuità della nostra storia a renderci così cauti e prudenti, forse è stata la mancanza di altre certezze e forse la necessità di individuare un luogo in cui ci si possa sentire sicuri, perché altrove non lo siamo sempre stati. Una cosa è certa: nella penisola la casa rappresenta la colonna portante della vita ed il punto di riferimento della famiglia. Quattro mura, niente di più.

È probabilmente per questo motivo che l'Italia è uno dei paesi al mondo che ha la più alta percentuale di proprietari di case. Gli altri popoli sono differenti, non vogliono sentirsi vincolati, diversificano, investono in altro e cambiano dimora in base alle necessità. Noi, invece, costruiamo il nostro avvenire intorno al focolare in cui abbiamo deciso di vivere. La nostra non è semplicemente una casa, la *house* degli anglosassoni, ma è il centro delle nostre attenzioni, la fonte di sicurezza, il primo dei valori ed il calore domestico: la nostra è inequivocabilmente la *home*!

Così, per qualsiasi nucleo familiare del Belpaese l'abitazione costituisce un bene primario oggetto di un irrinunciabile progetto di vita e, proprio per questo, origine di sacrifici, speranze, lavoro, privazioni, risparmi e tanta, tanta dedizione. Ci si aspetterebbe, dunque, che fosse uno tra i beni più tutelati dal nostro ordinamento, considerato il valore che rappresenta nella nostra cultura e civiltà. Invece, purtroppo, anche in questo caso il Mondo al Contrario irrompe brutalmente nelle nostre vite e ci consegna l'Italia degli ultimi quarant'anni in cui gli occupatori abusivi ed i ladri di case sono più tutelati dei loro legittimi proprietari.

Sino a qualche decennio fa si trattava essenzialmente di inquilini morosi, di affittuari che per vicissitudini varie non riuscivano più a pagare l'affitto e, nella speranza di ritrovare un lavoro od una fonte di sostentamento che consentisse di regolarizzare la loro posizione, trascorrevano alcuni mesi senza corrispondere le somme dovute. Il fenomeno era limitato, i casi erano fortuiti ma già rivelavano una certa inadeguatezza del sistema. Gli sfratti, infatti, non sono mai stati facili nello stivale. Il grande perdente è sempre stato il proprietario del bene che, nelle migliori delle ipotesi, ne riassumeva il possesso con mesi, se non anni di ritardo, senza percepire le somme per la locazione dell'abitazione e, spesso, con una lunga serie di bollette da pagare. Ogni tanto si aggiungeva al danno la beffa di vedersi restituire una casa sporca, mezza distrutta, non curata, in poche parole un alloggio da risistemare tutto a proprie spese. Il fenomeno, tuttavia, era relegato alle grandi città perché nei piccoli centri gli abitanti si conoscevano bene fra loro e l'ipotesi di macchiare la propria reputazione di fronte alla comunità con una condotta disdicevole di inquilino moroso e menefreghista frenava e limitava tali tipologie di manifestazione. Una volta, inoltre, vi era il timore delle forze dell'ordine e della giustizia: la sola intimazione di rivolgersi ai carabinieri o di denunciare in procura l'evento faceva desistere una buona quantità di potenziali morosi che, tramite il ricorso a parenti, amici, e a qualsiasi altro espediente, riuscivano bonariamente a sistemare la situazione. Senza citare la propensione del passato a regolare questa tipologia di diatribe in modo "extragiudiziale": in uno scenario da Peppone e Don Camillo il legittimo proprietario si armava di vanga o forcone e si riappropriava del maltolto senza troppi convenevoli. Vi erano anche delle frange ideologizzate ed estremiste che promuovevano le occupazioni delle case sfitte e gli espropri proletari, come l'ormai sconosciuto ai più "Movimento 77", ma il fenomeno era veramente marginale e aveva una forte e peculiare connotazione politica. Una cosa brutta, dunque, ma tutto sommato relegata nell'alveo delle sfortunate eventualità ed eccezioni. Quando ero piccolo, infatti, non c'era la crisi degli affitti ed il timore che l'inquilino non restituisse più il bene temporaneamente occupato era risibile. Gli appartamenti si trovavano, ed anche a prezzi ragionevolmente abbordabili. Era l'Italia che usciva dal boom economico, dei meridionali che si trasferivano a migliaia nelle fabbriche del Nord, dell'Alfa Giulia Super 1600 e della Fiat 127, delle famiglie numerose e dei ragazzini che giocavano per strada. Erano anche gli anni di piombo ma, nonostante ciò, in molti posti d'Italia si dormiva con le porte delle abitazioni aperte, non esistevano inferriate e serrature di sicurezza e giovani, donne e ragazzi potevano girare per le città senza correre molti rischi.

Poi vennero gli anni '80 e '90 con l'esplosione della criminalità generalizzata e con l'impennata dei reati di furto, rapina e commercio di stupefacenti ed il pericoloso dilagare del sentimento d'impunità. Il settore immobiliare non ha fatto eccezione poiché l'occupazione abusiva consiste essenzialmente nel furto della disponibilità del bene immobile al legittimo proprietario. Si è dovuti arrivare ai giorni nostri per introdurre, in un disegno di legge, la terminologia di "furto di case" anche al fine di cercare di arginare un fenomeno che ha ormai assunto dimensioni a dir poco sconcertanti. Nel solo 2021, infatti, a fronte di 38.000 provvedimenti esecutivi di rilascio di immobili ad uso abitativo ne sono stati effettivamente eseguiti tramite sfratto solo un quarto testimoniando come, anche al termine di un lungo e articolato iter giudiziario nel quale è stata inequivocabilmente riconosciuta la ragione di una delle parti, gli interessi dei legittimi proprietari non vengano affatto preservati.

Il Mondo al Contrario è anche questo, non bastano i giudici, gli avvocati, la forza pubblica, le carte bollate e mesi, se non anni di attesa, alla fine un occupante abusivo su quattro riesce a farla franca ed al proprietario, nel migliore dei casi, non resta che leccarsi le ferite. Mentre il principio della legalità va in frantumi vi sono ampie frange di pseudopolitici ed intellettuali che, comunque, giustificano questa grottesca situazione.

La circostanza che rende il fenomeno ancora più sconcertante ed esecrabile è che, almeno sotto il punto di vista della percezione, l'occupazione abusiva è sicuramente peggio del furto: quando ci viene sottratto un bene mobile, nella maggioranza dei casi, il fatto è immediato; il reato si consuma in un tempo brevissimo da parte di qualcuno che generalmente non conosciamo e non vediamo; la refurtiva non viene quasi mai ritrovata e quindi la consideriamo persa oppure, se ritrovata, viene restituita al legittimo proprietario senza indugio. Nel caso di un'abitazione abusivamente occupata si tratta invece di un furto che si ripete ogni minuto, ogni ora, ogni giorno, ogni settimana ed ogni mese, con un'inesorabile continuità, da parte di qualcuno che conosciamo perfettamente e che, magari, incontriamo al bar mentre, con fare beffardo ed impenitente, sorseggia tranquillamente un cappuccino. L'abusivo si sente autorizzato a privarci della nostra proprietà e di un nostro acclarato e sacrosanto diritto svilendo e deridendo il legittimo titolare, il principio di legalità, lo stato di diritto, la tutela della proprietà e moltissimi altri valori fondamentali di una società civile. Un affronto sfacciato ed impunito che si consuma sotto gli occhi inermi di chi, magari, si è sobbarcato sacrifici, spese, privazioni e tanto lavoro per poter godere di un bene che gli appartiene.

Non ci si crederebbe se non ci fossero quegli inesorabili numeri a provarlo. Ha dell'impossibile. Allora ci si domanda come mai ci si sia ridotti in questa grottesca situazione. Anche qua abbiamo due filoni di risposte: i soliti giustificatori, che parlano di disagio, di povertà, di diseguaglianze sociali e di iniqua distribuzione della ricchezza e i pragmatici che, semplicemente, affermano che le tutele dei legittimi proprietari non sono efficaci, così come spesso non è efficace l'azione di chi dovrebbe attuare queste tutele.

Effettivamente, alla luce dei fatti ampiamente verificatesi, la prima cosa che meriterebbe di essere adeguata è la normativa che è evidentemente carente. L'inquietante paradosso attuale è che se un ladro entra in casa d'altri per rubare gioielli o altri beni mobili e viene colto sul fatto viene immediatamente arrestato dalle forze dell'ordine, portato via e avviato a processo. Se invece lo stesso criminale, in assenza dei legittimi proprietari, penetra in casa e, invece di scappare poco dopo con la refurtiva, rimane e occupa abusivamente la dimora impadronendosi, di fatto, dell'immobile – compresi il mobilio e le masserizie al suo interno – non solo gode di una sorta d'immunità che gli consente di non essere arrestato immediatamente, ma ottiene "il privilegio" di poter risiedere nella casa per un lungo periodo e di spassarsela indisturbato. Non è una barzelletta né una storia da bar, è la disarmante verità del nostro amato Mondo al Contrario. Gli aneddoti che potrei raccontare sono tanti e hanno fatto anche la fortuna di molte trasmissioni televisive che ne documentano i dettagli e le ridicole vicissitudini per cui mi limiterò a citare uno degli ultimi casi che ha generato grande scalpore.

Ennio di Lalla è un pensionato ottantaseienne che vive a Roma, nel quartiere Don Bosco, in un appartamento del quale gode del totale usufrutto, avendone precedentemente venduto la nuda proprietà. Al termine di un ricovero in ospedale durato un paio di giorni torna a casa e si ritrova l'alloggio occupato da estranei. *"Perbacco!"* – Esclama l'arzillo vecchietto a cui il mondo casca addosso. Immediatamente si rivolge al suo avvocato che denuncia il fatto alle competenti autorità e, a gran voce, divulga l'accaduto a tutti i mezzi d'informazione. Telegiornali, trasmissioni, social media, *talk show*, nessuno parla d'altro, ma nonostante cotanto clamore ci vogliono più di venti giorni per farlo ritornare nella sua casa. Lui, felice, riapre la porta della sua dimora fra telecamere e autorità che tolgono i sigilli, ma ritrova una casa saccheggiata, devastata, sporca e molti dei suoi effetti personali risulteranno rubati. Gli occupanti abusivi sono stati denunciati "a piede libero", ovvero, rimarranno indisturbati in libertà sino a che una condanna definitiva non li interesserà. Ovviamente, nel più che fortunato e fortuito caso in cui la condanna, tra svariati anni, dovesse essere effettivamente comminata, gli abusivi sconteranno solo la pena perché il risarcimento dei danni morali e materiali al malcapitato pensionato sarà impossibile risultando i malviventi nullatenenti. Anzi, anche la pena non verrà scontata perché usufruiranno della cosiddetta "condizionale" o degli altri benefici del caso. Al riguardo, non vale classificare il caso come un'eccezione poiché basterebbe guardare la trasmissione "Fuori dal Coro" il martedì sera o passare un po' di tempo su *internet* per trovare altre centinaia, se non migliaia di similari situazioni in cui i legittimi proprietari, alla fine dei conti, sono quelli che subiscono i torti e pagano pure i danni. Con un'espressione partenopea molto popolare si direbbe "cornuti e mazziati".

Senza voler approfondire l'aspetto giuridico improvvisandomi azzeccagarbugli da quattro soldi, il problema normativo comunque, di fatto, sussiste. Hanno ben da dire gli "esperti" che sostengono che le norme ci siano già e basterebbe applicarle, la realtà dimostra che non è così e le tante circostanze di occupazione selvaggia lo testimoniano ogni giorno. La tutela penale, infatti, si ottiene tramite denuncia, ma senza andare a esaminare le varie fattispecie di reato integrate[48], tale procedura non consente né l'arresto in flagranza, e quindi la restituzione immediata del bene al legittimo proprietario, né un deterrente poiché

---

[48] Essenzialmente gli articoli 633 e 634 connessi anche agli articoli 614, 624, 625, e 635 del codice penale

le pene previste, qualora comminate in via definitiva, consentono al condannato di beneficiare della "condizionale" o, comunque, di accedere ad ulteriori benefici che, di fatto, ne escludono l'esecuzione. Quello che rende prolifico il fenomeno e ne incrementa esponenzialmente l'odiosità è, infatti, il sentimento di impunità nei confronti dei delinquenti che si rendono protagonisti delle occupazioni abusive. Ma questa è una caratteristica tutta italica più volte evidenziata anche dalle vicende dalle conclamate e pluricondannate borseggiatrici della metropolitana che, essendo perennemente incinte, godono di una illimitata dispensa e possono continuare a rubare indisturbate fregandosene della polizia, del codice penale e dei giudici. Una sorta di "patente" che Pirandello immaginava per gli iettatori e noi, invece, attribuiamo serenamente a determinati profili criminali. Inoltre, sempre in base ad un decreto legge in vigore da pochi anni[49], prima di attuare lo sgombero disposto dall'autorità giudiziaria di un locale abusivamente occupato, la forza pubblica deve tener conto prioritariamente della situazione e della sicurezza pubblica nell'area, dei rischi per l'incolumità e la salute, dei diritti dei legittimi proprietari e, in ultimo, dei livelli assistenziali che regioni e enti locali possono assicurare agli aventi diritto. In sintesi, l'esistenza di cotante priorità da verificare prima di passare ai fatti ha reso estremamente arduo e difficile l'esecuzione degli sfratti come lo prova la sconcertante casistica già evidenziata.

---

[49] DL n. 14/2017 convertito con modificazioni in legge n. 48/2017

Il fenomeno delle occupazioni abusive, oltretutto, intrecciandosi con l'incremento esponenziale dell'immigrazione irregolare ha portato all'occupazione permanente di stabili e quartieri da parte di clandestini che, nel tempo, si sono impadroniti di intere aree urbane. Vere e proprie *"casba"* e luoghi dove il mondo estraneo, compresa la polizia, ha difficoltà a entrare e in cui si mescolano criminalità, illegalità, abuso, spaccio e migliaia di irregolari sconosciuti o spesso gravati da ripetuti precedenti penali. L'informazione se ne occupa poco e i media si guardano bene dal divulgare l'ampiezza del fenomeno. Ci vogliono fatti eclatanti come la vicenda di Kata, la bambina peruviana scomparsa a Firenze lo scorso giugno dall'ex hotel Astor interamente occupato da irregolari da due anni, per far emergere il problema che il combinato disposto della tolleranza sull'occupazione illegale e della malsana idea dell'accoglienza indiscriminata ha creato.

Come al solito, il Mondo al Contrario ha il sopravvento basandosi su un costrutto ormai consolidato in molte altre situazioni: la borbonica macchinosità, il tempo, le procedure lente e farraginose e la burocrazia maligna che, alla fine, invertono l'ordine dei principi e sovvertono il criterio di giustizia. Da un punto di vista dei principi, infatti, il nostro codice protegge indubbiamente il possesso di un bene, ovvero, la relazione di fatto tra una persona e la cosa che, in quel momento, si trova nella sua materiale disponibilità. Il possessore, dunque, è colui che utilizza la cosa come se ne fosse il proprietario, a prescindere dal fatto che lo sia o meno. Nel caso ci fosse una diatriba la legge tutela, in prima istanza, l'utilizzatore del bene salvo poi verificare – in un momento successivo e solo su richiesta di chi pretende esserne l'effettivo titolare – se il possessore sia anche proprietario o meno. E qui casca l'asino e interviene il fattore ribaltatore perché l'impostazione illustrata andrebbe bene se oltre ai due contendenti non introducessimo la terza variabile che è il tempo. Infatti, anche nei casi più acclarati, come quello del signor Ennio, ci sono volute tre settimane e un trambusto mediatico di prim'ordine per giungere alla restituzione dell'immobile al legittimo proprietario ed a quasi un nulla di fatto nei confronti dei criminali che, per quanto acciuffati in flagranza, ovvero mentre sottraevano un bene al suo reale possessore, sono rimasti tranquilli in libertà. Eppure, quanto ci vuole per accertare l'effettivo titolo abitativo di una casa? Una verifica al Demanio, una all'Agenzia delle Entrate, una in Comune, si vede a chi sono intestate le utenze, si parla con i vicini, si verifica anche se ci sono segni di effrazione e, nel giro di poche ore, le indagini sono concluse. Invece, l'Italia che tifa per i malviventi è diversa: prende tempo, nel migliore dei casi è dubitativa; non si schiera; non prende posizioni o, se le prende, è per tutelare le minoranze o chi è nel torto adducendo a giustificazione il disagio sociale e l'iniqua distribuzione della ricchezza; tende a giustificare qualsiasi comportamento con tesi quasi insostenibili e, anche quando le situazioni sono acclarate ma a favore delle maggioranze o del senso comune, fa intervenire il macchinoso apparato burocratico che, rallentando le procedure, di fatto, fa perdere di significato al ristabilimento della legalità.

La normativa giuridica che, nei fatti, sembrerebbe tutelare maggiormente gli abusivi che i legittimi proprietari è solo uno dei fattori che concorrono a questa situazione grottesca, perché l'altra componente da cambiare è la mentalità che si è radicata in questo mondo sottosopra favorita dalla propensione a interpretare soggettivamente qualsiasi fenomeno. Da un assunto che sembrerebbe chiaro, ovvero, che il bene altrui non può essere sottratto arbitrariamente, si alza il vociare dei tanti soloni che invocano la prevalenza dei diritti sulla protezione della proprietà privata. Viene invocata la *"Dichiarazione Universale dei Diritti Umani"*, la *"Convenzione Europea dei Diritti dell'Uomo"*, il *"diritto alla casa"* *tout court* e, in ultimo, la Costituzione per cercare di rovesciare uno dei principi cardine di tutti i codici nonché di due dei più conosciuti dettami dei 10 comandamenti: *non rubare* e *non desiderare la roba d'altri.*

Anche in questo caso voglio evitare di impelagarmi in discussioni di legislazioni prevalenti e di gerarchie delle fonti, ma sottolineo umilmente un principio che ritengo assolutamente valido: l'esistenza di un qualsiasi diritto non può implicare la perpetrazione di un reato per permettere il godimento del diritto stesso. *"Tutti gli uomini nascono liberi"* – titola l'articolo 1 della *"Dichiarazione Universale dei Diritti dell'Uomo"*, ma non è che se uno sprovveduto mi confina dentro una casa, un ufficio o un aereo io spacco tutto e malmeno lo sconsiderato procurandogli lesioni per godere del diritto alla libertà. Ancora, l'articolo 13 della stessa carta sentenzia *"Ogni individuo ha diritto alla libertà di movimento e di residenza entro i confini di ogni Stato"*, ma non è che per godere di questo diritto io sono autorizzato a rubare un veicolo o a non pagare il biglietto del treno per scorrazzare liberamente e godere del mio diritto all'emancipazione. L'articolo in causa, nel nostro caso, è il 25 nel quale si attesta che *"Ogni individuo ha diritto ad un tenore di vita sufficiente a garantire la salute e il benessere proprio e della sua famiglia, con particolare riguardo all'alimentazione, al vestiario, all'abitazione, e alle cure mediche e ai servizi sociali necessari (...)"*: secondo un ragionamento analogo, non sono autorizzato a sottrarre alimenti, vestiti e tantomeno abitazioni ai legittimi proprietari per godere di questo diritto. A conferma di ciò, se ve ne fosse il bisogno, la stessa *"Dichiarazione Universale dei Diritti dell'Uomo"* all'articolo 17, ben precedente al citato articolo 25, afferma inequivocabilmente che *"Ogni individuo ha il diritto ad avere una proprietà sua personale o in comune con altri. Nessun individuo potrà essere arbitrariamente privato della sua proprietà"*.

Per quanto attiene alla Convenzione Europea si cita l'articolo 8 *"Ogni persona ha diritto al rispetto della propria vita privata e familiare, del proprio domicilio e della propria corrispondenza. (...)"*. Anche qua, la stessa Corte di Giustizia Europea ha pubblicato una guida per la giusta interpretazione dell'articolo[50] nella quale si specifica chiaramente che *"L'articolo 8 non può essere interpretato come se riconosca il diritto di disporre di un domicilio (...) o il diritto di vivere*

---

[50] Guida all'articolo 8 - Diritto al rispetto della vita privata e familiare, del domicilio e della corrispondenza (coe.int)

in un particolare luogo (…). Inoltre, la portata dell'obbligo positivo di fornire un alloggio a coloro che ne sono privi è limitata (…)." Anzi, contrariamente, l'articolo 8 è volto a garantire al soggetto che lo possiede l'inviolabilità del proprio di domicilio intendendolo sia come spazio fisico sia come pacifico godimento di tale spazio. Uno degli esempi citati proprio nella Guida è *"La mancata esecuzione da parte delle autorità nazionali di un'ordinanza di sfratto da un appartamento a vantaggio della proprietaria è stata ritenuta un'inosservanza da parte dello Stato dei suoi obblighi positivi ai sensi dell'articolo 8 (Pibernik c. Croazia, § 70)".* Inoltre, nel *Primo Protocollo Addizionale* della stessa *Convenzione Europea dei Diritti Umani* all'articolo 1 si statuisce molto chiaramente che *"Ogni persona fisica o giuridica ha diritto al rispetto dei suoi beni. Nessuno può essere privato della sua proprietà se non per causa di pubblica utilità e nelle condizioni previste dalla legge e dai principi generali del diritto internazionale"* andando ancora una volta a sottolineare che ogni sottrazione arbitraria delle proprietà altrui è proscritta.

Anche per quanto riguarda la Costituzione nazionale, senza addentrarmi in complessi ragionamenti forensi, il cosiddetto diritto ad un'abitazione è affermato solo indirettamente mentre in maniera molto esplicita la Carta sancisce l'inviolabilità del domicilio (art. 14) e la tutela della proprietà pubblica e privata (art. 42). Inoltre, per quanto attiene la legislazione nazionale, la Corte di Cassazione ha definitivamente pronunciato che *""l'illecita occupazione di un immobile è scriminata dallo stato di necessità solo in presenza di un pericolo imminente di danno grave alla persona, non potendosi legittimare – nelle ipotesi di difficoltà economica permanente, ma non connotata dal predetto pericolo – una surrettizia soluzione delle esigenze abitative dell'occupante e della sua famiglia"*. In poche parole, gli stati di indigenza o di povertà che non implichino un *"imminente danno grave alla persona"* non possono giustificare un'occupazione abusiva. In pratica, se il Vesuvio ricominciasse ad eruttare e per sfuggire dai mortali lapilli una famiglia occupasse una casa allora, e solo allora, l'occupazione temporanea potrebbe essere giustificata.

Proprio in virtù dell'articolo 42 della Costituzione, dell'articolo 8 del Convenzione Europea dei Diritti dell'Uomo e dell'articolo 1 del suo Primo Protocollo Addizionale, la Corte di Cassazione ha stabilito colposa la condotta della Pubblica Amministrazione che, a fronte dell'ordine di sgombero di un immobile abusivamente occupato, trascuri di dare attuazione al sequestro con contestuale ordine di sgombero.

Alla fine sono caduto nei meandri di articoli e codici ma spero almeno di aver sgomberato ogni dubbio sulla castroneria che i sovvertitori della realtà ci vogliono far bere circa la prevalenza del cosiddetto "diritto alla casa" sulla tutela della proprietà. Parlando di diritti, inoltre, l'eventuale diritto all'abitazione rientrerebbe nei diritti sociali come i diritti alla salute, all'istruzione alla previdenza e all'assistenza chiaramente riconosciuti dalla nostra Costituzione. Così come il singolo non può deliberatamente svaligiare una biblioteca o un negozio di informatica per auto-garantirsi il diritto all'istruzione, l'occupazione sine titolo di una casa non può essere giustificata per far valere il citato diritto sociale.

Se, infatti, di giustizia si parla, i sostenitori delle *"okkupazioni fai da te"*, o quelli che sono ben contenti di chiudere gli occhi di fronte al fenomeno, sono gli stessi che si oppongono strenuamente alla giustizia "fai da te" dei legittimi possessori di armi che, per proteggere la propria vita e la propria famiglia, invocano la legittima difesa. Bizzarro che in questo caso sostengano invece la supposta "giustizia" sempre "fai da te" degli abusivi che per godere di un presunto diritto alla casa sottraggono al legittimo proprietario il bene in questione. Tra questi soggetti, abituati al doppiopesismo caro a molte frange progressiste, sembrerebbe rientrare pienamente il sindaco di Roma Roberto Gualtieri e la sua giunta che, non solo chiudono gli occhi, ma concedono pacificamente la residenza a chi occupa abusivamente uno stabile o vive senza titolo in un alloggio popolare. Il primo cittadino si è avvalso della deroga alla legge in vigore[51] considerando gli occupanti abusivi del circondario romano *"minorenni o meritevoli di tutela"*...E sappiamo bene, dai moltissimi furbetti del reddito di cittadinanza e dall'impressionante diminuzione delle richieste di tale beneficio al solo annuncio di un inasprimento dei controlli, quanto sia facile nel nostro sistema autocertificarsi quale *"meritevole di tutela"*. Che dire: altro incentivo all'illegalità. Tale provvedimento rafforza, tra

---

[51] DECRETO-LEGGE 28 marzo 2014, n. 47 convertito con modificazioni dalla L. 23 maggio 2014, n. 80 (in G.U. 27/05/2014, n. 121)

l'altro, uno dei moventi principali che spinge all'occupazione abusiva delle case che consiste nella radicatissima convinzione della possibilità di poter regolarizzare la propria posizione. Nonostante leggi, regolamenti, norme, esempi e diffide chiunque occupi illegalmente una dimora nutre la concreta speranza di poterne ottenere, prima o poi, un titolo legale di godimento.

Se la decisione del sindaco Gualtieri fosse stata presa in un contesto di mera occupazione individuale delle abitazioni avvenuta per "assoluto bisogno" il caso sarebbe preoccupante ma non scabroso. Invece, si sa, dove si tollera l'illegalità le organizzazioni criminali non solo si insediano, ma dilagano impunemente e sono tante le inchieste che svelano l'esistenza di un vero e proprio *racket* delle case occupate. Nella realtà romana e di molte alte grandi città, se hai la necessità di una casa popolare non serve metterti in graduatoria e rivolgerti al Comune perché sai che tra censimenti che saltano e graduatorie degli aventi diritto farlocche e non aggiornate non la otterrai. Se ti consideri "sveglio", se hai pochi scrupoli e qualche denaro in saccoccia esiste un consolidato circuito parallelo che ti garantisce il raggiungimento dell'obiettivo in un tempo più che ragionevole. Le ormai molteplici e tristemente note indagini, sia giudiziarie che giornalistiche, mostrano come la criminalità organizzata abbia da tempo capito quanto può fruttare il sistema da parte degli occupanti. All'*agenzia immobiliare della malavita* devi corrispondere una quota per l'ingresso abusivo, una per la "cassa comune", che serve da volano per le varie spese ordinarie, ed una per la retta mensile. Tutto denaro che finisce nelle tasche del malaffare e che, contestualmente, viene sottratto alle casse dello Stato. Gli operativi sono quelli che, tramite delle talpe ben posizionate ed assoldate, scovano gli alloggi temporaneamente liberi e passano l'informazione agli interessati che, dopo aver pagato il pizzo dovuto, si precipitano ad occupare abusivamente l'alloggio. Poco importa se il legittimo utente sia stato ricoverato in ospedale, sia andato a trovare i parenti o sia appena deceduto, al suo ritorno troverà la sorpresa o, nel peggiore dei casi, la troveranno gli eredi e i parenti. D'altra parte, i procedimenti contro gli occupanti sono spesso inconcludenti e per liberare un appartamento ci possono volere anche molti anni, soprattutto se all'interno ci sono bambini, anziani, disabili, donne incinte o animali bisognosi di cure. Se a questo ci aggiungiamo l'aggravante che l'occupante abusivo, per i motivi che ho già illustrato, non rischia praticamente alcuna condanna penale, riusciamo a capire perché il sistema che si è venuto a creare facilita solamente la malavita, calpesta la legalità, inasprisce le disuguaglianze e fa crescere a dismisura il sentimento d'ingiustizia.

Quando poi una cinquantina di studenti manifestano davanti all'Università contro il caro affitti insorgono i benpensanti e i progressisti che, guarda caso, sono gli stessi che giustificano le occupazioni abusive come una conseguenza del disagio, dell'ineguaglianza sociale e dell'iniqua distribuzione della ricchezza. Peccato che gli stessi intellettuali non sappiano anche riconoscere che fra i primi responsabili del caro affitti vi sia proprio il fenomeno dell'occupazione abusiva e della difficoltà di poter ritornare nelle disponibilità di un alloggio regolarmente locato. Ne conosco a centinaia di persone che non affittano i propri appartamenti per la paura di non poterne rientrare in possesso al momento del bisogno. Ormai neanche i contratti temporanei, le richieste di anticipo e le fideiussioni bancarie riescono a garantire il legittimo proprietario. Quando, presi dalla necessità, sono costretti a locare le proprie abitazioni, le somme richieste devono quindi coprire anche il rischio di incappare, prima o poi, in un occupante abusivo e moroso che, proteggendosi dietro la presenza di un minorenne, di un anziano, di un disabile, di un fragile o di un animale indifeso non solo non lascia la casa quando ne perde il titolo ma smette anche di pagare affitto e bollette. Queste sono problematiche all'ordine del giorno che colmano gli onorari di avvocati e studi legali e alimentano la percezione di un mondo senza regole e profondamente iniquo. La persona spossessata infatti, non solo deve sobbarcarsi tutte le spese legali per l'avvio di un lunghissimo procedimento penale o civile al fine di tutelare un diritto palesemente riconosciuto, ma deve anche continuare a pagare le imposte sull'immobile che lo Stato esige nonostante sia in corso un'occupazione abusiva che priva, di fatto, il proprietario di qualsiasi diritto di godimento del bene. L'unica soluzione per chi possiede una seconda casa e vuole ripagarsi almeno le spese del suo mantenimento è ricorrere agli affitti brevi e turistici, quelli su *airbnb* o su *booking.com,* che drogano il mercato alimentando ulteriormente il caro affitti e che, in alcune località, hanno messo in crisi il comparto alberghiero. In poche parole: lo Stato non agisce con la dovuta solerzia per risolvere la problematica delle occupazioni illegali; gli occupatori vivono nell'illegalità con la spada di Damocle dello sfratto esecutivo sulle loro teste; le organizzazioni criminali si insinuano laddove l'ordine costituito non funziona e sviluppano un mercato parallelo sottraendo risorse ai poveracci ed allo Stato; i proprietari non sono tutelati e non affittano i propri appartamenti privando lo Stato degli introiti che percepirebbe tassando le locazioni; gli affitti salgono alle stelle e gli studenti e le persone a reddito basso non trovano alloggi a prezzi calmierati e si devono arrangiare spesso ricorrendo al "*nero*" privando ulteriormente lo Stato di altri introiti; vengono alimentate le filiere degli affitti brevi e turistici con un probabile incremento notevole delle brevi locazioni "*in nero*" che sottraggono ulteriori risorse allo Stato. La situazione, dunque, è perdente per tutti ed è favorevole solo alla malavita ed ai furbetti che, proprio perché mai puniti, non mancano mai.

La paradossale situazione sta anche disincentivando le compravendite immobiliari. Il mattone, che per secoli ha costituito il bene rifugio degli Italiani, viene snobbato a favore di altri beni. Proprietari non tutelati, spettri perenni di revisioni catastali, ulteriori tasse sui patrimoni – perché molte esistono già – inasprimenti della tassa di successione – anch'essa già esistente – combinati con una maggiore difficoltà ad ottenere mutui e con la maggiore onerosità degli stessi smorzano significativamente l'appetito di comprare casa. Secondo l'osservatorio immobiliare NOMISMA il calo del giro d'affari direttamente connesso alla compravendita di case sarebbe stimabile in 18 miliardi di euro per il 2023. Questo andamento non solo diminuisce il giro d'affari immobiliare, limitando le entrate anche per lo Stato che incamererà meno in IVA e tasse di registrazione, ma contribuisce all'incremento della domanda per le locazioni con conseguente rialzo dei prezzi.

Questo ritratto, purtroppo veritiero, non vuole sminuire il disagio e l'empatia nei confronti di chi, in buona fede, ha grosse difficoltà a garantirsi un tetto sopra la testa. La problematica c'è, sussiste, e purtroppo diventa sempre più attuale. A questo fenomeno si deve tuttavia aggiungere anche un'odiosa pratica politica che concepisce l'occupazione come un modo per costruire battaglie culturali e politiche più ampie: il cosiddetto *squatting* che diventa uno strumento per mettere in discussione la carenza di abitazioni, la speculazione immobiliare, gli esiti regressivi delle politiche urbane, il liberismo, il capitalismo e la globalizzazione. Ma, prendendo in considerazione solamente quelle che definiremmo le occupazioni "per necessità", non possiamo accollare al privato la soluzione della problematica della povertà e dell'indigenza lasciando che l'illegalità trionfi, ovvero, rievocando l'eventualità di veri espropri proletari. È noto a tutti che la popolazione italiana stia diminuendo e, secondo l'Istat[52], sono già 9,5

---

[52] Statistiche Istat

milioni le abitazioni non occupate che sarebbero almeno parzialmente disponibili. Se raffrontiamo questo numero con quello dei "senza tetto e senza fissa dimora", che sempre l'Istituto di statistica certifica essere di circa di 96.000 persone, ci rendiamo immediatamente conto che la disponibilità c'è. Se si garantisse il principio della legalità e del rispetto delle regole e se la restituzione della casa integra e nei tempi ragionevolmente dovuti ai legittimi proprietari fosse affermato senza deroghe o eccezioni, il numero di abitazioni fruibili per l'affitto aumenterebbe notevolmente e, di conseguenza, anche i prezzi sarebbero più competitivi e risulterebbero più adeguati alle possibilità delle frange fragili. Se il legittimo proprietario si percepisse tutelato e protetto dallo Stato non avrebbe motivo di mantenere libere le proprietà immobiliari. Inoltre, se la casa non continuasse ad essere l'oggetto delle mire di chi vuole incrementare il gettito fiscale, anche i proprietari sarebbero più sereni e potrebbero affrontare con minore ansia e con più ampio orizzonte temporale un disegno d'impiego delle abitazioni non stabilmente occupate. In una nazione la cui popolazione è storicamente andata incontro a rilevanti spostamenti da Sud a Nord e dalle zone rurali verso i centri urbani, la seconda casa non è un bene di lusso ma è come se fosse la prima. Se non vuoi morire a Quarto Oggiaro, a Lorenteggio o nella periferia cementificata di Torino ti sveni per mantenere la casa che ti hanno lasciato i genitori al paese di origine nella speranza di poter fare a meno di una badante e di poterti godere gli ultimi venti anni di esistenza in un contesto sociale più accogliente e nel luogo che ti ha visto nascere. Invece, tutti i più significativi provvedimenti che propone quella frangia che chiude gli occhi sulle occupazioni abusive, ovvero, la riforma del catasto, la patrimoniale e la tassa di successione, vanno in senso opposto a colpire il patrimonio immobiliare esacerbando una situazione che non migliorerà affatto la vita di chi anela disperatamente a un tetto sopra la testa.

Ben venga, allora, la proposta di legge recentemente presentata che inasprisce le pene per chi occupa immobili abusivamente introducendo anche l'arresto in flagranza di reato e l'esclusione del rito abbreviato, che implica un sostanzioso sconto di pena. Di concerto con un rilancio delle politiche attive per l'abitazione, di un potenziamento dell'ospitalità presso apposite strutture, di un supporto alle organizzazioni caritatevoli, *no profit* e di volontariato quest'iniziativa potrebbe effettivamente invertire l'andamento di una situazione sottosopra che ci squalifica agli occhi di tutti, specialmente ai nostri.

Ma l'illegalità non premia, non lo ha mai fatto e non può rappresentare una soluzione. Mai!

CAPITOLO VII

"LA FAMIGLIA"

"È una bambina brava e diligente,
si comporta bene con gli altri,
non ho che commenti positivi da fare…
Si vede che ha una famiglia alle spalle!"
Sicuramente il miglior complimento che
Maestra Chiara poteva fare a me e a mia moglie.

Sono figlio di una famiglia tradizionale: un padre
che lavorava e che spesso non era presente proprio per
motivi legati alla sua professione e una madre casalinga che,
quasi da sola, si è occupata di tutte le faccende domestiche
e ha allevato, cresciuto e seguito me e i miei due fratelli sino
alla nostra maggiore età. Come la mia, molte delle famiglie
dei miei amici e dei miei compagni di scuola che,
felicemente, sono cresciuti insieme a me. Nulla di strano,
dunque, perché nella mia situazione si sono ritrovati
moltissimi altri giovani che, tra gli anni '60 e oggi, hanno
condiviso la bellezza di un nucleo familiare tradizionale in
cui uno dei genitori, generalmente la madre, si è

essenzialmente preso cura della famiglia, anche senza rinunciare al lavoro, e l'altro si è occupato primariamente del sostegno economico pur condividendo, quando poteva, la vita e i bellissimi momenti del focolare domestico.

La stessa tipologia di famiglia, bisogna ammetterlo, ha assicurato la sopravvivenza e la prosperità della specie umana per millenni, almeno in occidente ed in tanti altri posti al mondo in cui si sono adottati, con le varianti del caso, modelli familiari molto simili al nostro. Un'istituzione vincente, dunque, sicuramente perfettibile, come tutto, ma indubbiamente e oggettivamente efficace. Ricordando il detto *"squadra che vince non si cambia"* stupiscono gli attacchi e le critiche a cui la famiglia tradizionale è stata sottoposta negli ultimi cinquanta anni da una moltitudine di soggetti che propongono modelli diversi, a volte originali e stravaganti, che dovrebbero soppiantare un'istituzione che invece, per secoli, si è dimostrata più che all'altezza del proprio compito.

Il primo attacco proviene dal socialismo reale che brama di "comunizzare" la società e di assegnare alle sole istituzioni statali l'educazione dei giovani che devono essere, sin dai primi anni d'età, sottratti alle grinfie familiari che ne potrebbero alterare i valori di riferimento. Questa stessa matrice ideologica impone inoltre che il lavoro, severamente gestito dallo Stato, debba coinvolgere tutti i membri della società, rigorosamente tutti, ivi compresi i neo genitori per i quali non deve esistere un'alternativa che esuli dall'impiego protratto e continuo in un'attività produttiva, come se quella dell'educazione della prole non lo fosse.

Altra incredibile bordata proviene dal movimento femminista che si batte per l'emancipazione della donna. Oltre a promuovere istituzioni come il divorzio e l'aborto al suon dello slogan *"tremate, tremate, le streghe son tornate"* si oppone alla figura femminile intesa come madre. Le moderne fattucchiere sostengono che solo il lavoro ed il guadagno possono liberare le fanciulle dal padre padrone e dal marito che le schiavizza condannandole ad una sottomessa, antiquata, involuta ed esecrabile vita domestica.

Si aggiungono i movimenti lgbtq+ che introducono il concetto di fluidità sessuale, di percezione del sesso e di *transgender* e che classificano come famiglia l'unione tra due persone di sesso uguale o, non importa quale sesso, anzi, il sesso non esiste è solo una percezione! *"L'importante è che ci sia l'amore"* – tuonano indignati! Quando poi si rappresenta che una coppia omosessuale non può fisicamente procreare la risposta ormai ciclostilata è che ci sono tante coppie eterosessuali che non hanno figli, quindi, perché scandalizzarsi.

Arrivano poi gli animalisti che sostengono che l'amore, che assolutamente non può definirsi affetto, è possibile anche nei confronti di una tenera bestiolina e che, quindi, pretendono esteso il concetto di famiglia a chi vive con un gatto, un cane, un porcellino d'India o, addirittura, un maiale. Non si spiegano il perché, dunque, alla scomparsa del padroncino l'adorato essere peloso non debba avere il diritto di percepire la pensione di reversibilità come invece l'avrebbe un coniuge o un figlio minorenne.

Il risultato è che la famiglia ha subito durissimi colpi, che il termine stesso di famiglia naturale o tradizionale viene messo in discussione, che le donne, per quanto lavorino, non sono spesso contente e realizzate, che le situazioni di disagio minorile sono incrementate, che la natalità è incredibilmente diminuita e che gli anziani, spesso non autosufficienti, non trovano più una collocazione se non in squallide case di riposo in attesa di raggiungere la pace eterna.

Quando ripercorro la mia esistenza mi rendo conto che l'unico ed insostituibile punto forza, l'unica certezza, il più solido dei supporti capace di resistere a qualsiasi avversità è stata proprio la mia famiglia. Qualsiasi cosa succedesse sapevo di poter contare su qualcuno che avrebbe compreso o che, anche senza capire o condividere le mie azioni o le mie scelte, mi avrebbe comunque aiutato. Sapevo di poter essere ascoltato e di poter trovare compassione o dissenso, ma mai una condanna. Per uno come me veder mettere in dubbio la famiglia tradizionale sembra quasi un attentato all'unica cosa di indiscutibilmente positiva che la società possa offrire.

Sono convinto che nulla nasca per caso e se la famiglia esiste da millenni sotto la forma tradizionale un motivo ci sarà. Il nucleo familiare esiste da quando l'uomo esiste. Senza scomodare gli antropologi sappiamo che l'unione di un uomo e una donna ha garantito il prosperare della specie umana, la sua evoluzione e il suo benessere. All'origine non vi è stato alcun inventore del nucleo familiare, non esiste alcun *copyright* o, almeno, non ve ne è traccia all'ufficio brevetti. È stata semplicemente l'espressione della Natura che, attraverso i severi processi di selezione e adattamento ha individuato l'organizzazione più efficace per garantire la sopravvivenza della specie. Ancora prima che esistesse il matrimonio, la legge, la politica, lo Stato, il codice civile, forse ancora prima che si disquisisse tra il bene e il male la famiglia garantiva la vita del *sapiens*. Se Madre Natura ha percorso altri itinerari quello che si evince è che questi tentativi hanno portato a risultati caratterizzati da eccezionalità e da scarsa rilevanza. Qui, tuttavia, si inseriscono i detrattori della famiglia naturale che chiamano in causa alcuni antropologi e, con il crescere della mentalità del *politically correct* e della dittatura delle minoranze, si sono moltiplicati anche gli articoli sottoscritti da studiosi che vorrebbero avallare l'idea che la Natura abbia ben poco a che fare con l'organizzazione familiare tipica.

Ora, se ci sono state delle organizzazioni familiari che si sono evolute in senso diverso da quella classica preminente e dominante tra la specie umana di tutto il globo è per fare fronte a delle situazioni eccezionali che minavano l'esistenza della specie stessa. Si fa l'esempio dei raccoglitori-cacciatori in cui i bambini venivano gestiti dall'intero gruppo. Probabilmente quest'organizzazione è stata imposta dalla necessità di impegnare tutti gli adulti, senza eccezioni, nella ricerca del cibo pena l'estinzione della specie. Comunque, quando i raccoglitori sono progrediti in qualcosa di più strutturato e destinato all'evoluzione, la famiglia tradizionale è riemersa prepotentemente. Si citano piccole tribù e congregazioni etniche in cui si praticano usanze peculiari. Si afferma, per esempio, che fra i Nuer del Sudan esista il matrimonio tra donne: una donna sterile può contrarre matrimonio con un'altra donna, sceglierle un amante e i figli nati da questa unione saranno figli socialmente riconosciuti della donna-marito, membri del gruppo di quest'ultima. Benissimo, anche qua è ampiamente spiegata la specifica strategia a scopi procreativi e di mera sopravvivenza della specie. Le nostre società questi problemi non li hanno. Tutte le collettività evolute hanno il problema di non farli nascere i bambini piuttosto che di promuovere la procreazione. È per questo che ci siamo inventati i preservativi, le pillole anticoncezionali e l'aborto! Le eccezioni, pertanto, come nel famoso proverbio, confermano le regole e non le abrogano. Nel nostro bel Mondo al Contrario siamo arrivati al paradosso dei paradossi: chi potrebbe avere dei figli non li fa e viene dissuaso dal farli sia per ragioni economiche ma anche perché ormai si è socializzata l'idea che avere una prole significa rinunciare alla libertà, all'emancipazione, alla carriera e ad una vita cosiddetta "moderna"; chi invece i figli non li può avere, come le coppie omosessuali, è pronto a qualsiasi espediente per ottenere un paio di pargoli sostenuto in questa assurda tenzone da una pletora di finti moralisti che, mentre accostano alla maternità l'idea di schiavitù, si inventano il *"diritto alla genitorialità"* e giustificano pratiche come l'utero in affitto per soddisfare i desideri biologicamente contronatura delle coppie arcobaleno.

D'altra parte, seguendo lo stesso criterio potremmo affermare, con un ragionevole grado di certezza, che non è nella natura dell'uomo essere cannibale, pur accettando il fatto che in alcune circostanze eccezionali ed in particolari e specifiche condizioni anche il *sapiens* abbia sviluppato forme di cannibalismo per garantirsi la sopravvivenza. Che il Conte Ugolino, chiuso tra le mura della Torre della Muda, si sia mangiato i suoi figli non giustifica la naturalezza di tale comportamento. Analogamente, se alcuni gruppi di individui che la Natura ha relegato in ambienti impossibili finiscono per mangiarsi tra di loro ciò non ammette la banalità di una tale condotta in condizioni usuali. Questa chiara evidenza non ci porta a definire l'antropofagia come naturale e normale e non credo potrebbe mai giustificare la vendita di carne umana nei nostri supermercati. Né questa particolarità ci porta a elidere il significato, o addirittura il termine, di normalità. Così, se il Creato e la naturale evoluzione dell'uomo ha portato nella quasi totalità delle terre emerse alla costituzione di un nucleo familiare formato da uomo, donna e figli – con le dovute declinazioni del modello – non possiamo invocare le rare eccezioni a questa evidente realtà per affermare che la famiglia naturale non esista. E, soprattutto, se non sussistono le condizioni straordinarie per giustificare le eccezioni al modello, perché le dovremmo ammettere in maniera artificiale e deliberata?

Solo per dimostrare la nostra inclusività, la nostra apertura all'innovazione, il nostro pensiero evolutivo? La Natura non è un'autorità morale, anzi, come ho già sostenuto, la Natura non conosce la morale ma ci indica sicuramente alcune regole che sono state alla base dello sviluppo e dell'evoluzione del Creato. La famiglia naturale non rappresenta un capriccio etico ma un esempio che la vita ci fornisce come modello vincente nella quasi totalità dei casi. Il fatto che il modello non venga replicato nell'assoluta totalità delle circostanze non toglie nulla alla validità del principio. In quel poco di fisica che ho studiato mi ha colpito la definizione di "orbitale" come il luogo dove è altamente probabile la localizzazione di un elettrone. Non ne abbiamo la certezza, ma se dobbiamo cercare la piccola particella subatomica è meglio farlo in quel luogo poiché altrove sarebbe quasi impossibile trovarla. Questa definizione probabilistica non scalfisce affatto la specifica verità scientifica in una disciplina definita *"esatta"* come la fisica. Il modello atomico non è affatto messo in discussione! Così, se la cosiddetta famiglia naturale rappresenta con altissima probabilità l'esemplare di organizzazione che la Natura ha selezionato quale vincente, perché ne dovremmo mettere in discussione l'esistenza e l'efficacia? Non è vero che non esiste un modello, la Natura il modello ce lo fornisce eccome! Siamo noi che, guarda caso solo negli ultimi lustri della nostra esistenza, cerchiamo di negarne la presenza appellandoci a circostanze eccezionali e poco replicate e rappresentate. È la volontà di mettere in discussione tutto, anche ciò che è banale, partendo dal principio che una normalità non debba esistere che ci porta a criticare quanto la Natura, invece, ci presenta come ordinaria ed inequivocabile consuetudine. Allora chiamiamo in causa gli albatros, i bonobo, i polpi, le orate, le lumache e chissà quale altra bizzarra espressione del Creato per cercare di sconfessare ciò che invece appare chiaramente ed inequivocabilmente davanti ai nostri occhi. La normalità c'è. Esiste. Non per questo è buona o cattiva, migliore o peggiore, ma non la si può negare in nome di una artificiale e pretestuosa inclusività.

Con l'evolversi dell'uomo, inoltre, la famiglia naturale ha sempre costituito la cellula della società, l'elemento indivisibile che, sommato ad altri, ha dato luogo a civiltà e culture differenti tutte caratterizzate dallo stesso comune denominatore. Per quanto l'omosessualità esista da millenni e sia stata anche molto ben accettata e tollerata in alcuni periodi storici, essa non ha mai interferito con la famiglia alla quale sono sempre state riconosciute alcune basiche ed insostituibili funzioni sociali: la procreazione, l'educazione di figli e la naturale rappresentazione gerarchica del modello sociale.

Disquisendo dalla procreazione, allora come oggi per dare alla luce un bambino necessitano un uomo ed una donna. Degli otto miliardi di individui che popolano oggi la terra tutti, senza alcuna esclusione, sono nati da un uomo e da una donna. È dunque estremamente naturale che un figlio cresca, sino a che non abbia acquisito la capacità di essere indipendente, nel nucleo che lo ha generato. Anche in questo caso la regola generale è immancabilmente confermata da poche eccezioni. La genitorialità non legata al sesso esiste in Natura ma fa parte di particolari e specifici casi in cui ci si è dovuti adattare a tragedie non previste o a condizioni estreme ma sempre preservando l'interesse della perpetrazione della specie. Negli albatros – per esempio – ci sono pochi maschi e moltissime femmine (beati quei pochi!). Al momento della riproduzione una femmina si fa fecondare da un raro maschio e si cerca un'altra femmina per aiutarla a crescere il cucciolo. Traslato nell'ambiente umano, e con la malizia che contraddistingue solamente il *sapiens*, la potremmo definire una coppia lesbica, ma il fine ultimo di questo comportamento inusuale è sempre la continuazione della specie che i pochi maschi presenti non potrebbero altrimenti garantire. Potremmo anche scomodare altre specie per trovare esempi che adottano comportamenti peculiari per garantire la loro conservazione, ma non sbaglieremmo se affermassimo che nella stragrande maggioranza dei casi è il modello classico a prevalere prepotentemente: quello in cui i genitori che crescono i cuccioli sono coloro che li hanno biologicamente concepiti. La pretesa di slegare la genitorialità dal sesso, quindi, è alquanto artificiosa e non rappresentativa della preponderante esistenza.

Gli istruitissimi studiosi ci dicono anche che la genitorialità è legata alla funzione e non alla biologia. Sarà, ma la Natura ci insegna che questa peculiare funzione, nella generalità dei casi, e assunta da due individui differenti che si identificano nel maschio e nella femmina che hanno procreato. I numeri e la casistica sono inesorabili e provano, più di ogni altra disquisizione pseudoscientifica, quanto affermato. Il tanto proclamato "diritto alla genitorialità" non esiste né nell'uomo né nel regno animale. Per quanto sia sicuramente fuori luogo parlare di "diritto" applicato ai fenomeni naturali – governati da ben altre leggi rispetto a quelle dei codici giuridici – è manifesto che in Natura sono prevalentemente i dominanti ad accoppiarsi. L'opzione di procreare, quindi, più che un diritto verrebbe definita un privilegio riservato ai pochi che, più di altri, danno dimostrazione di quelle caratteristiche irrinunciabili a fare progredire la specie. Una vera e propria élite che si guadagna spesso a suon di cornate, lotte, morsi, calci e lunghe azzuffate il privilegio di mettere al mondo un altro esemplare della propria varietà. La Natura, quindi, ragiona proprio con una logica opposta a quella che vorrebbe imporre il concetto di "diritto alla genitorialità" che, in quanto tale, dovrebbe essere invece esteso senza alcuna discriminazione ad ogni elemento della società umana. La libera interpretazione delle norme, la relativizzazione di qualsiasi verità ed il tentativo di far prevalere i desideri sulla realtà sono attività prettamente umane concentrate negli ultimi decenni e non espressioni dell'Universo che ci circonda.

Sconfitti nel campo del misurabile, per cercare di dare concretezza a quanto non può essere supportato dai fenomeni naturali ben visibili, i fluidi benpensanti tirano in causa i legami affettivi che, più di ogni altra cosa – e soprattutto più del sesso – dovrebbero caratterizzare il rapporto genitore-figlio. Che importa se all'anagrafe siamo due uomini, due donne o due anziani, noi ci amiamo e, per questo, non siamo da meno di chi naturalmente può concepire. Vero. I legami affettivi che si stabiliscono in certi gruppi di persone possono superare per intensità e forza addirittura quelli di parentela ma di lì a stabilire che i rapporti affettivi solidi siano l'unico criterio per giustificare la genitorialità appare mistificante. Molto spesso definisco il mio reparto militare come la mia famiglia "per scelta" proprio a sottolineare il profondo sentimento che mi salda agli altri elementi che condividono con me rischi, paure, fatica, gioie, disavventure e anche, se necessario, la morte. Il cameratismo – altro termine passato purtroppo in disuso perché lo si è strumentalmente impregnato di ipocrita e artefatta ideologia – sottolinea proprio questo meccanismo. Negli affiatati manipoli in armi i componenti sono disposti a rinunciare agli affetti familiari, alle mogli e ai figli pur di mantenere fede al legame che li stringe fra loro e che si rivela spesso più saldo del giuramento di fedeltà alla Patria o alla bandiera. Gli antichi conoscevano bene la grande solidità di questi impulsi e riuscivano a sommare, quando necessario, la forza del cameratismo, dell'amicizia e dei legami parentali. Nella falange greca e macedone gli uomini prendevano posto a fianco di amici di vecchia data o di familiari e combattevano non solo per la salvezza della comunità e della propria terra, ma anche per il rispetto di coloro che stavano loro affianco. Il legame di sangue e l'amicizia si fondeva con il cameratismo. Ma questa realtà caratterizzata da legami interpersonali fortissimi nulla a che vedere con la genitorialità. Affermare che al fine della genitorialità l'importante è l'amore non ha alcun senso e sembra anzi una bieca scappatoia per giustificare qualsiasi cosa in nome di un sentimento. Il cosiddetto *"amore"*, che viene definito come *"Sentimento di viva affezione verso una persona che si manifesta come desiderio di procurare il suo bene e di ricercarne la compagnia"* oppure *"Sentimento che attrae e unisce due persone (...) caratterizzato dalla tendenza più o meno accentuata al rapporto reciproco ed esclusivo"* non può essere connesso *tout court* con il presunto diritto ad avere figli. Come direbbe il mio professore di analisi matematica, l'amore potrebbe rappresentare una *"condizione necessaria ma non sufficiente"* per assumersi la responsabilità genitoriale. Lo sanno bene i servizi sociali di tutto il mondo che, prima di decretare l'affidamento di un bambino ad una coppia, vanno a misurare e ad analizzare molti altri criteri rispetto al sentimento di viva affezione, peraltro non misurabile oggettivamente, che sussiste tra due individui. I desideri dei genitori non possono pregiudicare i diritti dei figli che, in quanto tali, necessitano biologicamente di un padre e di una madre. E non servono troppi psicologi dell'infanzia per confermare questo principio naturale. Da figlio e da padre mi sono reso perfettamente conto della differente e complementare relazione che sussiste tra infante, papà e mamma. Non è un'idea sovversiva sostenere la banale verità che uomo e donna abbiano caratteristiche biologiche, fisiche e psicologiche diverse e che queste diversità, nella loro complementarietà, garantiscano al figlio l'ambiente ottimale nel quale crescere. Anche se il decreto *Zan* voleva coattamente omologare il pensiero delle masse facendo apparire davanti a un giudice chiunque si opponesse all' "ideologia di genere" che sostiene che la differenza fra uomo e donna sia soltanto una *"costruzione sociale"*, siamo fortunatamente ancora liberi di poter affermare il contrario. Siamo anche sostenuti dalle nostre esperienze personali perché, per quanto ami visceralmente le mie due figlie, non sarei mai stato in grado di replicare lo stato di benessere e di assoluta serenità che potevo percepire quando una di loro si attaccava al seno materno. Sempre da padre, non mi scordo le ossessive raccomandazioni del pediatra circa l'importanza della madre nei primi mesi di vita del bambino. Ritengo anche che per una madre sia arduo, se non impossibile, sostituirsi ad una figura paterna soprattutto in alcune fasi estremamente delicate della crescita dell'infante. Alla faccia della sola *"costruzione sociale"* di cui parla *Zan*! E sostenere che negli ultimi 30 anni – una cacata di mosca nella storia dell'evoluzione dell'uomo – la società si sia evoluta e sia cambiata al punto tale che anche la famiglia debba assumere altre dimensioni ed altri valori, appare abbastanza presuntuoso se non oltremodo pretestuoso.

Assolutamente determinati a far valere le proprie bislacche istanze i ribaltatori della realtà invocano i divorzi, le famiglie cosiddette allargate, le liti, le violenze e le tragedie che si consumano nelle coppie eterosessuali e che compromettono la serena crescita della prole. Certamente, anche nelle coppie biologiche si verificano separazioni, tensioni, morti e tragedie che distruggono l'ideale ambiente in cui dovrebbe crescere un figlio. È altresì vero che molti bambini, per necessità, siano stati cresciuti dai nonni, da un solo genitore, da parenti più o meno stretti o da chi li ha adottati. Ma quello che sfugge ai benpensanti e che tali eventualità rappresentano comunque l'esito di incidenti, di errori di percorso ai quali si tenta di porre rimedio con qualsiasi metodo cercando di mitigare al massimo i disagi dei minorenni. Giustificare l'affidamento a coppie omosessuali usando il pretesto della moderna labilità dei matrimoni eterosessuali sarebbe come giustificare l'inizio di una maratona con una scarpa rotta, visto che tanto le scarpe si possono rompere a tutti. Come in passato, anche oggi non tutte le creature umane hanno la fortuna di essere allevate dai propri genitori biologici. A differenza del passato, tuttavia, si ipotizza con smisurata semplicità che tale pratica possa rientrare nell'ordinario invece di propendere per l'affidamento ad un nucleo che riproduca al massimo le sembianze di quello biologico e naturale.

L'educazione dei figli è l'altra importante funzione di cui la famiglia è da sempre stata investita dalla società. Nel nostro ordinamento la prevalenza dei genitori sull'educazione della prole è riconosciuta anche dalla Costituzione all'articolo 30[53], ma mai come ora anche questa responsabilità è erosa da quella che ci viene imposta come una visione moderna della vita. La cosiddetta emancipazione femminile ed il concetto del "lavoro ad ogni costo" limitano, se non addirittura impediscono, il regolare svolgimento della funzione educativa da parte dei genitori che la delegano ad altre istituzioni appositamente concepite

---

[53] "È dovere e diritto dei genitori mantenere, istruire ed educare i figli, anche se nati fuori del matrimonio. Nei casi di incapacità dei genitori, la legge provvede a che siano assolti i loro compiti"

e finanziate. Gli asili nido si sono espansi dopo il boom industriale e dopo il rifiuto, da parte dei movimenti femministi di tutto il mondo, della figura di donna-madre. Servizi per l'assistenza all'infanzia, vengono chiamati in termini burocratici, perché ormai è penetrato nel nostro pensiero che dell'infanzia se ne debbano occupare apposite istituzioni e non i genitori naturali che, invece, dovrebbero produrre beni e servizi per altri. Quando ero piccolo gli asili nido non erano particolarmente diffusi, la scuola impegnava bambini e ragazzi solo la mattina ed il resto del tempo era trascorso tra le mura domestiche dove un membro della famiglia aveva anche l'onere di prendersi cura dei figli. Con tutto ciò, il problema della natalità non esisteva nel Belpaese e, tra mille difficoltà, le famiglie che oggi definiremmo numerose rappresentavano la normalità di un'Italia più povera, più rurale, più arretrata ma forse più felice di ora. Se c'è una cosa che non mi convince né da un punto di vista sociale né sotto il profilo economico è il modello ritenuto quasi obbligatorio dei servizi per l'infanzia. In essenza, non capisco perché una donna o un uomo dovrebbe andare necessariamente a lavorare per poi essere obbligati a spendere buona parte di quanto guadagnano per il pagamento di questi servizi. Se i servizi fossero, come auspicato da molti, a totale carico della collettività non capisco allora perché non si offra l'opzione di devolvere le somme allocate a questi istituti ai genitori naturali per consentire loro di svolgere, qualora lo desiderino, il medesimo ruolo tra le mura domestiche. Il risparmio in termini assoluti dovrebbe essere garantito. Per fare un asilo nido ho bisogno, al minimo, di una struttura fisica, dei servizi connessi (luce, acqua, gas, riscaldamento ecc…), di educatori, di operatori (che si occupino della pulizia e manutenzione degli ambienti e delle attrezzature) di una segreteria che si occupi della gestione amministrativa e di un servizio di refezione. Tutte prestazioni di cui posso fare a meno se il "servizio all'infanzia" lo faccio fare, retribuendolo, ai genitori naturali all'interno delle loro case, visto che una semplice "famiglia" riesce magicamente a integrare tutti queste complesse ed onerose funzioni di cui abbiamo parlato. In base ad una tesi di master in Analisi delle Politiche Pubbliche fatta a Torino[54] nel 2001 i costi mensili per mantenere al nido un bambino variano tra i 1200 e i 2000 Euro, con una grande oscillazione di prezzo imposta dai maggiori costi per i lattanti che progressivamente vanno a decrescere per i bambini più grandi. Considerando le rette che vengono pagate, che variano dai 300 ai 600 euro mensili, il resto dei costi (dai 1400 agli 900 euro al mese a bambino) ricadono sulla collettività. Immaginare, quindi, di devolvere una sostanziosa somma a quelle famiglie che non intendano usufruire del servizio del nido sarebbe vantaggioso economicamente e promuoverebbe un modello sociale forse più sostenibile e sicuramente più flessibile, accomodante e giusto. Gli esperti asseriscono che per ogni donna con figli che lavora a tempo pieno si creano altri due posti di lavoro necessari per soppiantare quello che la donna faceva restando tra le mura domestiche. Ma il problema della modernità, secondo il mio umile parere, non è

---

[54] Tesi_Cavallo (corep.it)

suddividere il lavoro che prima faceva una persona in tre individui a parità di prodotto finale, ma incrementare la produzione e la ricchezza complessiva coinvolgendo quante più persone nella sua generazione, e non ripartirla appiattendola! Pensare che uno dei due coniugi di una famiglia con tre o più figli minorenni che si occupi esclusivamente del loro accudimento possa ricevere una remunerazione pari all'incirca ad un salario minimo previsto dal contratto collettivo dei metalmeccanici sarebbe così rivoluzionario?

Nella socialista Spagna di Sanchez il "Ministero della Parità" finanzia con più di duecentomila euro la realizzazione di un'applicazione informatica per contare il tempo che ogni componente di una famiglia dedica alle faccende domestiche. Un modo in più, spiega la segretaria di Stato per l'uguaglianza Ángela Rodríguez Pam, per combattere la disuguaglianza di genere e contare quante ore lavorano le donne e quante gli uomini. Una vera rivoluzione, per sostituire un semplice quadernino del costo di un euro nel quale ogni membro della famiglia annota le proprie incombenze, oppure, per rimpiazzare il classico foglio attaccato col nastro adesivo dietro la porta della cucina che riporta, soprattutto nelle case condivise da più giovani o nelle famiglie numerose, chi fa che cosa nella settimana, costo: due centesimi. Con quei duecentomila euro si sarebbero potute retribuire per un anno venti donne o uomini con tre o più figli che si dedicano prioritariamente alla cura della famiglia e della prole e che svolgono un vero e proprio ruolo sociale. Non credo che questa *app* avrà molto successo se non quello di ideologizzare un settore già ideologizzato. Le *app* per il *fitness* si sono rivelate utili per chi il movimento e lo sport lo faceva già e non hanno cambiato i costumi dei sedentari. In questo caso credo che i risultati saranno molto simili: forse il telefonino sarà usato per maniacale istinto digitale da quelle coppie che già si distribuivano i lavori in casa, ma credo che a chi non gliene è mai fregato niente la vita cambierà poco. In compenso abbiamo distratto quelle risorse che potevano servire a remunerare una parte di società che quei lavori li fa ogni giorno.

L'educazione dei figli è sicuramente un servizio alla società e remunerare chi vuole dedicarsi a tempo pieno a quest'attività non avrebbe nulla di strano e tanto meno di antieconomico, soprattutto in un'Europa dove si è fatto strada l'acclamato concetto di "reddito di cittadinanza". In una società che si professa sempre più equa una donna, o un uomo, di fronte alla necessità di educare i propri figli dovrebbe poter scegliere. Rispondere alla domanda *"di che cosa ti occupi?"* con la candida risposta *"faccio la madre o il padre"* non dovrebbe essere percepito come un'amabile battuta o come una mansione dequalificante, tutt'altro! C'è chi si realizza nel lavoro, chi solo nella famiglia, chi ha bisogno di entrambe le cose ma in proporzioni diverse e, per fortuna, sono ancora in molte le donne che non considerano l'autorealizzazione incompatibile con la gravidanza e con la nascita di un figlio. Quello che fa la differenza oggi è la retribuzione. I genitori lavorano per necessità e non per scelta, almeno in Italia. La drastica diminuzione della natalità è anche dovuta a questo perverso meccanismo. Dallo studio, condotto da *Community Research&Analysis* è emerso che la motivazione principale per la quale le coppie decidono di non fare figli è rappresentata dai costi economici necessari per mantenerli. Circa tre quarti delle persone interpellate, infatti, ha spiegato così la scelta di rinunciare alla prole. Non è quindi una mancanza di vocazione, una ricerca di una realizzazione in altri settori, una volontà di dedicarsi ad altre passioni, ma semplicemente un problema di necessità materiali a guidare la crisi della natalità e della famiglia. Vi sono sicuramente altri fattori che influiscono sulla scelta quali la fiducia nel futuro, l'instabilità sociale e la precarietà lavorativa ma tutti questi indicatori mi portano a pensare che puntare sul concetto di famiglia come istituzione trainante e socialmente fondamentale, invece di emarginarla, sarebbe un ottimo investimento. Ben comprendendo e condividendo le scelte di molte coppie che non vogliono rinunciare al lavoro di entrambi i genitori, sarebbe estremamente importante garantire il diritto di una scelta che non implichi necessariamente rinunce economiche. Considerare la "cura" un lavoro sociale, e quindi retribuito, potrebbe aiutare moltissimo a rinsaldare i valori della famiglia, a lottare contro la denatalità e a supportare un modello sociale più equo e sostenibile. Commentando i violenti disordini che devastano la Francia per la protesta contro la riforma delle pensioni che porterebbe progressivamente l'età pensionabile a 64 anni, contro i 67 imposti dalla riforma Fornero in Italia, la brava giornalista Giovanna Botteri ha esclamato con convincimento:

"Sono 50 anni che ci ripetono che devi lavorare duro, fare carriera. Ti dicono che dipendi dal lavoro che fai, dai soldi che ti guadagni. E invece improvvisamente oggi nelle piazze si sente qualcos'altro. Che c'è una vita oltre il lavoro e che bisogna rivendicare anche questa vita".

Peccato che quest'idea, tanto sposata dalle frange progressiste e *politically correct,* assuma invece una connotazione diametralmente opposta quando le stesse compagini vorrebbero imporre il concetto di lavoro moralmente, socialmente, psicologicamente e materialmente essenziale per i due componenti della coppia genitoriale.

Se da un punto di vista puramente economico il vantaggio dei servizi all'infanzia è tutto da dimostrare anche sotto il profilo sociale sono personalmente scettico. La ritrosia a implicare ed invogliare il nucleo familiare nell'educazione della propria prole è stata da sempre una caratteristica dei regimi totalitari. Nella Cina di Mao e nella Russia di Stalin i bambini erano considerati figli del popolo e dovevano quindi essere affidati, sin dalla più tenera età, a istituzioni statali che diffondessero, senza alcuna interpretazione del caso, la dottrina di regime. La famosa "rieducazione" comunista partiva dalla modifica dell'ambiente più prossimo alla persona da riorientare e, quindi, dalla famiglia. Nel tragico esperimento della Cambogia di Pol Pot i genitori perdevano da subito ogni autorità sui bambini che venivano affidati a comunità controllate dai rappresentanti del terrificante regime. Ora, la fluida società moderna degli Stati che si professano liberi e progressisti sta conseguendo i medesimi risultati con metodi che solo apparentemente appaiono meno coercitivi. Creare lo stato di necessità, o approfittarne, per imporre un sistema sociale dove entrambi i genitori siano spinti a lavorare, e a dover quindi affidare i figli a istituzioni pubbliche, ed esaltare questo modello quale simbolo dell'emancipazione femminile, della giustizia sociale e del riscatto degli oppressi alla fine porta agli stessi esiti. Il dubbio che mi pervade è che questo modello sia strumentale alla creazione di una società fatta con lo stampino in cui, invece di esaltare le differenze, i talenti, le attitudini, le capacità e le peculiarità di ogni individuo si miri ad una omogeneizzazione forzata e ad un livellamento coatto sin dall'infanzia. Una collettività in cui debba prevalere il pensiero unico, in cui le menti siano imbrigliate sin dalla più tenera età ed in cui, in nome di una bislacca inclusività, si giustifichi tutto ed il contrario di tutto. Senza andare troppo lontano, uno dei più contestati commi della proposta del decreto a firma Zan integrava l'obbligatorietà di un'istruzione impartita nelle scuole su temi delicati come l'"identità di genere" quasi a voler imporre una "visione di Stato" su un argomento molto controverso e dibattuto e su cui l'educazione familiare dovrebbe essere prevalente, così come chiaramente sancito dalla nostra Costituzione. Esempio acclarato della violenza dei non violenti, di coloro che accettano tutte le opinioni purché siano in linea con il loro pensiero e vorrebbero bandire le idee contrarie introducendo i reati d'opinione o cancellando verità che, invece, fanno prepotentemente parte della nostra esistenza o della storia. Forse spaventa ancora il primato educativo dei genitori e l'eventualità che valori tradizionali come Patria, famiglia, onore, rispetto e merito dilaghino nelle menti degli infanti ancora prima che queste siano contagiate dai disprezzatori delle diversità e dai sostenitori della filosofia dell'identità di genere e della fluidità sessuale.

La famiglia, che era il luogo della crescita dei bambini e spesso anche della cura degli anziani, si disgrega in una evanescente coppia che si incontra per caso in rari momenti della giornata e che affida i bambini agli asili e gli anziani alle case di cura. Tacciare da retrogrado maschilista chiunque sia critico nei confronti di questo modello, creando magari liste di proscrizione ed invocando l'odio, l'aggressività e la violenza a cui ricorrerebbero i sostenitori della famiglia tradizionale, non è libera circolazione delle idee all'interno di una società democratica. La subdola propaganda anti-maternità intesa come schiavitù della donna, ha sicuramente contribuito alla crisi della natalità pur non conseguendo quei tanto pubblicizzati obiettivi di emancipazione femminile. La necessità di ricorrere alla coercizione giuridica e ai meccanismi delle "quote rosa" certifica l'inutilità delle ideologie di certe frange che imputano alla maternità il motivo alla base della discriminazione tra sessi.

Alla stessa stregua dell'educazione dei figli, la famiglia può rappresentare una soluzione, almeno parziale, all'annosa e seria problematica dell'inesorabile invecchiamento della popolazione nazionale. L'Istat conferma che quella demografica è una vera emergenza e che nel 2050 gli ultrasessantacinquenni rappresenteranno il 36% della popolazione. Promuovere la cura dei figli e degli anziani all'interno della famiglia rappresenta quindi un valore quasi indispensabile, a meno di non rassegnarci a vedere più di un terzo della popolazione nazionale ricoverato in istituti geriatrici. Significa anche riconferire un ruolo, e quindi una motivazione agli ultrasettantenni. All'interno del contesto familiare, infatti, il nonno può assumere la funzione di educatore, capace di coltivare e prendersi cura dei giovani, di sostituire le *baby-sitter*, accompagnare i nipoti a scuola o a fare sport, aiutarli a fare i compiti e, sempre di più, di fornire il proprio sostegno pratico ed economico nei momenti di bisogno. L'allungamento della vita media e le condizioni sempre più di buona salute nelle quale si trovano i nostri anziani suggerirebbe proprio di esaltare queste funzioni nell'ambito familiare. Ma anche questo modello spaventa qualche promotore della crescita incondizionata del PIL poiché attribuire determinate mansioni che potrebbero essere svolte da "stipendiati" a chi, invece, non percepisce una retribuzione rischierebbe di alterare al ribasso quel tanto discusso indicatore economico.

Infine, l'ultima importante funzione sociale che è stata riconosciuta alla famiglia è quella della rappresentazione del modello gerarchico di riferimento della società. In una famiglia, per dirla semplicemente, c'è chi comanda, i genitori, e c'è chi esegue, i figli. Per quanto contestato sia il modello gerarchico, è proprio la Natura che lo ha imposto dalla notte dei tempi allo scopo di evitare che giovani ed inesperti esseri, se lasciati a loro stessi, andassero incontro a morte prematura. Ogni rivoluzione, tuttavia, ha cercato di modificare radicalmente questa impostazione delegittimando o commissariando l'autorità genitoriale. Citavo prima la Cambogia di Pol Pot, dove i *Khmer Rossi* avevano provato a dare il potere ai bambini sottraendoli alle loro famiglie con i risultati disastrosi che solo qualche sparuto testo e documentario hanno divulgato. Nelle democrazie occidentali cambiano i metodi ma le finalità non sono tanto diverse: con i potentissimi mezzi di comunicazione delle grandi *corporations*, tramite le organizzazioni multilaterali di diritto pubblico, con la collaborazione dei colossi editoriali e uno stuolo di ONG i tentativi di mettere in discussione l'autorità nell'ambito delle famiglie fanno ininterrottamente parte della quotidianità. Dalla transizione sessuale alla propaganda anti-famiglia tradizionale, tramite le proposizioni di improbabili modelli di famiglie allargate multietniche, multigenitoriali, multiorientate e inclusive per antonomasia gli attacchi rivolti soprattutto al pubblico giovane ed inesperto sono a dir poco continui. D'altra parte, i tentativi fatti negli anni settanta dalla generazione dei figli dei fiori caratterizzati dal libertinismo assoluto non sembrano aver conseguito ragguardevoli risultati.

Ancora una volta è la Natura a prevalere. Ancora una volta quel concetto di famiglia definito "vecchio stampo" oggetto di tante critiche e disapprovazioni si è rivelato un modello efficace che, in barba al tempo, allo sviluppo tecnologico, alla modernità e al mutamento dei valori continua a garantire coesione ed ammortizzazione sociale, cura, educazione e rifugio nei momenti di maggiore bisogno. Ma creare un modello di società fluida, dove le certezze sono sbiadite, le persone sempre più sole e più annebbiate e dove i legami più forti, compresi quelli di sangue, sono messi continuamente in discussione sicuramente assicura una maggiore malleabilità e possibilità di strumentalizzare. Spaccare ogni vincolo, anche biologico oltre che morale e spirituale, creando masse di anziani abbandonati e rinchiusi in istituti, coppie omosessuali che non possono procreare, figli allo sbando che passano da un asilo nido a una *baby sitter*, giovani svogliati in attesa del reddito di cittadinanza significa promuovere una società molto più manovrabile ma altrettanto insostenibile. Proprio oggi, invece, che anche quelle che consideravamo le più solide evidenze si stanno sgretolando, che siamo pervasi da incertezze e dubbi riguardo al presente e soprattutto nei confronti del futuro, che siamo soggetti ad una comunicazione incessante caratterizzata da *fake news* e strumentalizzazioni dovremmo cercare di salvare quello che ancora rappresenta una roccaforte ed un punto fermo della società e la famiglia naturale, che incarna ancora un'affidabile rete di solidi affetti e un comprovato e resiliente spazio di sicurezza, è certamente uno di quei capisaldi a cui non si può rinunciare.

C'è ancora speranza perché solo quando le cose ci vengono a mancare ne avvertiamo l'importanza ed anche perché, come la storia ci illustra, le organizzazioni più complesse, le istituzioni, i sistemi politici e sociali si possono sgretolare quando colpiti da fenomeni dirompenti come guerre, rivoluzioni, pandemie e conflitti ma se ciò che costituisce la cellula della società, se i mattoni delle più articolate costruzioni rimangono integri allora sarà sufficiente trovare il legante più appropriato per riedificare le opere più strabilianti e innovative. Se, al contrario, è la famiglia tradizionale ad essere distrutta e soppiantata da forme di aggregazione artificiose ed effimere, così come lo vorrebbe la fluidità dei rapporti tanto pubblicizzata, rischiamo di privarci della materia prima indispensabile ad una qualsiasi ricostruzione sociale.

CAPITOLO VIII

"LA PATRIA"

"La nostra Patria sono i nostri villaggi, i nostri altari, le nostre tombe, tutto ciò che i nostri padri hanno amato prima di noi.
La nostra Patria è la nostra fede, la nostra terra, il nostro re.
Ma la loro patria, che cos'è? Lo capite voi?
Vogliono distruggere i costumi, l'ordine, la Tradizione.
Allora, che cos'è questa patria che sfida il passato, senza fedeltà, senz'amore?
Questa patria di disordine e irreligione?
Per loro sembra che la patria non sia che un'idea; per noi è una terra.
Loro ce l'hanno nel cervello; noi la sentiamo sotto i nostri piedi, è più solida.
E' vecchio come il diavolo il loro mondo che dicono nuovo e che vogliono fondare sull'assenza di Dio...
Si dice che siamo i fautori delle vecchie superstizioni... Fanno ridere!
Ma di fronte a questi demoni che rinascono di secolo in secolo, noi siamo la gioventù, signori!
Siamo la gioventù di Dio.
La gioventù della fedeltà"

François-Athanase de La Contrie

Napoleone Bonaparte. Ho sempre voluto che il grande generale facesse parte della schiera di patrioti nazionali da tenere con orgoglio in quel cassetto della memoria e da tirare fuori nel momento della necessità. Purtroppo non ce l'ho mai fatta, perché il grande stratega dell'800 era Francese e non apparteneva a quella che io considero la mia stirpe.

Ho passato la mia infanzia e la mia adolescenza all'estero e questa particolarità mi ha forse spinto a considerare la mia terra d'origine in modo differente. A Parigi vivevo bene: non mi mancava niente ed ero perfettamente integrato nella società francese, ma mi sono sempre considerato un diverso rispetto al contesto nel quale vivevo. Ero Italiano. Ne facevo un punto d'orgoglio. Benché parlassi la lingua di Robespierre in maniera naturale e senza alcun accento in ogni occasione facevo notare che non ero Francese. Quando rientravo in Italia mi sembrava che tutto avesse un sapore e un gusto diverso. Non mi riferisco alla cucina, ma a tutto: all'aria che respiravo, ai colori e agli odori, alla lingua, agli amici, al rumore ed alle strabilianti tonalità del mare…tutto! Come se quel tutto fosse più mio di quello con cui venivo a contatto giornalmente vivendo a un migliaio di chilometri di distanza. Sono quelle sensazioni che i bambini non si sanno spiegare, ma che influenzano probabilmente tutta la loro vita. Eccola la mia prima Patria: la terra, la tradizione, la memoria ed il senso di appartenenza ad una comunità e ad una nazione che, seppur lontana, era il luogo d'origine dei miei genitori, dei miei nonni e di tutta la mia famiglia e che, in parte, tutti i miei avi avevano contribuito a costruire.

Piuttosto, mio nonno, sì, sempre quello classe 1898, aveva una sua storiella personale alla quale io attribuivo particolare veridicità sia per la sua veneranda età, sia per convenienza e anche per la circostanza che lui fosse della Maddalena, un'isola non tanto distante dal luogo natale di Bonaparte. Lui sosteneva che Napoleone avesse modificato la sua reale data di nascita di un paio d'anni in quanto avrebbe effettivamente visto la luce quando la Corsica apparteneva ancora a Genova e che quindi, in qualche modo, fosse Italiano. Ho consumato le pagine delle enciclopedie per cercare di trovare anche un minimo riscontro a quanto da lui sostenuto, purtroppo senza alcun esito e non ho mai potuto inserire, neanche di sbieco, il grande condottiero nella legione dei miei più famosi compatrioti.

Dopo l'esame di maturità, ancora minorenne, ho voluto con tutte le mie forze arruolarmi ed entrare in Accademia Militare. In molti mi chiedevano il perché non fossi rimasto in Francia e non avessi magari continuato nell'esercito francese, visto che a quell'età avevo trascorso molti più anni a Parigi che in Italia. La mia risposta era immediata: *"perché sono Italiano!"*. A dire la verità era la domanda stessa che mi infastidiva, soprattutto quando era seguita da considerazioni relative alla presunta maggiore serietà ed efficienza delle forze armate francesi e della Francia. Nei primi anni sotto le armi ho conosciuto la mia

seconda Patria fatta di simboli, riti, inni e cerimonie.
L'alzabandiera ogni mattina, la lettura delle motivazioni
delle medaglie d'oro concesse a chi era morto per l'Italia, le
note del silenzio durante le cerimonie, gli onori ai caduti, la
guardia al milite ignoto. Non che la seconda fosse più
importante della prima ma era diversa. Al mero senso di
appartenenza ad una comunità si aggiungevano valori come
lo spirito di servizio, il significato del sacrificio, l'amore per
il tricolore e la felicità nel vederlo sbandierare al vento ed il
profondo rispetto per chi aveva sacrificato ogni cosa per la
difesa di quegli stessi valori.

Con il procedere degli anni e delle esperienze, si è
aggiunta una terza Patria: quella costituita dalle poche
persone che, nonostante le avversità, non mollano mai; che
vogliono eccellere oltre ogni barriera; che sono pronte a
tutto; che ogni giorno spingono un po' più in là i propri
limiti e che ogni volta che rosicano un'oncia di terreno al
muro dell'impossibile si sentono realizzati e soddisfatti.
L'idea affascinante era quell'atavico trasporto di
appartenere agli unici, agli esclusivi, a quei pochi che hanno
fatto tanto. D'altra parte non avevo alcuna possibilità di
entrare nella scuderia Ferrari, non ero intelligente, preparato
e studioso abbastanza per potermi pensare un novello
Marconi o Fibonacci, ma pensare di emulare quel manipolo
di uomini-rana che, da soli, hanno sfidato il nemico e la
Natura per affondare due corazzate nel porto di Alessandria
lo consideravo un obiettivo alla mia portata. Questa è la mia
terza Patria, quella più esclusiva, quella dell'esempio,
dell'orgoglio, della volontà e della determinazione per

contribuire a fare della nostra Italia il paese più bello del mondo.

Questa sensazione l'ho provata vividamente quando sono entrato a far parte di quello che ora considero il mio reparto, il 9°reggimento (allora battaglione) incursori "Col Moschin". Varcando, con le gambe quasi tremolanti e con un rivolo di sudore freddo sulla schiena, quel portone alla caserma Vannucci a Livorno mi sono sentito immediatamente parte di quelle schiere di Arditi che, più di settanta anni prima compiendo gesta al limite dell'incredibile, avevano fatto l'Italia. Li ho sempre ammirati i pochi che, con il tricolore sulle spalle, ce l'hanno fatta; quelli che nonostante i tetri pronostici arrivano primi; gli inebriati dell'eccellenza e i talenti incalliti che non demordono. Non mi riferisco solo all'ambiente militare o sportivo ma alla vita comune dove ogni giorno qualche istrionica genialità ci stupisce con la sua magica capacità di essere all'avanguardia. Non è necessario vestire un'uniforme per essere patrioti ma, come ho già scritto per un amico, "*Si può essere altrettanto patrioti alzandosi ogni giorno alle 4 del mattino per coltivare il proprio campo o per vendere la propria merce al mercato*". L'importante è farlo talmente bene ed essere talmente bravi da essere additati ad esempio dal mondo intero come Italiani. Si, proprio così, il patriottismo non ha colore politico, religione o sesso e non fa distinzione tra sangue blu o rosso. So di essere generico con queste affermazioni e allora voglio fornire un esempio del patriottismo "*da strada*" senza pescarlo da ambienti consuetudinariamente considerati istituzionali, elitari o esclusivi: "All'Antico Vinaio"! Tutti sanno fare panini….Non serve andare all'università, anni di tirocinio, abilità da giocoliere o forza erculea. Nonostante ciò la famiglia Mazzanti di Firenze con la sua passione, creatività, inventiva e tanta, tanta gavetta ha trasformato una semplice locanda nel locale più recensito al mondo esportando le focacce con prodotti tipici toscani, la simpatia, la genialità italica ed il nome della nostra Patria in tutto il mondo. *"Mi sento un ragazzo qualunque che ha iniziato a lavorare prima come lavapiatti e poi come garzone"*, riferisce *Tommaso Mazzanti*, il giovane che nell'emporio dei genitori veniva chiamato vinaio dall'età di 16 anni. E questo la dice lunga, inoltre, su chi oggi rifiuta lavori da cameriere o da lavapiatti perché considerati malpagati o perché con contratti a termine. Ma il bello di questa vicenda deve ancora venire: qualche anno fa Tommaso ha ricevuto un'invitante proposta dagli Emirati Arabi. *"La loro offerta mi ha reso certamente orgoglioso, si trattava di ben quattro aperture in un mercato che trovo molto interessante, ma quando ho visto il progetto che avevano in mente ho deciso di fare marcia indietro. Il DNA toscano non si tocca"*. Proprio quella "toscanità" del sapore, insieme all'amore per un mestiere antico che non scende a compromessi sulla qualità, hanno fatto il resto. Eccolo il vero patriottismo: l'attaccamento alle tradizioni, il senso di appartenenza, il culto delle radici, il sentimento per la propria terra che, insieme all'eccellenza, alla genialità e alla voglia di primeggiare con il tricolore per simbolo battono il denaro e non hanno né colore politico né appartenenza ideologica. E allora perché rinunciarvi, come vorrebbero molti cosiddetti progressisti che sostengono che per la Patria intesa come *"la propria terra, il proprio credo, la storia del proprio popolo, e le proprie tradizioni*" si sono commessi i peggiori crimini? Perché rinunciare a questo DNA che ci è caro quando pensiamo alla cucina e all'arte ma alcuni rifiutano quando rappresenta la civiltà e la cultura italiana? Perché dobbiamo sentire la necessità di annacquare e diluire quelle che sono le nostre più identitarie caratteristiche in una sorta di genoma mondiale che, proprio perché planetario, non rappresenta nessuno di specifico pur includendoci tutti?

Una medaglia con tre facce che si sono sviluppate nel tempo e che si completano ed integrano a vicenda: questa è la mia Patria, unica ed insostituibile. Non vi sono permute, allargamenti, sfumature, perdite di sovranità che tengano. Non sono cittadino del mondo, non ho giurato fedeltà ai diritti, ai partiti, alle ideologie, ai popoli o a qualsiasi altra entità che esuli dal mio concetto di Patria. L'Europa non sostituirà mai la mia bella Italia che preferisco, nel bene e nel male, a qualsiasi altro paese solo per il fatto di sentirla mia e frutto, anche solo marginalmente, di quanto tutti i miei avi abbiano fatto negli anni passati. Ideale che rimane immutato anche al variare della politica perché a combattere e a rischiare la pelle per i preminenti interessi della mia Nazione mi ci hanno spedito sia governi di destra che di sinistra e non ho mai avuto alcun dubbio che la cosa giusta da fare fosse quella di prendere zaino ed armi e tenere fede, con la massima integrità, al giuramento prestato in nome del mio onore ed in nome della difesa della mia Patria.

Probabilmente è per questa mia ferma convinzione che non capisco il Mondo al Contrario nel quale viviamo oggi dove la Patria è considerata antipatica, divisiva, scomoda ed a volte anche giudicata pericolosa. Non vi è dubbio, infatti, che il concetto di Patria è ben connesso con quello di civiltà, di cultura, di terra, di etnia, di tradizioni e di specifici valori che sono poco funzionali e comodi per far passare idee come quelle di multiculturalismo, di globalizzazione, di perdita di sovranità e di internazionalismo. E non vi è neanche dubbio che la Patria vada difesa. Una tra le costituzioni più liberali, laiche e democratiche del mondo come la nostra, non solo lo prevede ma definisce *"sacro dovere di ogni cittadino"* la difesa della Patria (con la P maiuscola). Non potendo riscrivere la Costituzione i ribaltatori della realtà si sono quindi dedicati alla distruzione ed al capovolgimento del concetto di Nazione in modo da rendere nullo, per eliminazione di uno dei fattori, il costrutto sia morale che costituzionale. Si, perché se la Costituzione mi obbliga anche moralmente a difendere la Patria ma io ne distruggo e ne traviso il concetto il gioco è fatto! Infatti, tutti i simboli che potevano ricondurre al concetto di Patria sono stati messi in discussione e, visto che senza parole non è possibile esprimere un pensiero ed un'idea, il termine stesso Patria è diventato desueto, quasi improprio. Un vocabolo considerato antico, pressoché rancido, come l'odore che si percepisce quando si entra in una vecchia cantina. Una parola troppo seria che evoca sacrificio, dovere, privazione ma anche orgoglio, appartenenza e identità. Troppo impegnativa; troppo esclusiva; meglio sostituirla con intangibili e vaghi ideali internazionalistici che non evocano proprio niente. Neanche il termine Nazione piace più, meglio rimpiazzarlo con i più generalisti e meno celebrativi sostantivi paese, Italia o Stato che si stiracchiano e si adattano un po' a tutte le circostanze.

Non essendo un filologo né uno studioso del linguaggio, per dare un supporto a quanto affermato ho fatto una velocissima ricerca con *Google Ngram Viewer*. Questo programma, che è uno dei tanti strabilianti strumenti che *"Big Google"* ci mette a disposizione e che – molto sinceramente – ho scoperto per caso, permette di rivelare con quale frequenza le parole ricorrono all'interno di libri e testi scritti tra il 1800 e il 2012. Come ogni singolo strumento non sarà la fonte dell'assoluta verità ma, almeno, ci consente di disporre di parametri su cui ragionare. Inserendo i 4 termini Italia, Stato, Nazione e Patria all'interno del motore di ricerca ci viene consegnato un grafico estremamente chiaro: dagli anni '50 sino al 2012 le parole Patria e Nazione sono usate con una frequenza bassissima, quasi nulla se raffrontate ai termini Italia e Stato.

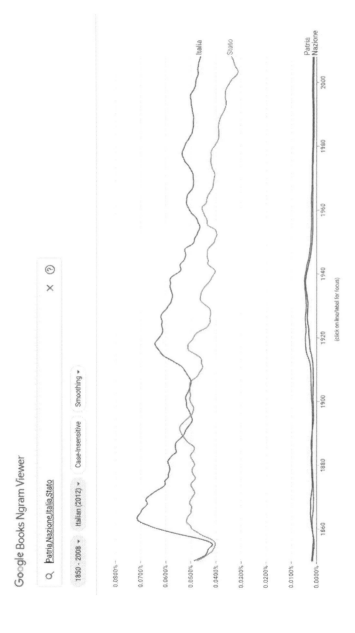

La prima dura picconata è stata assestata, ma evidentemente non era sufficiente e quindi bisognava prendersela con tutti gli altri simboli.

L'inno nazionale è il secondo a essere aggredito. In primo luogo non viene insegnato: abbiamo dovuto aspettare il 2012 per una legge che prevedesse l'illustrazione dell'Inno d'Italia nelle scuole sin dalle elementari[55]. Nonostante questa disposizione prescrittiva i nostri ragazzi, quando va bene, ne conoscono solo le prime due strofe, come la maggioranza degli Italiani, e le poche occasioni per intonarle sono costituite quasi unicamente dalle partite della nazionale di calcio. Anzi, proprio in quelle occasioni, e fino a poco prima del Mondiali del 2006, gli Azzurri erano soliti restare in silenzio sulle note dell'inno. Fu il Presidente Ciampi a invertire la tendenza intervenendo anche personalmente prima dei mondiali di *Sidney*. Ma il povero e carismatico presidente livornese non avrebbe mai potuto immaginare che un inno che incita sin dalle prime ottave all'unità e alla libertà e che afferma *"siam pronti alla morte"* di fronte alla chiamata dell'Italia fosse eccessivamente patriottico e scomodo per quei troppi cittadini che, solo poco tempo fa, hanno proposto di sostituirlo con le zingaresche note della ballata di "Bella Ciao". Poi ci hanno ripensato e invece della sostituzione, che sarebbe stata troppo complicata, la proposta di una folta frangia politica

---

[55] Legge 23 novembre 2012, n. 222: Norme sull'acquisizione di conoscenze e competenze in materia di "Cittadinanza e Costituzione" e sull'insegnamento dell'inno di Mameli nelle scuole.

è stata quella di riconoscere la canzone "Bella Ciao" quale espressione popolare dei valori fondanti della propria nascita e di suonarla, dopo l'inno di Mameli, durante le celebrazioni del 25 aprile[56]. Ma lo scrittore Ferdinando Camon in un suo articolo su "La Stampa" è lapidario: molto meglio Bella Ciao quale inno nazionale: molto più mnemonico, trascinante, partecipativo e internazionale. Come se un inno nazionale dovesse ispirare danze e battute collettive di mani. Quello di Mameli lo giudica invece gelido, cerebrale e astruso quindi, meglio sostituirlo, eliderlo, piuttosto che spiegarlo e illustrarlo a chi dovesse avere difficoltà nel comprenderlo.

La bandiera è l'altra vittima della cospirazione anti patria. Il suo impiego viene ridotto al minimo, bisogna usarla con parsimonia, in un formato piccolo e non esagerare con le sue esposizioni. Oppure bisogna farlo per eventi frivoli o, al massimo, sportivi. In molti casi sparisce anche dai simboli scelti dai partiti politici che preferiscono le stelle gialle o i colori dell'arcobaleno. Basta poi rivolgersi ai maggiori pubblicitari nazionali per scoprire che, in Italia, la bandiera della pace è più popolare di quella nazionale. Ci vogliono eventi eccezionali per risvegliare la voglia della bandiera come la pandemia o i mondiali di calcio. Ma poi tutto ritorna alla normalità e il tricolore sparisce ridiventando, per alcuni, simbolo di prevaricazione,

---

[56] Proposta di legge "Riconoscimento della canzone «Bella ciao» e disposizioni sulla sua esecuzione nelle cerimonie ufficiali per la festa del 25 aprile" presentata alla Camera da parlamentari del Pd, Iv, M5S e Leu il 21 Aprile 2021.

nazionalismo esasperato e fascismo. Basta una recente proposta di un collaboratore del Ministro della cultura che auspicherebbe un saluto alla bandiera prima dell'inizio delle lezioni in classe per far infuriare le polemiche. *"Le bandiere, come i confini, dividono ed escludono, a scuola facciamo altro"* – scrive qualcuno che riesce a trasformare il tricolore sotto il quale si unisce e si riconosce un popolo ed una nazione in qualcosa di divisivo. Proprio alla luce della necessità di integrare nella nostra collettività tanti bambini le cui origini non sono italiane, invece, onorare la bandiera a scuola così come spendere più tempo sui simboli della Patria aiuterebbe moltissimo e contribuirebbe ad evitare la ghettizzazione che invece ha avuto luogo in Francia, in Belgio ed in altre nazioni Europee. Chi giunge in Italia e aspira a assumere la cittadinanza italiana deve stringersi attorno agli stessi valori di tutti gli altri cittadini per origine, per nascita e per famiglia e quale posto migliore per questo se non la scuola? Ma il colmo lo raggiungiamo con il festival di Sanremo del 2021 e con il "cantante" Achille Lauro che, vestito di piume, si presenta sul set con il tricolore tra le braccia per poi gettarlo a terra prima di terminare la sua grottesca rappresentazione. Uno scempio! Per giunta applaudito. Le denunce postume per vilipendio alla bandiera non sono servite a niente, ormai il messaggio era lanciato da una rete del servizio d'informazione nazionale ed era giunto nelle case di milioni di Italiani.

Anche la cittadinanza è un simbolo della Patria e, immancabilmente, anche questa istituzione è stata svilita. Mia moglie è romena e, molti anni fa, dopo il nostro matrimonio, ha fatto richiesta di cittadinanza italiana. La pratica ha avuto un iter esclusivamente e squisitamente burocratico. Ha fatto domanda, l'istanza è stata accolta e, dopo alcuni anni, siccome ne ricorrevano le condizioni, ha ricevuto la cittadinanza. Ma nessuno ha verificato se ne possedesse i requisiti. Perché, immagino, che per essere cittadino italiano debbano ricorrere dei requisiti altrimenti anche la parola stessa cittadinanza perderebbe di significato. Capisco che la cittadinanza per matrimonio è prevista da una legge ma a colui che ne fa richiesta non dovrebbe essere fatto un esamino per verificare che almeno possegga le basi per essere un cittadino italiano? Conosca la lingua, l'inno, i colori della bandiera e il loro corretto senso, i contenuti degli articoli più significativi della nostra Costituzione, la nostra forma di governo, un minimo della nostra storia da studiarsi su un *Bignamino*. Cose estremamente basiche, certamente, ma essenziali! Non credo neanche che sia un caso isolato perché, oltre ad aver fatto scalpore la vicenda giudiziaria del giocatore di calcio Luis Alberto Suárez Díaz, sottoposto ad un esame farsa per ottenere la cittadinanza italiana ed essere tesserato come giocatore comunitario della Juventus, conosco personalmente altre persone che, pur avendo il passaporto tricolore, non spiaccicano più di un *"Ciao? come stai?"* nella nostra lingua. Si sprecano, peraltro, le occasioni in cui i vari intellettuali di turno promuovono l'allargamento del diritto di cittadinanza a quante più persone possibile, dallo *ius soli* passando per lo *ius culturae* e richiedono segnali di apertura a chiunque si trovi sul territorio italiano. Si propone di abbassare i criteri attualmente vigenti e, soprattutto, di concedere il diritto di voto a chi lavora a qualsiasi titolo sul nostro territorio perché questo, probabilmente, è il ritorno ricercato: un nuovo e sempre più ampio serbatoio elettorale. Forse faremmo bene a ricordare che l'assunzione dello stato di cittadino italiano è, per legge, una concessione e non un diritto. Lo svolgimento di un'attività produttiva sul territorio di uno Stato non fa del lavoratore un cittadino in nessuna nazione di questa terra. L'era digitale ha inoltre internazionalizzato e smaterializzato il lavoro: posso trovarmi in Argentina a progettare un'opera da realizzarsi in Canada, essere pagato da una società Giapponese che versa il mio stipendio in un conto corrente in Gran Bretagna. La mera contribuzione fiscale non implica, con automatismo, il diritto di cittadinanza e di voto che non sono istituzioni o valori commerciali o in vendita. Imbattersi in un Italiano in capo al mondo spero che anche in futuro continui ad evocare felicità per l'incontro con una persona che condivide una lingua, una tradizione, una cultura ed un'idea della vita e che non si riduca alla constatazione che la sua dichiarazione dei redditi è stata consegnata all'Agenzia delle Entrate con sede a Roma.

Anche le frontiere sono un simbolo della Nazione perché la difesa della Patria si realizza preservando innanzitutto i suoi confini e, contestualmente, i suoi interessi preminenti. Gli Ucraini, i Siriani, gli Armeni, gli Azeri, i Nepalesi e molti altri popoli invasi ne sanno qualcosa. Non a caso uno dei principali simboli della sovranità degli Stati nazionali è il controllo dei confini, ben delimitati dai trattati internazionali e sorvegliati dalle forze preposte alla salvaguardia della sicurezza nazionale. Immancabilmente, anche le frontiere sono sotto attacco da parte dei negazionisti dello Stato sovrano e dei travisatori del concetto di Patria. Si, perché i confini sono divisivi, e ne hanno ben donde visto che sono stati creati con questo scopo. Dividono noi, appartenenti ad una comunità con una storia, una religione, una lingua, una tradizione, un welfare, una ricchezza, un benessere, un progresso.... Da loro, chiunque essi siano! Dividono una Patria da un'altra. Niente più limiti, porti aperti, confini cancellati, immigrati sostituiti da "migranti" che vagano senza meta, senza dogane e senza regole e popoli ben contraddistinti che cedono il passo ad un'umanità che ha per patria il mondo. Eccola la patria progressista. Peccato che questa visione assomigli molto a quella del paradiso dantesco piuttosto che alla cruda e dura realtà. È affine al regno dei cieli rappresentato in molti bassorilievi e affreschi medioevali al quale si contrapponeva un inferno fatto di diavoli, fuoco e pene corporali. Ma è una visione irreale e utopistica che è miseramente fallita ogni qualvolta si sia cercato di perseguirla. Il tentativo più conosciuto, e storicamente forse più significativo, è quello dell'Internazionale socialista, tanto cara a Marx, in cui in nome della solidarietà proletaria tutti i lavoratori si sarebbero dovuti unire travalicando frontiere, costumi, lingue e religioni. Quello che ne è scaturito sono una serie di dittature comuniste che, a cominciare dall'Unione Sovietica, sono fallite ovunque. Anche il multiculturalismo è fallito: negli Stati Uniti, dove il crogiuolo della razze non si è mai riempito e, dopo lustri di lotte, vi sono ampie separazioni tra *White Anglo-Saxon*

Protestant, afroamericani, *latinos*, cinesi e mediorientali; nei ghetti arabo-neri delle *banlieues* francesi, dove neanche la polizia entra; in alcun aree del Belgio, che hanno ospitato intere organizzazioni di estremisti islamici; in Sudafrica, dove la fine dell'*apartheid* non ha contribuito ad avvicinare le varie etnie che vivono nell'ampia regione a nord del Capo di Buona Speranza. Nonostante tutte queste evidenze, le schiere dei distruttori delle frontiere prolificano cercando di smantellare uno dei pilastri costitutivi del potere statale.

Anche le femministe e la compagine lgtbq+ se la prendono con la Patria perché il nome trae origine dalla *"terra dei Padri"* escludendo automaticamente le madri o gli altri genitori uno e due che meriterebbero di essere citati. Che dire?

Ma al culmine della stupidità arriviamo solo pochi mesi or sono quando il sindaco di Bologna ha voluto eliminare la dicitura *"patriota"* dalla toponomastica cittadina. Sulle lapidi che indicano le strade nel Capoluogo emiliano non vedremo più quel termine che, evidentemente, nelle aggrovigliate meningi del primo cittadino e di qualche suo stretto collaboratore evoca qualcosa di terribile, di esecrabile… Da cancellare! Anzi, da scancellare! *"Necessità di razionalizzazione"* – replica il sindaco – *"di dare maggiore coerenza alle denominazioni"* e quindi il termine partigiano rimane ma quello di patriota finisce in soffitta. Non vedo tanta differenza tra quest'atteggiamento e quello di ISIS che ha distrutto chiese millenarie in Siria con l'intento di cancellare una parte della storia. Ma, come dicevo poco prima, senza parole vengono a mancare anche il pensiero e le idee e, forse, il tentativo di eliminare ogni vocabolo che contenga la parola Patria ha proprio lo scopo di farne svanire il suo concetto ed il suo significato.

No! Non sono cittadino del mondo. Non credo alle patrie aperte, ideologiche o a quelle di tutti. A me, che ho vissuto per anni in zone di conflitto lontano dalla mia terra, distante dalla mia famiglia, dai miei affetti e dai miei parenti sognando ogni notte il momento del ritorno, questa fregnaccia non la raccontate. Certo, ho avuto una famiglia che mi ha voluto bene oltre ogni aspettativa, ho avuto affetti insostituibili, ricordi bellissimi, momenti di gioia e felicità indimenticabili e mi sono sentito parte integrante di una società di cui condividevo i valori. Ecco perché distruggendo i rapporti tra parenti, relativizzando la famiglia, deridendo i valori e scompaginando la società uccidiamo anche la Patria.   Non ritengo neanche che essa sia il luogo dove "si è nati per caso": innanzitutto perché rifiuto l'idea che si nasca per accidente o per starnuto. Spero, infatti, che a parte le eccezioni, la genitorialità sia un atto consapevole e volontario che due adulti compiono sapendo che avranno la possibilità, e il privilegio, di far crescere i figli in un determinato ambiente, in condizioni specifiche, in una data società e cultura e secondo delle regole conosciute. Non nasciamo come esseri isolati e solitari che si affacciano ad un mondo governato da leggi stocastiche, ma siamo tutti figli di una determinata famiglia, nipoti di certi nonni e zii, eredi di tradizioni e abitudini centenarie e parti indivisibili di una comunità civile, religiosa, linguistica e culinaria dotata di una specifica e contraddistinta identità. Sono i genitori e la famiglia che, anche secondo la nostra Costituzione[57], hanno il primato educativo nei riguardi dei figli e sono quindi loro che cuciono per primi sulla pelle della progenie i valori della Patria. Inoltre, non è solo la nascita a fare il cittadino ma è la Natura, l'ambiente, la famiglia, la scuola, la società in cui si vive e cresce e la ferma convinzione e volontà di voler abbracciare determinati principi.

Anche se Napoleone fosse nato in "Italia", come sosteneva mio nonno, sarebbe stato Francese perché a soli 10 anni frequenta la scuola militare di Brienne, nello Champagne, e da allora cresce e si fa permeare e contagiare da una società e da una cultura prettamente transalpina che lui abbraccia incondizionatamente...Non vi sono dubbi! Così come, al contrario di quello che sostengono gli Spagnoli, Cristoforo Colombo è Italiano, ligure purosangue, non solo perché è nato nella città della Lanterna da una famiglia ligure ma anche perché vi ha studiato e vi è cresciuto per andare poi a intessere affari e commerci presso la Corte di Isabella di Castiglia.

Il sangue, il suolo, le radici e la tradizione, contrariamente a quanto sostenuto da molti, continuano ad avere il loro perché!

---

[57] Costituzione Italiana art. 30

CAPITOLO IX

"IL PIANETA LGBTQ+ + "

Ho condiviso con molti amici questa mia intenzione di scrivere e pubblicare un libro che raccontasse i paradossi e le stravaganze dei tempi moderni e la maggior parte di loro mi ha incoraggiato in questo mio sforzo intellettuale chiedendomi contestualmente quali fossero gli argomenti sui quali mi sarei focalizzato. Quando accennavo all'omosessualità e al pianeta lgbtq+++ (spero con i tre + di avere incluso proprio tutti) la reazione era quasi sempre unanime: lascia perdere! *"Non t'impelagare in quel dibattito, è troppo fazioso e divisivo...lascia stare! Ti criticheranno, ti additeranno, dimostreranno spregio e disdegno, ti disprezzeranno dal profondo asserendo che sui tu ad istigare l'odio e...a seconda di come tira, rischi pure una denuncia"*. Caspiterina – mi dicevo – possibile che tra le tante serie problematiche del pianeta quella dell'orientamento sessuale attragga così tanto la tracotanza dei lettori? In fin dei conti si tratta di gusti, di preferenze, di predilezioni che, proprio secondo la saggezza degli antichi, non si discutono, non sono *"disputandum"* e quindi non dovrebbero essere né divisivi né refrattari. Una delle persone che stimo e che, in assoluta buona fede, mi consigliava di evitare il problema si è spinto in un'analisi anche interessante e pragmatica: *"Vedi"* – mi diceva – *"pubblicare un libro non è come fare una chiacchierata al bar o impegnarsi in un'animosa discussione: se ti dai da fare per scrivere un testo e lo vuoi mettere sul mercato il primo obiettivo che vuoi raggiungere è quello di vendere o, comunque, di diffondere al massimo la causa dei tuoi sforzi. Non ti conviene, quindi, prendere posizioni su questioni delicate perché rischieresti di escludere a priori una massa di potenziali lettori"*. Il ragionamento filava e, considerato che di argomenti ne avevo tanti, ho accantonato quello dell'omosessualità pensando, eventualmente, di accennarlo solamente in qualche altro contesto del libro. La cosa però m'intrigava e, man mano che andavo avanti con la stesura dei capitoli, il tarlo continuava a rodermi il cervello fino a che, pensandoci bene, mi sono detto: *"Se non prendi una posizione non avrai nessuno contro di te, ma neanche con te. Anche l'interesse per quanto hai scritto rischierebbe di ridursi alla mera curiosità nei confronti dei contorni della problematica. Se invece prendi una posizione chiara e inequivocabile, intanto esprimi francamente le tue idee"* – e questo mi ripaga già abbondantemente da ogni potenziale perdita di pubblico – *"e poi ci sarà sempre chi si schiera con te e contro di te e potresti suscitare l'interesse di chi vuole condividere le tue idee ma anche di chi le vuole contrastare"*. Quanto mi piaceva quest'ultima riflessione! Il tarlo è stato schiacciato immediatamente, ho aperto un nuovo foglio *word* e ho cominciato, senza indugio, ad aggredire la tastiera. Non so chi avrà ragione, ma poco importa. Al solito è stata la natura stessa del mio carattere a vincere, la soddisfazione di dire apertamente e direttamente quello che penso senza troppi diversivi e accettando serenamente le conseguenze della mia manifesta sincerità.

Anche sul titolo del capitolo ho riflettuto abbastanza e, alla fine, mi sono convinto di chiamare in causa i corpi celesti perché l'omosessualità e il transgenderismo, ormai, non interessano più solo le persone ma tutte le manifestazioni del Creato: la lingua, gli animali, i giochi, i film, le espressioni, i cartoni animati, le pubblicità, le bandiere, l'arte, la cultura, gli atteggiamenti, i pensieri, i colori...Un vero e proprio Pianeta!

Stabilito che si tratta di un argomento spinoso, delicato, ampio e sensibile cominciamo con una banalità che credo – il dubitativo è d'obbligo – sia universalmente riconosciuta: l'omosessualità è sempre esistita. Dall'antico Egitto alla Grecia classica, dalla Roma dei Cesare all'Impero Persiano ci sono giunte testimonianze che documentano inequivocabilmente pratiche omosessuali quasi universalmente accettate. Dal Medioevo sino all'era moderna, invece, la sodomia è stata perseguita e considerata al contempo un peccato ed un reato coinvolgente, quindi, gli ambiti sia religioso sia morale e sociale. Da parte ecclesiastica non si poteva tollerare una pratica che nei sacri testi aveva scatenato l'ira divina e, socialmente, oltre all'aspetto morale, si temevano tutte quelle condotte anti-riproduttive che avrebbero potuto portare a gravi e temute crisi demografiche già ai tempi innescate da numerose malattie incurabili, dalle frequenti carestie e dalla peste. Pur variando anche significativamente da Stato a Stato, bisogna aspettare gli ultimi anni '70 per raggiungere una derubricazione del reato di omosessualità in quasi tutto l'Occidente. Proprio in quel turbolento periodo, sull'onda delle grandi proteste operaie, studentesche e femministe nascono i primi movimenti di emancipazione degli omosessuali e transgender che, dopo secoli di clandestinità forzata, vengono allo scoperto per reclamare il giusto spazio di libertà che anche a questa seppur esigua minoranza deve essere garantito in uno Stato democratico.

Che a partire dal Medioevo sino all'età moderna l'omosessualità fosse perseguita non mi stupisce poiché, nello stesso periodo erano considerati gravi delitti la blasfemia, l'eretismo, l'adulterio e tanti altri comportamenti che afferiscono alle sfere personali e della libera manifestazione delle proprie opinioni. Curiosa, ed allo stesso tempo interessante, invece, la tolleranza del mondo classico nei confronti del libero orientamento sessuale. Una delle spiegazioni che potrebbero giustificare questa indulgenza è che, nel mondo antico, l'omosessualità era confinata esclusivamente all'ambito dei gusti e del piacere sessuale e non ha mai inciso con la famiglia o con altre istituzioni alle quali, da sempre, sono state riconosciute precise funzioni e specifici ruoli sociali indispensabili alla collettività. Ecco, allora, che proprio nel mondo antico sembrerebbe essersi realizzata la corretta interpretazione dell'omosessualità che è definita nei moderni testi come *"una variante non patologica dell'orientamento sessuale"*. Se di sesso si parla, dunque, si afferisce alla sfera personale, del gusto, delle preferenze, delle inclinazioni e non si discute di famiglia, né di altre istituzioni sociali. A pensarci bene, tranne rari estremismi, quello che accende le polemiche anche ai giorni nostri nei confronti dei gay non sono le disquisizioni circa i gusti personali e le preferenze all'interno di una camera da letto ma i comportamenti ostentativi ed esibizionisti e, soprattutto, l'elevazione di una questione relativa al gusto sessuale ad una pretesa di diritti familiari, civili e sociali.

Parlando delle preferenze sessuali, un ulteriore passo necessario per comprendere la complessità e l'estensione del fenomeno e per cominciare a raddrizzare il mondo che ci è presentato sottosopra, è la quantificazione di chi non si inquadra nella sfera degli eterosessuali. In Italia l'ultima ricerca ISTAT sul tema risale al 2011[58] lasciando evincere che solo un milione di persone si è dichiarato omosessuale o bisessuale. Rapportato alla popolazione italiana sopra i 16 anni di età si tratterebbe pertanto di un misero 2%. Per avere qualche dato più aggiornato mi sono riferito ad una recente indagine fatta in Gran Bretagna nel

---

[58] https://www.istat.it/it/archivio/62168

2021[59] secondo la quale, considerata sempre la popolazione di età superiore ai 16 anni, solo 1,5 milioni di persone si sono identificate nella categoria "gay, lesbiche, bisessuali o altri orientamenti sessuali" andando a costituire il 3,2% della cittadinanza di riferimento. Il fenomeno risulta pertanto estremamente circoscritto, limitato e contenuto soprattutto se raffrontato al clamore ad alla sensibilità che suscita. Molte altre categorie di persone, che con la stessa percentuale di rappresentatività si riuniscono per perorare cause e istanze relative alle peculiarità che le accomunano, non sono spesso neanche prese in considerazione. Pur vantandoci di fronte al mondo di esprimere forme di governo ultrademocratiche pensiamo ai meccanismi elettorali che escludono quei raggruppamenti che non raggiungono un determinato *quorum.* Per l'elezione del Parlamento Europeo, per esempio, se non si raggiunge la soglia di sbarramento del 4% non si ha diritto ad alcuna rappresentatività.

Giusto per fare dei paragoni pensate che in Italia, da fonti del Ministero dell'Economia e Finanze, circa 1,6 milioni di italiani hanno un reddito annuo lordo superiore a 60.000 euro: eppure associazioni e movimenti di ricconi che manifestano nelle piazze avocando a chissà quale protezione in nome di un'appartenenza ad una minoranza di censo discriminata innanzitutto dal fisco non esistono. Secondo l'INAIL, 6 persone su 10 nella Penisola soffrono settimanalmente di mal di schiena: eppure nelle nostre serie

---

[59]https://www.ons.gov.uk/peoplepopulationandcommunity/culturalidentity /sexuality/bulletins/sexualorientationenglandandwales/census2021

TV, giornali, spot pubblicitari e cartelloni non vediamo rappresentate schiere di lombopatici che deambulano a malapena e che reclamano busti ortopedici gratis. Infine, sempre secondo dati ISTAT, la comunità degli over 80 rappresenta oltre il 7% della popolazione italiana: eppure i nostri cari anziani non vantano una loro bandiera e non sfilano in una manifestazione di orgoglio geriatrico, come invece la comunità gay ostenta. Quanti i nostri nonni scippati, derubati, derisi, picchiati, abbandonati, seviziati, offesi approfittando della loro condizione di fragilità e debolezza. Ma tutte queste odiose azioni non innescano i titoloni da prima pagina che appaiono sui giornali quando a subire la stessa odiosa violenza è un gay. Allora mi chiedo il perché ci sia una palese sovra-rappresentazione della comunità lgtbq+ nei mezzi d'informazione nazionali e internazionali ed una ipersensibilità nell'affrontare l'argomento?

Se poi andassimo a scindere in ulteriori categorie quello che sembra il compatto sodalizio degli lgtbq+ saremmo sorpresi. Pur scarseggiando dati precisi sulla demografica dell'orientamento sessuale sembrerebbe che i *"trans"* maschili – non gli "operati", ma semplicemente quelli che s'identificano in un genere diverso da quello della nascita – costituirebbero uno zero virgola, seguito da un decimale piccolo a piacere, della popolazione. Malgrado i numeri sicuramente modesti vi sono state battibeccate polemiche per attrezzare alcuni edifici, anche istituzionali, con toilette pubbliche per tre generi e non più per due. Senza contare che il cesso per *trans* è comunque un problema ed è suscettibile di generare imbarazzo tra i suoi utilizzatori. La proposta mi ha sempre incuriosito, un po' come l'enigma della capra del lupo e del cavolo che devono attraversare il fiume disponendo di una sola imbarcazione. Infatti, ammettendo di avere un locale dedicato ai *trans*, un maschio biologico che si percepisce come una femmina che incontra nello stesso locale una femmina biologica che si percepisce come un maschio non dovrebbe suscitare imbarazzo come il caso in cui un uomo tradizionale usufruisca del bagno di una donna anch'essa tradizionale? Oppure, i due si riconoscono nella diversità e se ne fregano se uno si ferma a fare quanto necessario nell'orinatoio e l'altro, invece, si avvia verso la tazza?

Sino ad ora abbiamo fissato due concetti che sono cruciali per un approccio all'argomento che sia razionale e scevro da condizionamenti: innanzitutto, è palese che l'orientamento sessuale afferisca alla sfera delle preferenze, dei gusti e delle percezioni e, quindi, non è sindacabile quando si limita a questo settore; inoltre, la minoranza che si distingue dagli eterosessuali rappresenta una percentuale molto contenuta della popolazione. È interessante ora occuparci della "normalità" che, per definizione, rappresenta quella condizione di ciò che è o si ritiene normale, cioè regolare e consueto, non eccezionale o casuale o fuori dall'ordinario e dalla consuetudine. La domanda che ci viene da porci è se esista una normalità nei gusti e nelle preferenze. Certamente! Dipende da molti fattori, fra cui la cultura e la civiltà giocano un ruolo molto importante ma una "normalità" nei gusti esiste eccome!

Nella società europea, per esempio, non è normale cibarsi di cani e tale pratica è addirittura vietata per legge in molte nazioni occidentali. In oriente ed in Cina, invece, esistono *chef* che si dilettano nella preparazione di piatti prelibati a base di quelli che noi consideriamo gli amici più fedeli dell'uomo. Pertanto, dire che non è normale mangiare un pastore tedesco o un segugio se ti trovi a Grosseto o a Perugia non è una bestemmia e non è discriminatorio. Ancora, la quasi totalità degli esseri umani non gioisce quando prova dolore fisico o umiliazione, eppure, esiste una minoranza i cui personali gusti e predilezioni interpretano il patimento come un piacere. Il masochismo è definito come una "anomalia" e quindi non rientra nella normalità. Molto interessante far notare che l'omosessualità è universalmente riconosciuta come *"variante non patologica dell'orientamento sessuale"* e quindi, come tale, e come il masochismo, non può rientrare nella normalità anche tenuto conto delle percentuali estremamente minoritarie dei suoi adepti. Per anomalia si intende infatti *"una deviazione dalla norma"* e la variante si definisce come *"una differenza rispetto al tipo o alla media o alla norma"*... Superfluo continuare!

Se poi andiamo a considerare il Creato, la normalità è diversa dalla naturalità. Il fatto che esista un fenomeno in Natura non vuol dire che esso sia normale nella società dei *sapiens*. La Natura include l'omicidio, ma nella società umana tale pratica non solo non è normale ma è punita dalla legge. Lo stesso dicasi per l'infanticidio, la predazione, il furto, lo stupro, la pedofilia e il cannibalismo... Tutte manifestazioni più che "naturali" ma assolutamente irregolari o addirittura proscritte nella civiltà umana. Se poi ci si richiama al Creato, è vero che l'omosessualità è naturale − per quanto relegata a circa 500 specie animali su 945.000 conosciute[60] − come altrettanto naturale è la sterilità delle coppie omosessuali e la loro impossibilità di avere figli. Allora, come mai dovremmo usare due metri e due misure: giustifichiamo l'omosessualità in quanto naturale ma altrettanto innaturalmente ci richiamiamo al diritto alla genitorialità delle coppie gay?

Ma quello che è curioso e paradossale al tempo stesso − e che ancora una volta richiama il titolo e l'essenza di questo libro − è la strategia di far passare tutto ciò che non è etero come normale e, al contempo, di discriminare come anormali, malati, disagiati tutti quelli che esprimono critiche o opinioni non positive nei confronti del pianeta lgbtq+. Li si è voluti bollare con il termine di "fobia" che, nel vocabolario clinico, indica il disturbo d'ansia più comune spesso origine di invalidità e sofferenza. Omofobia, lesbofobia, bifobia, transfobia: con questi epiteti si indicano, come se fossero affetti da una terribile patologia, tutti quelli che provano antipatia ed avversione o che dimostrano di non condividere le tematiche tanto care agli arcobaleno. Il termine "fobia" snatura l'interlocutore

---

[60] Secondo le migliori stime le specie sulla terra sarebbero 1,8 milioni. Tra queste, 370.000 sono piante, 4.500 mammiferi, 8.700 uccelli, 6.300 rettili, 3.000 anfibi, 23.000 pesci, 900.000 insetti e 500.000 appartengono ad altri gruppi tassonomici. Considerando solo mammiferi, uccelli, rettili, anfibi, pesci e insetti arriviamo ad un totale di circa 945.000 specie animali. 500 specie che praticherebbero l'omosessualità rapportate a 945.000 specie animali conosciute rappresentano lo 0,05% del campione considerato.

facendogli perdere la dignità di essere pensante e dotato di ragione relegandolo contestualmente all'alveo dei malati di mente. E gli improperi fioccano copiosi ad ogni occasione possibile: non c'è bisogno di offendere un gay ma il semplice fatto di asserire che non si è d'accordo con l'adozione di bambini da parte delle coppie omogenitoriali ci include automaticamente ed inevitabilmente nel girone dei "disturbati" che, se non di una severa pena, necessitano di un'accurata rieducazione e terapia per poter convivere, senza nuocere, nella moderna società progressista ed inclusiva.

Cari omosessuali, normali non lo siete, fatevene una ragione! Non solo ve lo dimostra la Natura, che a tutti gli esseri sani "normali" concede di riprodursi, ma lo dimostra la società: rappresentate una ristrettissima minoranza del mondo. Quando vi sposate ostentando la vostra anormalità la gente si stupisce, confermando proprio che i canoni di ciò che è considerato usuale e consuetudinario voi li superate.

Lo scalpore suscitato dal recente video del barbuto carabiniere in grande uniforme convolato a nozze col suo compagno è stato molto più diffuso del prevedibile con solo una percentuale molto esigua di compiacenti in nome del progresso, della parificazione e della qualificazione di "normalità" di certi rapporti. L'aspirazione dei gay sarebbe proprio quella di vedere i loro rapporti sentimentali e sessuali parificati in tutto a quelli degli eterosessuali. Tale obiettivo può raggiungersi solo attraverso la concepita e riconosciuta normalità e parità delle loro unioni, in questo sostenute da determinate politiche artatamente "progressiste" complici di tutte le eccentricità. In realtà, la percentuale di gran lunga più consistente di chi è rimasto, se non turbato, almeno sconcertato e basito dal video dimostra che un matrimonio gay non è normalità per una semplice considerazione: nel *mare magnum* dei matrimoni le unioni omosessuali, seppur in crescita, rappresentano ancora una risicata minoranza significativamente limitata tale da configurarle come un'eccentricità, una diversità rispetto al comportamento della stragrande maggioranza. Ogni altro discorso non regge, è solo un intento di trasfigurare e coartare la realtà. Se poi tale eccentricità viene ostentata – come nel caso del bacio, delle grandi uniformi, delle sciabole e del video largamente diffuso – va anche a disturbare il pensiero e i valori comuni e quest'ultimo effetto è quello che io temo fosse invece ricercato nel dare diramazione capillare al filmato. Nessuno vuole condannare le predilezioni della sfera sessuale o vietare le unioni arcobaleno, anzi, sono tutte accettate e garantite nel riconoscimento e nei diritti, ma le stesse diventano fastidiose quando vogliono a tutti i costi essere parificate e considerate normali soprattutto se questo avviene con pretesa, sbandieramenti e ostentazione. Un esempio al riguardo: chiunque in Italia può farsi un tatuaggio in fronte emulando l'etnia Maori della Nuova Zelanda, niente e nessuno glielo proibisce ed è una pura questione di gusti e di estetica, ma certo costui viene considerato quanto meno un eccentrico e un diverso e, comunque, non è ammesso nei concorsi per entrare nelle Forze Armate e forse nemmeno in Magistratura o nella carriera diplomatica. Il gay, il masochista, il vegano, il mangiatore di cani o di gatti pure è un eccentrico, e tutte le porte gli devono essere aperte nel nome della parità, ma almeno non dovrebbe ostentare la sua eccentricità nel rispetto dei comportamenti e dei valori comuni. E comuni significa anche normali in quanto *"appartenenti e condivisi dalla stragrande maggioranza"*.

Proprio la normalità, invece, costituisce, se non il più importante, uno dei primi obiettivi della comunità lgtbq+. Qualche mese fa, in televisione, nel replicare ad una semplicissima e comprensibilissima esternazione dell'onorevole Foti che sosteneva di avere una figlia "normalissima", l'eurodeputata Pina Picierno lo interrompe bruscamente e lo rimprovera risentita: *"anche gli omosessuali sono normali!"*. Le fa immediatamente eco l'altra invitata al dibattito tuonando: *"non si dice normalissima, perché per me è normale che il più bel colore sia il bianco, per lei è normale che il più bel colore sia il rosso...dobbiamo pensare prima di parlare..."* confermando la tendenza a relativizzare qualsiasi circostanza ignorando proprio i canoni della normalità che si basano sulla consuetudine e sull'ordinarietà e che discendono primariamente dai numeri e dalle percentuali. Inseguendo la meta della normalità, e quindi nel tentativo di falsarne la prima caratteristica costituita dai numeri, è interessante andare a vedere la frequenza nella rappresentazione del fenomeno dell'omosessualità nei mezzi d'informazione. L'associazione *Glaad* (*Gay & Lesbian Alliance Against Defamation*), nell'ultimo rapporto intitolato *"Where we are on TV"*, ha affermato che nelle produzioni televisive del 2022 il 12% dei personaggi presenti nelle serie programmate per andare in onda nella prima serata appartengono alla comunità arcobaleno. Basta accendere una TV per vedere una pletora di commentatori, conduttori e opinionisti dichiaratamente *queer* che si alternano incessantemente sul tubo catodico quasi come se l'appartenenza ad una categoria di persone che esprimono esplicitamente una preferenza sessuale minoritaria dovesse favorire gli ascolti. Ormai sono moltissime le serie televisive, gli spot, i video o i clip dove prolificano baci saffici e che vedono quali protagonisti lesbiche e gay, famiglie omosessuali o coppie dello stesso sesso che conducono vite da *bourgeois bohème* in una delle nostre metropoli alla moda. La comunità lgbtq+ del piccolo e grande schermo supera di ben 4 volte la sua naturale presenza nella società, ma il solo fatto di fare notare questo ingiustificato sbilanciamento ci fa passare per omofobi e, quindi, malati. Ne fornisce una riprova, proprio in questi primi giorni di luglio, il nuovo programma condotto su RAI 2 da Alba Parietti "Non sono una signora". La sua trasmissione è definita come una *"drag art"*. Incuriosito da questo ulteriore neologismo della galassia arcobaleno ne sono andato a cercarne il significato: *"la drag è una forma d'arte gender-bending — che rifiuta un'identità di genere prefissata, trasgredendo al comportamento previsto dal suo genere — in cui una persona si veste con abiti e trucco intesi a esagerare una specifica espressione di genere, di solito del genere opposto. Sebbene lo scopo principale della drag sia stato quello di esibirsi e divertirsi, è anche usato come espressione di sé e come celebrazione dell'orgoglio Lgbtqal+. Le drag queen si vestono con abiti e trucchi femminili esagerati per assumere ruoli e aspetto femminili. Mentre la maggior parte delle drag queen sono uomini (spesso uomini gay o uomini queer)"*. La definizione è già di per sé un programma ma quello che è sconcertante è l'attenzione spropositata, anche da parte della TV di Stato, a queste forme di *gender* che vengono presentate e replicate con frequenza sproporzionale alla loro reale consistenza ed esistenza. Altro fattore inquietante, evidentemente legato al primo, è l'insistenza e l'arroganza con cui queste forme di sessualità (ma forse non è neppure la parola adatta) cercano – e purtroppo trovano – spazi, visibilità e proseliti. La stessa conduttrice intervistata ha dichiarato *"È proprio un programma drag per famiglie, hai detto bene, perché non c'è motivo per cui le drag non dovrebbero essere per famiglie"* continuando nella diffusa e ormai certosina opera di banalizzazione e normalizzazione dell'ideologia della fluidità di genere.

Purtroppo, facendo apparire tutti questi appartenenti alla comunità lgbtq+ in TV ne traspare una rappresentazione falsata della realtà, un mondo che non esiste o, quantomeno, sottosopra, una società virtuale, e questo artefatto fenomeno a me induce a pensare ad una deliberata volontà di condizionamento forzato del pubblico. I media sono degli strumenti potenti che, quando producono nuovi ambienti culturali, cambiano la percezione delle situazioni sociali e sono in grado di modificare atteggiamenti e comportamenti. Nello specifico, con la tecnica della rana bollita tanto cara a Chomsky[61] ci vogliono abituare a ciò che abituale non è cercando contestualmente di desensibilizzare gli spettatori sovraesponendoli al fenomeno dell'omosessualità di modo che la considerino, se non facente parte dell'ordinario, un'inevitabile fatalità. Ma con la scusa che la rappresentazione aiuta un approccio inclusivo e meno ostile di ciò che è diverso, invece di raggiungere la parità dei trattamenti andiamo a favorire minoranze a discapito delle normalità. Infine, ci sarà sicuramente qualcuno che ordisce questo fenomeno, che traccia i palinsesti, che approva i programmi e che impone la direttiva di sovra-rappresentazione della comunità gay. La cittadinanza arcobaleno reagisce indignata sostenendo che non esistono *lobby gay* che cercano di influenzare la società, che sono solamente frutto di un complotto strumentalmente creato dagli omofobi, dai discriminatori e dagli istigatori dell'odio. Non so chi abbia ragione ma una cosa è certa, esistono dei gruppi di pressione e d'influenza che con una ben definita strategia, opportuni finanziamenti ed una pletora di mezzi esercitano il loro potere nei confronti del mondo dell'informazione, della politica e della società in genere.

---

[61] Noam Chomsky - linguista, filosofo, scienziato cognitivista e attivista politico - ha formulato il principio della rana bollita in riferimento ai comportamenti che portano la società e i popoli ad assumere come un dato di fatto il degrado, le vessazioni e la scomparsa dei valori e dell'etica.

"la rana immersa in acqua bollente salta fuori immediatamente dalla pentola, ma posta in acqua fredda riscaldata lentamente, dapprima si adatta, ma quando bolle, stremata, non ce la fa a uscire e finisce inevitabilmente bollita".

La pistola fumante è rappresentata dal libro "*After the ball*" pubblicato nel 1989 dai due intellettuali omosessuali Marshall Kirk e Hunter Madsen con lo scopo di tracciare la visione strategica e di diffondere il manuale di affermazione della comunità gay per i successivi decenni. I due autori, uno ricercatore in neuropsichiatria e l'altro esperto in tattiche di persuasione pubblica e social marketing, strutturarono il loro Manifesto arcobaleno degli anni '90 come un Piano Strategico degno di un Alto Comando militare articolando il Concetto d'Azione nelle 3 seguenti Linee di Sforzo principali:

1. La "desensibilizzazione": una specie di vaccino antiallergico consistente nell'esposizione prolungata all'oggetto percepito come minaccioso al fine di sconfiggere la reazione repulsiva ed il pregiudizio *antigay*. Bisogna, quindi, "inondare" l'etere di messaggi omosessuali per "desensibilizzare" la società nei confronti della minaccia gay. Ora si spiega la sproporzionata rappresentazione della comunità *queer* in tutti i mezzi d'informazione ed il ricorso alle tinte arcobaleno in ogni occasione possibile.

2. La "dissonanza": è necessario presentare messaggi che creino una cacofonia interna nella comunità *antigay*. Ad esempio, a soggetti che rifiutano l'omosessualità per motivi religiosi, occorre mostrare come l'odio e la discriminazione non siano patrimonio della comunità cristiana e come l'amore giustifichi tutto. Allo stesso modo, vanno enfatizzate le sofferenze provocate agli omosessuali dalla crudeltà omofobica. A chi rifiuta l'omosessualità perché la ritiene contro natura bisogna

citare tutte le specie e gli esseri più bizzarri del Creato che, anche sporadicamente, la praticano.

3. La "conversione": consiste nel suscitare sentimenti uguali in intensità e contrari nel verso rispetto a quelli del "bigottismo antigay". Bisogna infondere nella popolazione dei sentimenti positivi nei confronti degli omosessuali e negativi nei confronti dei "*bigotti antigay*", paragonandoli, ad esempio, ai nazisti, ai barbari, ai retrogradi, o istillando il dubbio che il loro atteggiamento sia la conseguenza di paure irrazionali, insane e patologiche (la cosiddetta "fobia"). E qua basti pensare a quante volte è usato l'aggettivo "omofobo" o la locuzione "istigatore dell'odio" che, solo qualche decennio fa, erano sconosciute ai più. Qualsiasi opinione critica tu esprima nei confronti degli arcobaleno o vieni censurato o diventi un discriminatore, un prevaricatore, un autoritario e odioso tradizionalista.

Ma per chi si intende di Ordini di Operazioni il piano, per essere tale e per potersi implementare concretamente, deve contenere gli Allegati dove si dettaglia la strategia e si entra nel merito pratico della sua applicazione. Ecco, allora, che Kirk e Madsen, meglio dei professionisti della tattica che vestono la mimetica, individuano i seguenti principi pratici:

- La società viene suddivisa in 3 categorie distinte in base al loro atteggiamento nei confronti del movimento arcobaleno: gli "intransigenti" (circa il 30-35% della popolazione); gli "amici" (25-30%) e gli "scettici ambivalenti" (35-45%). Gli ambivalenti e scettici rappresentano l'obiettivo, il "*target*" designato: a loro bisogna dedicare gli sforzi applicando le tecniche di desensibilizzazione (con quelli meno favorevoli) e di dissonanza e conversione (con i più favorevoli). Le altre due categorie, gli intransigenti e gli amici, vanno rispettivamente "silenziati" e "mobilitati", con ogni mezzo. Ecco, quindi, le liste di proscrizione e la censura che moltissimi social e piattaforme digitali applicano nei confronti di chi non si dimostra "*gay friendly*".

- Un'altra indicazione che gli autori suggeriscono è quella di "intorbidire le acque della religione", cioè dare spazio ai teologi del dissenso perché forniscano argomenti religiosi alla campagna contro il "bigottismo antigay". Ed anche in questo settore possiamo riconoscere molte campagne informative condotte negli ultimi anni a favore di tutti quegli esponenti della Chiesa, Papa Francesco in testa, che esprimano parole di comprensione ed empatia nei confronti degli lgbtq+.

- È opportuno non chiedere appoggio "per l'omosessualità", ma "contro la discriminazione". I gay devono essere presentati come vittime innanzitutto della circostanza: dicono gli autori: "*sebbene l'orientamento sessuale sia il prodotto di complesse interazioni tra predisposizioni innate e fattori ambientali nel corso dell'infanzia e della prima adolescenza*", l'omosessualità deve essere presentata come innata. Inoltre devono essere anche vittime del pregiudizio, che deve essere presentato come la causa di ogni loro sofferenza. Qui si sono scatenati quasi tutti pretendendo che "*gay si nasce*", che l'omosessualità non rientra nelle scelte e che le relazioni sociali e i fattori ambientali non contino quasi niente. In tale modo viene sfrontatamente contraddetta la fisionomia della realtà dove i *"desisters"* – quelli che desistono – sono il 60-70% di quella risicatissima minoranza degli adolescenti che, pur avendo dato cenni di disforia di genere durante l'infanzia, con la pubertà superano spontaneamente il problema e ritrovano il pieno benessere nell'accettazione del loro sesso biologico[62]. I non eterosessuali vengono inoltre presentati come le vittime assolute, bisognose perfino di un codice, di una legge contro l'omotransfobia che li tuteli. Se viene offeso un anziano non se ne accorge nessuno, ma se ad esserlo è un gay la notizia balza in testa a tutti i giornali e il reo deve essere sbattuto in galera!

– Bisogna, in seguito, individuare e pubblicizzare all'estremo una serie di personaggi gay famosi, noti per il loro contributo all'umanità: chi mai potrebbe discriminare Leonardo da Vinci o Michelangelo? Anche in questo campo hanno messo in gioco ogni abilità cercando di coartare nelle schiere arcobaleno ogni personaggio della storia percepito come positivo ma senza pensare qualcosa che, a chi possiede un po' di senso critico e di buonsenso, non è sfuggita: l'omosessualità non cambia assolutamente nulla alla

---

[62] "Il dibattito attualmente tiene in considerazione anche alcuni studi olandesi, i quali riportano un dato significativo, ovvero che il 60-70% dei bambini con disforia di genere è "desister", ovvero non diventa un adulto T*, mentre solo il 20.30% è "persister", cioè diventa un adulto T*.

Sinapsi - Le transizioni di genere in età evolutiva: uno sguardo psicoanalitico (unina.it)

grandezza di Michelangelo e Leonardo e di tutti quegli altri coartati nella schiera lgbtq+. La grandezza di quegli artisti risiede nelle opere realizzate e non nei gusti della loro intimità. Quando ammiri il David o la Gioconda sei avvolto dall'immensa bellezza delle due realizzazioni e rimani attonito e col fiato sospeso a scrutare ogni centimetro dei due capolavori...non te ne frega una cippa se chi li ha compiuti preferiva le bionde o i ragazzi con i capelli corti o se al caffè prediligeva il cappuccino.

– Gli autori diedero indicazioni precise anche alle associazioni omosessuali e lesbiche in conflitto tra loro: è bene che ci sia una sola associazione portavoce del mondo omosessuale, e che sia gay. Infatti, la comunità lgbtq+ ingloba tutti e cresce di giorno in giorno aggiungendo lettere e simboli al suo già impronunciabile acronimo che assomiglia sempre più a un codice fiscale. Cosa hanno di simile un uomo a tutti gli effetti che si sente attratto sessualmente da una persona dello stesso sesso ed un altro uomo che rifiuta il proprio corpo ed il proprio sesso biologico e sente la necessità di rappresentarsi assumendo tutte quelle sembianze che il ruolo di genere consuetudinariamente conferisce alle donne? Differentemente dagli altri sodalizi che riuniscono chi ha caratteristiche simili – pensiamo agli animalisti, che amano gli animali; ai cacciatori, che amano la caccia; agli ambientalisti, che amano l'ambiente – incentra l'oggetto della sua ragione sociale su una negazione: il rifiuto dell'eterosessualità. Non associa chi ha determinate peculiari caratteristiche o desideri o passioni ma, per incrementare il numero dei suoi adepti e cercare di rendere più significativa la propria azione, mette insieme tutti quelli che, a prescindere, non si considerano eterosessuali...Un movimento "contro"!

- Un'altra strategia consiste nel richiedere unioni, matrimoni e adozioni gay, non per la necessità di ottenere questi diritti quanto piuttosto perché, agli occhi dell'opinione pubblica, parlare di "famiglia" e "figli" – soprattutto in un'Italia dove questi ultimi sono *"piezz' 'e core"* – rende il tema più rassicurante. Questo argomento è alla ribalta delle cronache odierne quasi come se fosse di cruciale importanza e di inderogabile trattazione. I numeri, tuttavia, come al solito, ci dicono cose ben diverse: in Italia, su una comunità lgbtq+ che è ragionevole stimare in 1,3 – 1,4 milioni, secondo dati ISTAT, in cinque anni solo 13.168 unioni civili sono state celebrate[63] confermando che solo un'esigua minoranza – per la precisione il 4% della comunità arcobaleno – è interessata ad unirsi stabilmente con un partner. Secondo un recente articolo comparso sul Corriere della Sera[64], inoltre, emerge di avere almeno un figlio il 7% delle persone lgbtq+ e si ridurrebbe ad un misero migliaio il numero dei figli delle coppie omogenitoriali che hanno bisogno di vedersi riconosciuti entrambi i genitori. Anche la cosiddetta

---

[63] Unioni Civili, nel 2021 +39,6% rispetto al 2020. Sono oltre 13.000 in 5 anni - Gay.it

[64] I veri numeri sui figli delle coppie dello stesso sesso che hanno bisogno di essere riconosciuti all'anagrafe- Corriere.it

"famiglia" per la comunità arcobaleno rappresenta, nei fatti e negli incontrovertibili numeri, un'eccezione. Stando ai dati, la stragrande maggioranza di loro della famiglia e dei figli non sa che farsene.

Alla luce di questo documento programmatico e di quanto è avvenuto nei trenta anni successivi dalla sua pubblicazione, è difficile pensare che non esista una potente *lobby gay* che funga da guida e da regia e attribuire tutto quanto è accaduto negli ultimi lustri al caso, alla coincidenza ed alla casualità. L'incorreggibile e smargiassa Francia di Macron – per strizzare l'occhio alla sinistra pro-lgbtq+ e a tutti i movimenti gay che, evidentemente, manipolano le tendenze anche di voto – ha unilateralmente nominato un Ambasciatore per i diritti dei non etero. *"La missione di Jean-Marc Berthon è quella di difendere le istanze del mondo lgbtq+ in tutto il mondo"* – annunciava con alterigia il Ministero degli Esteri transalpino in occasione della nomina del diplomatico avvenuta ad ottobre 2022. Peccato che, come la democrazia, la normalizzazione dell'omosessualità non si esporta e, solo pochi giorni fa, la missione del diplomatico arcobaleno è stata formalmente ostacolata dal Camerun. Con una nota diplomatica lo stato africano, pur non impedendo l'ingresso del rappresentante francese, ne vieta ogni manifestazione pubblica relativa all'omosessualità in quanto non in linea con la legislazione locale. Oltre che nel settore dell'immigrazione clandestina anche in questo campo è manifesta la schizofrenia della linea di governo francese che, da una parte si dota unilateralmente e senza chiedere il consenso ad alcuno di un portavoce mondiale degli arcobaleno e, dall'altra, riceve in pompa magna all'Eliseo Mohammed Ben Salman, principe ereditiere dell'Arabia Saudita, Regno in cui l'omosessualità è orribilmente sanzionata con la pena di morte. E mentre Berthon cerca di fare vela verso sponde più accoglienti la stessa diplomazia francese non ha commentato minimamente il recente varo, da parte delle autorità ugandesi, di un pacchetto di leggi fra le più dure al mondo contro la comunità lgbtq+. Ma in questo frangente, come in quello dell'inviolabilità dei diritti dell'uomo e dell'ambientalismo, sono pochi i paesi virtuosi e le persone coerenti. Quasi tutti, infatti, fanno ricchi affari con gli Emirati Arabi Uniti e moltissime celebrità *radical-chic* vanno a trastullarsi nei lussuosi alberghi di Dubai cercando di dimenticare, almeno per la durata della vacanza o per l'istante della firma dei contratti, che anche il piccolo e facoltoso stato arabico reprime con il filo della scure l'omosessualità ed ha un'interpretazione se non altro molto personalizzata del rispetto dei diritti umani.

Ma il mondo sottosopra non ha confini e, in linea con la strategia tracciata da Kirk e Madsen, tutto è strumentale alla desensibilizzazione, anche i provvedimenti più assurdi e provocatori. Da decenni, infatti, la maggiore età nei paesi europei si consegue al compimento del diciottesimo anno: da quel momento si è considerati adulti, si acquisisce il diritto di agire autonomamente, si ha accesso al voto, si possono firmare contratti, si può conseguire la patente di guida e si è considerati responsabili delle proprie azioni di fronte alla società ed alla legge. Prima dell'età della ragione vengono chiamati in causa i genitori, o i tutori legali che, per ogni scelta, sono responsabili dei minori sui quali esercitano la potestà. Anche le assenze da scuola vanno giustificate dai genitori, complicando la vita degli studenti che, da sempre, cercano di sottrarsi dalle grinfie degli insegnanti. Ma nella "socialistissima", progressista e *gay-friendly* Spagna di Sanchez anche questa scontata regola è stata frantumata sotto la pressa della banalizzazione: a febbraio 2023 i parlamentari iberici hanno approvato la legge *"trans"* che consente di cambiare sesso tramite una semplice dichiarazione amministrativa, come si cambia di bicicletta. Non sono più necessarie autorizzazioni giudiziarie ed il testo elimina l'obbligo di fornire referti medici attestanti la disforia di genere e la prova di trattamenti ormonali. Ma la cosa ancora più allibente è che dai 16 anni lo si potrà fare senza l'autorizzazione dei genitori, invece necessaria tra i 14 e i 16. Se vuoi guidare un'auto o una moto non puoi, se vuoi votare devi aspettare la maggiore età, se manchi da scuola la mamma ti deve firmare la giustificazione ma se vuoi cambiare sesso e sei un sedicenne lo puoi fare autonomamente...basta una dichiarazione! Il cambio del sesso non solo viene banalizzato e reso più semplice del conseguimento di un'abilitazione di guida o di un contratto di compravendita ma viene anche messa in discussione l'autorità dei genitori che, da una parte, rimangono responsabili delle azioni del minore per le quali potrebbero essere chiamati a rispondere in tribunale o in campo risarcitorio e, dall'altra, vengono totalmente esclusi da un scelta estremamente importante che un giovane, a cui la legge non riconosce ancora la piena consapevolezza delle proprie azioni, potrebbe prendere con superficialità e leggerezza non ancora pienamente conscio delle conseguenze che comporta e della sua irreversibilità.

Ma tutto va nel senso giusto e la desensibilizzazione della società nei riguardi del mondo gay deve essere pervasiva e persistente, ma per essere molto più efficace, deve anche avere intensità variabile, un po' come l'allenamento di uno sportivo che alterna scatti ed allunghi ad un regolare esercizio di resistenza. Bisogna esagerare, strafare, bisogna mandare fuori giri il motore, ogni tanto, per far funzionare meglio il vaccino ed allora, una volta all'anno ci vuole la grande *kermesse*. Non ricordo un *Gay Pride* in cui il tema dominante non sia stato sconcezze, stravaganze, blasfemie e turpitudini. Anche le ultimissime versioni della sfilata hanno messo in gran mostra nudità volgari ed effusioni erotiche nebulizzate qua e là per tutto il corteo e immerse in una moltitudine di manifestanti oggettivamente più contenuti. Rispetto al passato la manifestazione ha preso potenza, carattere e piglio: non si limita ad una sfilata di travestiti più o meno buffi ed esibizionisti, ma ha assunto una connotazione decisamente politica e rivendicatoria. Quello che traspare sono i continui attacchi e le invettive al governo e a tutti quelli che non siano dalla parte delle risicatissime minoranze arcobaleno e le persistenti richieste di maggiori diritti in tutti i campi della vita sociale.

Fatta, quindi, un po' di chiarezza sui retroscena della strategia arcobaleno e dato un rapido scorcio allo strutturato manuale della rivoluzione gay molti degli incredibili contemporanei accadimenti ci risultano, se non altro, più comprensibili. Sì, perché con buona pace dei numeri che certificano ben altro, la desensibilizzazione e la banalizzazione deve avvenire innanzitutto con la lingua. Come ho sostenuto più volte, e come ci ricordava Orwell, senza le parole non è possibile esprimere le idee e non è un caso che nella nostra ricca, antica, melodica e bellissima lingua sia stato ostracizzato ogni termine che descriva un omosessuale maschile. Dobbiamo ricorrere ad un idioma straniero e chiamarli gay perché i vocaboli esistenti sino a pochi anni fa nei dizionari, che sfogliavamo girandone le sottili pagine con la punta dell'indice inumidita, sono tutti considerati inappropriati, se non addirittura volgari ed offensivi. Pederasta, invertito, sodomita, finocchio, frocio, ricchione, buliccio, femminiello, bardassa, caghineri, cupio, buggerone, checca, omofilo, uranista, culattone sono ormai termini da tribunale, da *hate speech*, da incitazione all'odio e alla discriminazione e classificati dalla popolarissima enciclopedia multimediale Wikipedia come "lessico dell'omofobia". Non ci resta che chiamarli *gay* importando un'altra parola straniera nel nostro lessico italiano, ma facendo attenzione al tono della voce e all'espressione del volto mentre pronunciamo il tri-letterale neologismo perché potremmo essere percepiti come aggressivi, escludenti e denigratori. Anzi, meglio non chiamarli affatto perché prima si vuole normalizzare il concetto di omosessualità, ma contestualmente ci si lamenta se questa diventa un segno distintivo. È così che, in nome del contrasto all'omofobia, si innesca la pressione psicologica opposta, quella che costringe le persone al timore reverenziale, alla sacralizzazione della categoria, ad abbassare gli occhi o a girarsi dall'altra parte quando se ne vede un rappresentante dinoccolare per strada. E se non ti adegui all'agenda progressista ed all'inclusivo pensiero *radical chic* vieni etichettato come omofobo, xenofobo, razzista e, ovviamente, anche conservatore, nostalgico, tradizionalista e, soprattutto, retrogrado a prescindere che tu lo sia o no.

Lgbtq+ vuol dire essere esenti da battute, critiche, opinioni, vignette, satire, barzellette, riferimenti, pareri, caricature, ironie e menzioni. In poche parole: intoccabili e, soprattutto, privilegiati! La categoria protetta degli omosessuali emerge anche nei fenomeni immigratori clandestini: se provenienti da uno di quei 73 paesi al mondo che reprimono per legge l'omosessualità basta approdare in Italia e dichiararsi "arcobaleno", senza alcuna documentazione, attestazione o dichiarazione comprovante per fare aprire automaticamente le porte dell'asilo[65]. Poco importa il resto, la realtà, la verosimiglianza, non serve nient'altro, basta dichiararlo in un foglio e automaticamente quello che è un immigrato economico che dovrebbe essere rimpatriato si trasforma in una categoria ad ogni costo protetta. lo sanno bene le varie Organizzazioni Non Governative o le varie Associazioni sull'immigrazione che editano i manuali per l'immigrazione irregolare e che impartiscono questi, e vari altri consigli, per aprire i varchi

---

[65] L'omofobia e i rifugiati Lgbti – UNHCR Italia

dell'Europa a chi, a qualsiasi titolo, vi approdi[66]. Dichiarandoti omosessuale, inoltre, sei per definizione più fragile e discriminato degli altri e quindi – secondo il bando in scadenza a gennaio 2023 del Comune di Roma a guida Gualtieri – potrai avere la possibilità di risiedere in zona centrale della Capitale, perché la periferia è troppo "coatta" per i gay, in un'abitazione dedicata e dotata di *wi-fi* gratis e ascensore.

Il Comune risponde alle aspre e legittime critiche asserendo che l'intento è quello di evitare che gli immigrati arcobaleno vengano accolti nei centri di accoglienza "comuni" dove vi sarebbe il rischio che venga ostacolata l'emersione o l'espressione di un'identità di genere o di un orientamento sessuale dissimile dal resto dei conviventi[67].

In poche parole, coloro che si pregiano di lottare contro l'omofobia e la discriminazione sono i primi a creare i "disperati di serie A" e "di serie B" e a discriminare gli

---

[66] Rimpatrio vietato se il clandestino è gay, un controsenso - La Nuova Bussola Quotidiana (lanuovabq.it);

Boom di migranti "omosessuali". Iscritti all'Arcigay per avere asilo - ilGiornale.it

Si dichiara gay e ottiene il riconoscimento di rifugiato, sentenza storica a Trieste (telefriuli.it)

Protezione internazionale va riconosciuta al migrante omosessuale che rischia nel paese d'origine (altalex.com)

dopo i migranti che si fingono minorenni, malati o in fuga da guerra, ci sono quelli che si... - Cronache (dagospia.com)

Permesso di soggiorno per migranti, l'escamotage dell'omosessualità - Corriere.it

I finti profughi omosessuali e l'Unhcr danneggiano quelli veri - Tempi

La truffa degli immigrati per entrare e restare in Italia (laleggepertutti.it)

[67] Ecco i privilegi per i migranti LGBT voluti da Gualtieri a Roma

lgbtq+ creando *enclaves* riservate e, soprattutto, privilegiate in barba a tutto il resto delle centinaia di migliaia di *"normali"* immigrati eterosessuali.

Ma laddove si è toccato il colmo della demenza culturale è nella creazione di un linguaggio arcobaleno che, in linea con la proclamata fluidità dei sessi, eliminasse i generi dalle parole. La chiamano *schwa* e consisterebbe in una nuova modalità di espressione in cui i vocaboli vengono sottoposti a castrazione in nome di una fluidità che deve permeare ogni ambito del Creato in cui le differenze, soprattutto quelle sessuali, non devono più apparire. Ecco, allora, che scopriamo gli asterischi e le "e" rovesciate che sostituiscono le desinenze maschili usate sino ad ora. Un gruppo di studenti si scriverà "studentǝ" oppure con l'asterisco "student*". Stile inguardabile e illeggibile sdoganato tra le prime da Michela Murgia ma cassato senza alcuna possibilità di revoca dall'Accademia della Crusca che, giustamente, l'ha considerato tutto tranne che una espressione letteraria. La sentenza è chiara *"In una lingua come l'italiano, che ha due generi grammaticali, il maschile e il femminile, lo strumento migliore per cui si sentano rappresentati tutti i generi e gli orientamenti continua a essere il maschile plurale non marcato, purché si abbia la consapevolezza di quello che effettivamente è un modo di includere e non di prevaricare"*. Sinceramente, non vi era la necessità di chiamare in causa i coltissimi virtuosi della lingua di Dante per una risposta così ovvia. Malgrado la pronuncia dei sommi letterati, tuttavia, durante gli ultimi esami di maturità c'è anche chi l'ha usato questo linguaggio asessuato, ma non nella prova di lingua straniera, magari simulando un ladino di qualche sperduta valle ermafrodita delle Alpi Neutre, bensì in quella d'Italiano. Invece di un'insufficienza, il Mondo al Contrario gli ha regalato i titoloni sui quei giornali che promuovono la bacchettoneria progressista. Ma oltre che sotto il profilo letterario l'uso di questo aborto di pseudo-linguaggio andrebbe valutato nel merito: si dice che rappresenti tutti e tutte ma non è assolutamente vero, a cominciare dallo scrivente che non solo non si sente rappresentato dal dislessico uso di asterischi ed "e" rovesciate ma si percepisce anche offeso da chi deturpa la mia lingua natale che incarna la cultura, la civiltà, le tradizioni ed anche, perché no, la Patria. Come al solito, sembrerebbe che l'odio e la discriminazione partano proprio dalle minoranze, soprattutto se esigue e sparute che, dietro il pretesto di sentirsi incluse, ghettizzano le maggioranze.

Ma come potrà essere venuta in mente un'idiozia simile, si chiederanno i più assennati. Semplice, deriva dalla strategia gay che, per giustificare l'omosessualità, deve distruggere ogni regola e relativizzare qualsiasi fatto, evento e circostanza per dimostrare che i modelli non esistono e che quindi, nell'ambito dell'orientamento sessuale, come in tanti altri settori, tutto è da considerarsi "normale". La tattica arcobaleno è proprio quella: insistere, insistere, insistere per ottenere la rottura della "norma" negando tutto, anche l'ovvio, lo scontato, il naturale, il manifesto e l'evidente. Anche la parola "diversità" dà fastidio, bisogna proscriverla e sostituirla con "pluralità" che non fa riferimento ad un concetto o ad una nozione dalla quale si sarebbe differenti. Da queste premesse partono anche le crociate a favore dei grassi, dei pelosi, dei brutti, dei nani, dei mostri raccapriccianti descritti nelle bellissime storie che hanno affascinato la nostra infanzia. I personaggi vengono eliminati, trasformati, rinarrati per renderli, secondo loro, più accettabili da parte di tutti. Quelle che sono le caratteristiche peculiari e specifiche dei protagonisti delle fiabe vengono limate con la fresa dell'asineria: ma se un orco non è ributtante e disgustoso che orco è? Se una strega non è brutta, grifagna e bitorzoluta che strega è? Se Gargantua non fosse grasso, pingue e flaccido che ingordo sarebbe? Invece, sono molte le *"edizioni progressiste"* delle storie per bambini epurate e censurate. Una delle prime vittime è stato lo scrittore per ragazzi Roald Dahl: in uno dei suoi libri sono sparite alcune parole ed aggettivi considerati poco inclusivi. Il suo Augustus Gloop era un bambino *"enormemente grasso con grandi piaghe flaccide di grasso e la faccia simile ad una mostruosa palla"*, mentre ora i bambini leggeranno *"enorme con grandi piaghe e la faccia simile a una palla"*. Facendo sparire l'aggettivo *"grasso"* amputiamo un'opera e, eventualmente, facciamo nascere il tabù del sovrappeso. L'obesità, che purtroppo sta diventando quasi normale in alcuni dei progrediti paesi occidentali, non è né bella né sana, non deve passare come una cosa scontata e, sicuramente, non va taciuta, nascosta, censurata, annichilita come se non esistesse. C'erano una volta fanciulle da marito e principi un po' stolidi ma molto biondi. E c'erano storie piene di mostri, cacciatori, assassini ed eroi. Quasi sempre il bene trionfava, i malvagi venivano puniti e le fanciulle ricompensate per la loro bontà e pazienza con un buon partito. Quelle cattive, anche se bellissime, finivano zitelle e spesso sfigurate nella loro venustà per punizione, o, peggio, languivano maritate a laidi individui. Lo sapevi dai quattro anni che quella non era la vita vera, ma ti piaceva da pazzi leggerla e rileggerla finché i libri non si sfasciavano in due. Nessuno sentiva l'impellente necessità di riempire la Norvegia di africani, l'Oceania di Navajos, l'Africa Nera di ragazze di Cork o di vestire di rosa il principe tagliando contestualmente i capelli alle principesse e conferendo loro un'aura androgina. Si sarebbe potuto fare, se a qualcuno fosse venuto in mente, ma anche le Mille e Una Notte si ponevano la questione della verosimiglianza. Un Aladino con sembianze eschimesi o con il fiocco rosa e la gonnellina da ballerina avrebbe fatto sorgere qualche domanda sull'eccessivo uso del narghilè ai fruitori dei racconti. Che bisogno c'è, dunque, di edulcorare quelle storie che presentano le cose come stanno e come l'autore le ha volute descrivere? Se le fiabe non sono al passo con i tempi e non riflettono più i valori delle società moderne nessuno le leggerà più ed il problema, qualora ci fosse, verrà risolto in partenza. Il prossimo passo quale sarà? Quello di metter in cantina le opere di Botero o quello di fasciare il **David** di Michelangelo perché rappresenta un corpo troppo tonico, muscoloso, ed armonico che potrebbe offendere chi ha qualche chilo di troppo? Faremo riscolpire un discobolo con le tette e le labbra gonfiate e rimodelleremo la Nike di Samotracia in stile *curvy*? Ma la comunità gay fa sentire la propria influenza anche e soprattutto in questo settore perché per cambiare la società nel senso da loro auspicato non c'è operazione più efficace che cominciare dall'infanzia e dalle scuole. Quando, da bambini, leggiamo storie di navigatori, cavalieri e principi sogniamo, se vestiamo una gonnellina, di trovare il principe azzurro con cui passare le nostre giornate felici e contente, se invece siamo dei turbolenti moschettieri, di trovare la nostra principessa che salveremo con il bacio del vero amore. Se siamo maschi ci personifichiamo in Superman, in Zorro, nell'uomo ragno o in Peter Pan, e magari giriamo per le strade cittadine con un cappello verde sormontato da penna e brandiamo uno spadino di cartone in mano. Le mie figlie mi hanno assillato per mesi perché, nei loro anni più teneri, volevano a tutti i costi vestirsi da Elsa, principessa di Frozen ma, vi assicuro, a nessuna di loro è mai venuto in mente di chiedermi quale fosse l'orientamento sessuale dell'eroina. In queste ovvie manifestazioni dei bambini non c'è nulla di strano o da correggere perché, sempre stando ai numeri, la normalità è etero! Più del 90% della popolazione si riconosce nell'attrazione verso il sesso opposto e per un misero 3% di dichiarati "diversi" non possiamo capovolgere il mondo e, men che meno, partendo dall'infanzia. Non è questione di diritti né di discriminazione, è semplicemente questione di numeri che non parrebbero giustificare la "relativizzazione" dell'eterosessualità. Ma alla comunità lgbtq+ questo non sta bene e, nel nome dell'inclusività, dell'amore, della pace e della tolleranza spingono la *Sony* a rivedere la favola di Cenerentola facendo interpretare la fatina da Billy Porter, uomo afroamericano dichiaratamente gay. Anche la Mattel pubblicizza la versione *gay-friendly* di *Barbie,* raffigurata con l'amica moretta mentre indossano una maglietta su cui risalta la scritta arcobaleno *"love wins"*. La Disney esclude dalla collezione riservata ai bambini *under 7* i vecchi film come Dumbo, gli Aristogatti e Peter Pan perché considerati razzisti, sessisti o discriminatori nei confronti degli arcobaleno, inserisce baci gay e protagonisti non eterosessuali all'interno dei suoi recenti cartoni e, a giugno scorso, non solo sponsorizza il *Gay Pride* di Roma, ma il *Disney Store* commercializza la *"Diseny Pride Collection"* creata da membri e sostenitori della collettività lgbtq+ per supportare a livello globale il popolo non eterosessuale. Rappresentare la società com'è, o com'era, non è un'offesa per nessuno e non è discriminatorio. Se i gay sentono la mancanza di libri e fiabe che li rappresentino si diano da fare e, con penna e calamaio, inizino a scriverle cercandosi un pubblico ed una audience che ne faccia uso e non tentando di pasticciare la letteratura esistente e di imporre agli altri quanto da loro auspicato facendo adottare obbligatoriamente queste opere dalle scuole. Ma la storia, la tradizione ed anche la cultura delle fiabe e dei racconti per ragazzi fanno paura e allora bisogna distruggerle, cancellarle, storpiarle, amputarle, come hanno fatto i Talebani con le statue dei *Buddha* di *Bamiyan*. Anche il pensiero spaventa, e allora si censura e, con il pretesto di essere inclusivi, si vietano parole, espressioni e concetti sostituendoli con il pensiero unico che non accetta interpretazioni e contraddittorio. Lasciamo che i bambini crescano con le idee chiare: i sessi biologici sono due e se qualche rarissimo fanciullo avrà dei dubbi sulla percezione del proprio corpo gli si potrà offrire tutto il supporto necessario per garantirgli la crescita più serena e libera possibile senza, per questo, far insorgere dubbi alla moltitudine che non ne ha e che – aggiungo io – è meglio che non ne abbia. Trasfigurare la realtà pensando di favorire una risicatissima minoranza è una vera dabbenaggine, oltre che una violenza nei confronti di quella larghissima maggioranza che si riconosce nell'eterosessualità.

Attaccarsi alle frange giovani della società è dimostrato anche da quel fenomeno denominato *"carriere alias"* che ormai 223 scuole hanno applicato anche in Italia in nome dell'autonomia scolastica che la Repubblica concede. In sostanza, si tratta della possibilità, per quella risicatissima minoranza ragazzi e ragazze che non si identificano con il proprio sesso biologico, di poter cambiare nome scegliendosene uno in linea con il genere percepito. Il nome viene sostituito nei registri, nei documenti scolastici e negli atti interni all'istituto e porta quindi anche al diritto informale di usare bagni, spogliatoi, divise e spazi legati alla percezione del genere. Non sono necessarie certificazioni mediche o psicologiche, ma una semplice richiesta avanzata dagli interessati, o dai genitori o tutori se minorenni, per iniziare la procedura di questa pratica ancora assolutamente non ufficiale ma già in essere in un paio di centinaia di istituti nazionali. Quale prima osservazione, come al solito, parliamo dei tanto odiati ma inconfutabili numeri: secondo i dati del Ministero dell'Istruzione e del Merito, le istituzioni scolastiche di primo ciclo nella Penisola sono 5462 e quelle di secondo 2698. Ammettendo, quindi, un numero di circa 3000 istituti che potrebbero essere coinvolti nelle *carriere alias* (ho incluso una piccola porzione di quelle che una volta si chiamavano scuole medie, visto che la disforia di genere può manifestarsi sin da tenera età) si tratta del 7.4% sul totale degli Istituti scolastici che oggi praticherebbero questa nuova e bizzarra tendenza. Intanto, questi numeri mi confortano e confermano che il 92,6% dei dirigenti scolastici ha ancora la testa ben ancorata sulle spalle. Non è dato sapere, poi, il numero ufficiale dei giovani che abbiano chiesto l'attivazione della carriera *alias* negli istituti scolastici ma sembrerebbe che, in totale, non superi la cinquantina in tutta Italia. Anche questo dato offre la giusta prospettiva della problematica che, invece, viene presentata come una vera e propria questione prioritaria, fonte di *debacle* e di polemica e, secondo pochi, indice di civiltà e progresso. La seconda osservazione riguarda la procedura stessa per l'attivazione della carriera *alias* che, non inquadrata da alcuna direttiva del Ministero, si basa su una semplice e arbitraria scelta personale non supportata da alcuna documentazione medica o psichiatrica e non coinvolgente il resto della comunità scolastica sulla quale, inevitabilmente, impatta. La carriera *alias* non riguarda, infatti, solo il nome del richiedente ma anche la vita interna di tutta la platea scolastica dell'Istituto. Ma se voi foste i genitori di due ragazze adolescenti che frequentano uno di quei pochissimi istituti che hanno già applicato questa iniziativa, sareste contenti che "Rocco" – che in realtà si fa chiamare internamente con l'alias "Aurora" ma che, nonostante il nome *alias* continua ad essere dotato di battacchio in mezzo alle gambe – frequenti gli stessi bagni, le stesse docce e gli stessi spogliatoi delle vostre figlie? Oppure la scuola dovrebbe spendere quelle pochissime risorse disponibili per costruire bagni, docce e spogliatoi per l'unico *alias* presente che, a questo punto, non solo diventerebbe un privilegiato ma sarebbe ancora più discriminato di prima? Altro piccolo problema: ma durante le lezioni di educazione fisica Aurora sarà valutata come le ragazze o si metterà il cappello da Rocco e correrà i cento metri con i ragazzi? Per assegnare il voto l'insegnate di ginnastica a quali parametri dovrà fare riferimento? Sempre che il voto di ginnastica abbia ancora un valore nel Mondo al Contrario perché, se non lo avesse, allora sarebbe onesto eliminare anche le varie facoltà di Scienze Motorie ed escludere la materia dalle scuole. E dire che proprio noi siamo i discendenti diretti di quel popolo che aveva coniato il verissimo detto "*mens sana in corpore sano*". Con la carriera *alias*, inoltre, si asseconda un desiderio squisitamente personale senza alcun ricorso a un supporto medico e psicologico e senza valutare minimamente il potenziale rischio che tale scelta sottende. Io mi metto nei panni del "Datore di Lavoro" e, nello specifico, del dirigente scolastico che, da una parte è obbligato a approvare un "Documento di Valutazione dei Rischi" nel quale la legge lo obbliga a prendere in considerazione, valutare e minimizzare ogni e qualsiasi rischio a cui potrebbero essere sottoposti i suoi lavoratori e, dall'altra, accetta un "cambiamento seppur solo nominativo di sesso" con una leggerezza e superficialità sconcertante, senza alcuna preoccupazione delle conseguenze che questa scelta potrebbe ingenerare nello studente che ne fa richiesta privo del minimo ricorso alle strutture sanitarie deputate e senza un consistente e comprovato percorso psicologico. Mi rincuora la lungimiranza di quei pochi, ma saggi dirigenti scolastici che, pur avendo avviato tale procedura nel plesso scolastico che presiedono, richiedono per la sua attivazione *"la consegna di adeguata documentazione che comprovi di aver intrapreso un percorso psicologico e/o medico volto a consentire l'eventuale rettificazione di attribuzione di sesso"* o, quantomeno, *"la documentazione idonea a comprovare l'esistenza di una disforia di genere, rilasciata da una struttura, centro o specialista di salute mentale"*. Un'altra considerazione si riferisce all'esclusiva valenza interna del provvedimento di cambio nominativo che non viene applicato a tutti quei documenti ed atti che possano essere impiegati esternamente all'istituto. La nostra Aurora, pertanto, riceverà un Diploma di Maturità intestato a Rocco e, se per caso questo diploma le – o gli – verrà consegnato con una cerimonia formale, si sentirà ancora più frustrata che se da sempre si fosse fatta chiamare con il suo nome anagrafico. Anche una semplice attestazione a uso esterno della scuola sarà intestata a Rocco rendendo l'iniziativa *alias* controproducente, oltre che grottesca e inutile. Tale pratica, inoltre, diseduca tutti gli altri studenti legittimando la decostruzione sessuale e la percezione che si possa scegliere il proprio sesso come si sceglie un paio di pantaloni o una maglietta: basandosi sullo stato d'animo, sull'umore, sulle impressioni, sulle tendenze del momento, sulle mode o sulle scelte di comodo e prescindendo da eventuali e comprovate situazioni di disagio psico-affettivo. In ultimo, ma non meno sconcertante, in Italia una legge per la rettifica del genere esiste[68] e, dal 2011, prescinde anche da un eventuale intervento chirurgico di cambio di sesso. La prassi prevede un'articolata procedura che valuti, oltre alla domanda dell'interessato, una documentazione psico-diagnostica e una documentazione medica che attestino il percorso di affermazione di genere, la volontà irreversibile di rettificare il proprio genere anagrafico, l'immedesimazione definitiva e irreversibile nel genere vissuto e percepito come il proprio, una perizia endocrinologica, con prescrizione della cura ormonale avviata oltre, eventualmente, la volontà di sottoporsi a intervento chirurgico di riassegnazione del sesso. Al termine del percorso giudiziario, con sentenza del Tribunale competente passata in giudicato, viene rettificato il sesso della persona e, di conseguenza, i documenti anagrafici. L'attivazione della carriera *alias*, invece, con una semplice domanda in carta semplice salta tutto questo iter e, anche se solo internamente a un istituto scolastico, si sostituisce allo Stato, ai Tribunali, al Pubblico Ministero, agli psicologi, ai medici, agli endocrinologi e a tutto quanto una norma legislativa fa riferimento per ottenere lo stesso risultato in via ufficiale. Sono poi particolarmente scettico che la carriera *alias* possa avere un ben che minimo effetto nel minimizzare la discriminazione e nell'evitare gli atti di bullismo nei confronti del soggetto che ne fa richiesta. Il provvedimento, infatti, interviene sul "bullizzato" e non sui "bulli" che, qualora residenti in una degradata periferia

---

[68] legge n. 164 del 1982 e decreto legislativo n. 150 del 2011.

romana potranno continuare a rivolgersi a Rocco – *alias* Aurora – commentando: *"anvedi, s'è cambiato de nome....moh domani o famo pure noi e se famo chiamà gatto, lupo e cinghiale"*.

Infine, il provvedimento, come al solito, è profondamente discriminatorio: se voglio cambiare nome lo posso fare con una semplice richiesta in carta semplice ma se voglio cambiare età questo mi è severamente proibito, anche se si tratta dei soli documenti interni all'istituto.

Ma che l'infanzia fosse al centro dell'attenzione della comunità lgbtq+ ce ne siamo accorti anche dalla proposta di legge denominata "ddl Zan" che, in uno dei suoi più discussi articoli[69], prevedeva l'indottrinamento obbligatorio nelle scuole, anche elementari, *"al fine di promuovere la cultura del rispetto e dell'inclusione nonché di contrastare i pregiudizi, le discriminazioni e le violenze motivati dall'orientamento sessuale e dall'identità di genere, in attuazione dei princìpi di eguaglianza e di pari dignità sociale sanciti dalla Costituzione"*. In pratica, senza coinvolgere le famiglie che secondo la Costituzione beneficiano del primato educativo sui propri figli[70], si tratta di far entrare nelle scuole l'ideologia *gender*, la stessa coniata dal "ddl Zan" che considera il sesso come un pensiero, una percezione, un'idea. Secondo il testo presentato, infatti, oltre al sesso – che fortunatamente rimane nel campo del binario, ovvero, o sei maschio o sei femmina – esiste il genere, ovvero, la manifestazione esteriore di una persona a prescindere dal suo sesso;

---

[69] Art. 7, punto 3
[70] Costituzione della Repubblica Italiana, art. 30

l'orientamento sessuale, che è l'attrazione verso persone di sesso opposto oppure uguale o entrambi e, *dulcis in fundo*, esiste l'identità di genere che è l'identificazione percepita e manifesta di sé a prescindere dal sesso biologico. Quindi, secondo Zan, io posso essere uomo fisiologicamente, nerboruto, irsuto e barbuto, ma se mi percepisco come donna tutti mi devono chiamare al femminile e devo aver accesso ai locali e alle manifestazioni riservate alle persone del dolce sesso. Se mi arrestano devo andare in un carcere per donne e se faccio una competizione sportiva non posso che gareggiare nel circuito rosa. Se poi sono alto, longilineo e di bella presenza, anche se i miei genitali sono maschili, posso presentarmi ai concorsi di bellezza con tacchi e minigonna e pure vincerli. No, non mi ha dato di volta il cervello perché tutti quanti gli aneddoti che ho provocatoriamente citato si sono puntualmente verificati, se non in Italia, in molti di quegli aperti e progressisti paesi che hanno già accettato questa astrusa e ridicola ideologia di genere. Recentemente, in Scozia, Isla Bryson – una donna *trans* giudicata colpevole di due stupri compiuti prima di iniziare la transizione – è stata richiusa in un carcere femminile scatenando, giustamente, un putiferio. *Lia* Thomas ha portato alla ribalta delle cronache un caso ormai grottescamente noto da anni. Lia è un'atleta *trans* statunitense che, nel 2020, è passata dalle categorie maschili a quelle femminili del nuoto universitario e, guarda caso, sta vincendo tutto senza troppi sforzi. Certo, se basta la percezione di sé, perché per vincere dovrei misurarmi con chi ha il mio stesso fisico? Passo alla categoria donne e divento un olimpionico! Alana McLaughlin è un'atleta *trans* femminile che nella violenta disciplina del *Mixed Martial Arts* batte le avversarie donne dopo i primi quattro sganassoni. Prima della transizione, Alana, era un soldato barbuto delle Forze Speciali americane impiegato in Afghanistan ed in molti altri teatri d'operazione. E proprio in questi primi giorni di luglio la giuria dei Paesi Bassi ha decretato la più bella del paese: Miss Olanda è un uomo! Strano che le femministe che abitualmente sbraitano perché si sentono sopraffatte dagli uomini e che chiedono insistentemente la declinazione al femminile di tutti i sostantivi esistenti nel vocabolario questa volta non abbiamo proferito parola. Spero che, dopo questi pochi esempi tratti da moltissimi eventi già accaduti, quasi tutte le persone intellettualmente oneste si comincino a porre il problema che la volontà soggettiva di un uomo, così come la sua percezione di sé, presenta dei limiti concreti nei confronti di quella che, invece, è la realtà. Sulla questione sta facendo marcia indietro anche la più che democratica, inclusiva, multiculturale, fluida e *gender friendly* Gran Bretagna: il premier Sunak ha rimesso in discussione l'attuale *"Gender Recognition Act"* che consente a qualunque maggiorenne inglese l'autodeterminazione, ovvero, di dichiararsi ed essere riconosciuto un po' come vuole a prescindere dalla conformazione dei suoi genitali. Il premier dalla pelle olivastra se ne esce con una affermazione che nell'era dell'esaltazione della percezione ha del rivoluzionario *"La differenza biologica è fondamentale!"*[71].

---

[71] Rishi Sunak indicates he will change the law to protect single-sex spaces for women (telegraph.co.uk) ;

Si legge in uno dei tanti scritti che perorano le cause percettive che: *"quello che conta è solo come ci percepiamo. Tutto il resto è oppressione"*. Come se la realtà non contasse e se il desiderio di essere qualcosa o qualcuno prevalesse su qualsiasi altra manifestazione, anche ovvia, della Natura. Pensiamo allora a una bella signora sulla sessantina che, però, è atletica, snella, sfoggia una capigliatura folta e mette in risalto le proprie generose curve facendo ancora girare le testa a molti uomini che la squadrano affascinati dalla sua prorompenza. Lei non si percepisce come sessantenne e, probabilmente, neanche quelli che la divorano con gli occhi pensano che abbia tale età. Per lo stesso principio promosso da Zan, l'affascinante ed avvenente sessantenne potrebbe andare all'anagrafe e farsi scalare una ventina d'anni dalla data di nascita cambiando i propri documenti di identità. Poi, con il passaporto rieditato ed insieme al marito potrebbe chiedere l'adozione di un figlio perché, tanto, conta solo come ci percepiamo. Allo stesso modo, un adolescente di 16 anni ha già la barba e sfoggia un baffetto ordinato e curato, ha un bel fisico muscoloso perché fa sport agonistico e va bene a scuola, molto bene. Lui si percepisce come diciottenne perché vede i ragazzi che hanno solo due anni più di lui e sa che di punti gliene dà alla

---

Biological sex is 'fundamentally important' – Rishi Sunak | The Gazette (the-gazette.co.uk) ;

Biological sex is 'fundamentally important' – Rishi Sunak | The Independent maggior parte di loro, sia fisicamente, sia come preparazione culturale e come maturità. Secondo il principio cardine ispiratore della legge contro l'omotransfobia il sedicenne potrebbe anch'egli farsi cambiare la data di nascita e, con i nuovi documenti recarsi alle urne perché, quello che conta, è solo come ci percepiamo, tutto il resto è oppressione! Perché il forzuto dovrebbe avere il diritto di farsi chiamare "Eleonora", e guai a chi sbaglia o a chi ridacchia, e la bella e attempata signora non potrebbe avere lo stesso diritto di diminuirsi di una misera ventina d'anni l'età? E il giovane maturo, preparato e sportivo perché non potrebbe fare la stessa cosa raggiungendo l'età del giudizio con solo un paio d'anni d'anticipo? E che dire allora di moltissime altre percezioni: pensiamo a quelle sull'intelligenza. Chissà in quanti si percepiscono come degli acuti intellettuali ed ingegnosi intelligentoni ma, alla prova dei fatti, sono dei somari patentati. Cosa dovremmo fare con queste persone? Ammetterle come ricercatori al CNR sulla base delle loro personali percezioni per evitare di "opprimerli"? Chissà in quanti si percepiscono come attori, ballerini e interpreti di prim'ordine, eppure, alla prima alla Scala non ci mettono piede...Poveri oppressi e frustrati dalla cruda realtà! Perché il mondo reale, sappiatelo, è spesso diverso da quello che percepiamo e ce ne rendiamo conto ogni giorno, subendo delusioni e frustrazioni che progressivamente, e col tempo, collimano la cognizione che abbiamo del mondo con quello che è realmente. Da bambini tutti ci siamo bruciati un dito con una candela o una fiammella nel tentare di toccare quella fonte di luce che percepivamo come attraente...ecco che la percezione è diventata realtà insegnandoci che la fiaccola, oltre che attraente, è anche pericolosamente calda. E non venite a dirmi che la percezione del corpo fa eccezione e va considerata differentemente dalle altre percezioni perché, adesso, sareste voi i discriminatori e gli istigatori dell'odio!

Non bastano i cartoni animati rivisti, i libri per ragazzi censurati, il bombardamento mediatico delle serie TV, gli spot e i video che girano sui social, dobbiamo introdurre l'argomento anche nelle scuole per realizzare quell'approccio olistico e omnicomprensivo che la strategia gay di Kirk e Madsen sottende. Ma presentare ai giovanissimi l'omosessualità e la disforia di genere come una delle tante possibili varianti della sessualità che, secondo l'approccio lgbtq+, si può manifestare secondo un'infinita gamma di probabilità – ce lo dimostra l'acronimo arcobaleno che ogni mese si arricchisce di una lettera o di un segno in più – non è un ragionamento molto coerente. Curioso, innanzitutto, constatare che la sessualità si sia evoluta in senso opposto rispetto alla tecnologia. Quest'ultima è prepotentemente passata dall'analogico al digitale, dove il binario domina l'era dei microchip; la percezione del sesso ha subito invece l'evoluzione, o l'involuzione opposta transitando dal binario alla più ampia ed improbabile varietà delle manifestazioni che la comunità arcobaleno vorrebbe far accettare quali espressioni della normalità. La disforia di genere, ovvero il percepirsi del sesso opposto a quello che i nostri genitali ci mostrano, sino a qualche anno fa era chiamata Disturbo dell'Identità di

Genere (DIG) a significare che, se non qualcosa di patologico, comunque, il fenomeno rappresentava un problema, una sofferenza, una deviazione dalla normalità, un disagio, un qualcosa di cui occuparsi seriamente. Con il termine disforia, invece, si è edulcorato il significato sempre nella direzione di cercare di fare assorbire dalla normalità anche queste manifestazioni che, seppur naturali, tanto normali non sono. Vedere allo specchio sin da bambini il proprio corpo con genitali coerenti con il sentimento di identità percepito è sicuramente fonte di benessere. *"Sono e mi sento un bambino"* così come *"sono e mi sento una bambina"* sono percezioni che infondono benessere, stabilità e sicurezza e che vengono consolidate dalla famiglia, dall'ambiente nel quale si cresce, dalla società e, si spera, dai media. Il colore della coccarda sulla culla, il corredino preparato per la nascita, i giochi, i capelli lunghi spesso raccolti in trecce o code, gli amici o le amiche, i commenti degli adulti, sono tutti segnali che confermano all'infante la sua identità di genere e lo fanno stare e sentire bene. La costruzione dell'identità di genere si basa, infatti, sull'assunzione di modelli di riferimento nei confronti dei quali i bambini attivano processi di imitazione e, conseguentemente, di identificazione. Lungi dall'imporre una gabbia non solo più biologica ma anche culturale che incaselli i destini dei giovani verso mete preconfezionate su base sessuale, questa consolidata e condivisa consuetudine sociale ed educativa, che tende a rappresentare un modello maschile e uno femminile, rispecchia e rappresenta le predisposizioni della stragrande maggioranza degli individui che non percepiscono contrasti tra sesso e genere. La disforia di genere, nelle sue più svariate intensità, non interessa più del 1,3% della popolazione giovanile e non può quindi essere considerata una normalità né trattata come tale e tantomeno incentivata neanche a seguito dell'inondazione mediatica che subiamo ogni giorno. Molti testi medici e studiosi, al contrario del pensiero unico che ci vogliono imporre, definiscono la disforia di genere una *"condizione medica con sintomi psichiatrici, simile ai disturbi dello sviluppo sessuale"* anche perché questa incongruità tra sesso e percezione di sé crea, nella quasi totalità dei casi, dei disagi anche molto seri che si manifestano in una combinazione di ansia, depressione e irritabilità. Proprio per questi motivi promuovere e sostenere il concetto dell'identità fluida non appare molto assennato soprattutto se, per farlo, dobbiamo abbandonare quei modelli di riferimento che hanno garantito il loro successo per millenni. *"Vorrei essere come il papà, o come lo zio o il nonno"*, per i bambini, o *"mi riconosco nella mamma, o nella sorella maggiore o nella cugina"*, per le bambine, sono formule vincenti, sperimentate e sicure che garantiscono una vita serena ai fanciulli che, anche per questo, hanno il diritto di crescere nella famiglia naturale (o biologica o tradizionale che dir si voglia) o in quel costrutto sociale che vi si avvicini il più possibile e che includa, necessariamente, le due figure indispensabili alla procreazione: il papà e la mamma.

Ma è l'impianto stesso della legge promossa da Zan e da molti altri suoi colleghi che non condivido. Intanto mi baso sempre sui numeri – che fissazione – che dimostrano che le violenze e le aggressioni nei confronti dei non eterosessuali avvengono in quantità marginale nel nostro paese e, sicuramente, sono inferiori per ordini di grandezza alle violenze contro i minori o gli anziani dimostrando che non vi è alcuna emergenza di violenza contro gli arcobaleno[72]. Questo parametro non è insignificante perché la media di meno di 60 segnalazioni all'anno per crimini o discorsi d'odio per orientamento sessuale dimostra che l'Italia è tutt'altro che un paese omofobo o discriminatorio nei confronti dei gay rispetto a come lo si vorrebbe rappresentare. Inoltre, la proposta avanzata è profondamente liberticida: chiunque esprima un'opinione che possa essere percepita come offensiva o discriminante nei confronti della comunità lgbtq+ rischia di essere sottoposto a giudizio per appurare se si tratti di libera espressione delle proprie opinioni o di omofobia ed incitazione all'odio. Per quanto esecrabile, l'odio è un sentimento, un'emozione che non può essere represso nell'aula di un tribunale. Se questa è l'era dei diritti allora, come lo fece Oriana Fallaci, rivendico a gran voce anche il diritto all'odio e al disprezzo e a poterli manifestare liberamente nei toni e nelle maniere dovute. La libertà di espressione è una delle prime conquiste delle democrazie e,

---

[72] In base a quanto riporta l'Osservatorio per la sicurezza contro gli atti discriminatori (Oscad), per crimini o discorsi d'odio per orientamento sessuale tra il 2017 e il 2019 le segnalazioni in media sono state 57 l'anno.
Secondo le stime dei geriatri, un anziano su tre è vittima di abusi: 2,9 milioni sono gli anziani maltrattati psicologicamente, 600.000 quelli che subiscono truffe finanziarie, 400.000 le vittime di violenze fisiche, 100.000 gli 'over 65' oggetto di abusi sessuali.
Il numero dei reati commessi sui minori nel 2021 in Italia ha superato, per la prima volta, quota 6mila. I casi sono stati 6.248, per il 64% ai danni di bambine e ragazze.

non a caso, risiede nel primo emendamento della democrazia "moderna" più vecchia del mondo. La Costituzione americana sancisce al suo incipit: "*Il Congresso non potrà porre in essere leggi per il riconoscimento ufficiale di una religione o per proibirne il libero culto, per limitare la libertà di parola o di stampa o che limitino il diritto della gente* a riunirsi *in forma pacifica e a presentare petizioni al governo per riparare alle ingiustizie*". E mentre noi cerchiamo, a colpi di decreti, di fare approvare ogni diritto per la casta protetta degli lgbtq+, proprio la democrazia più vecchia del mondo fa marcia indietro: la Corte Suprema degli Stati Uniti ha recentissimamente ribilanciato il diritto a non essere discriminati con la libertà di parola e di azione. I giudici hanno stabilito che una *web designer* del Colorado, di fede cristiana evangelica, ha il diritto di rifiutarsi di realizzare siti *web* per il matrimonio di coppie omosessuali. La donna sosteneva che, per la sua fede, non crede nel matrimonio omosessuale e che "*il Colorado vuole obbligarmi a spendere la mia creatività per messaggi contrari alle mie convinzioni religiose*". Secondo i togati americani proprio il Primo Emendamento della costituzione USA protegge la *web designer* dalla creazione di testi in cui non crede. In Italia, proprio in questi primi giorni di luglio, varie testate giornalistiche hanno pubblicato un articolo di scandalo e vergogna che racconta la storia di una coppia di omosessuali a cui è stato rifiutato l'affitto di un appartamento a Milano. Ma se l'appartamento è privato i proprietari saranno liberi di farne ciò che vogliono e di locarlo a chi intendono loro? Inoltre, se l'immagine del mondo non etero ha qualche pur minima relazione con le sconcezze e le turpitudini che ormai da anni vengono ripetutamente ed orgogliosamente messe in mostra al *Gay Pride,* quei proprietari hanno poco da essere biasimati. Curioso e paradossale, infine, che negli stessi giorni di inizio estate sia apparso un altro sparuto articolo che illustra la storia di un attempato ex sindacalista bolognese che ha negato l'affitto della propria casa ad un cittadino con idee politiche di destra. Ma su questa vicenda nessuno grida allo scandalo e all'indecenza dimostrando l'approccio differenziato, ideologico e strumentale del mondo dell'informazione e di una certa frangia della società che promuove l'inclusività a corrente alternata ed è pronta ad accogliere amorevolmente chiunque, a giustificare ogni comportamento e a concedere la libertà di parola a tutti tranne a chi la pensi in modo diverso.

L'innalzamento della pena nel caso di uno stesso reato commesso nei confronti della comunità lgbtq+ come è saltato in mente a Zan? Vedere due uomini che si baciano e dire "che schifo" ha lo stesso identico impatto se l'espressione viene rivolta a due persone di sesso opposto che si slinguazzano in pubblico. Perché in un caso si rischierebbe di commettere un reato con pena aggravata e nell'altro invece no? Dire che un *trans* vestito da badessa, con le labbra gonfie su un viso che lascia intravedere le tracce della barba e che mostra le tette siliconate in pubblico durante il *Gay Pride* è ripugnante e disgustoso non implica l'istigazione all'odio né, tantomeno, dovrebbe essere più grave che rivolgere lo stesso commento ad una donna che si dovesse comportare allo stesso modo. Non vedo perché le offese contro gli omosessuali e i *trans* debbano essere più gravi sotto il profilo penale delle offese contro altre categorie di persone. Gridare *"gay di merda"* è altrettanto odioso e discriminatorio che gridare *"interista di merda"*, *"operaio di merda"*, *"uomo di merda"*, *"poliziotto di merda"*, *"professore di merda"*. Molti sedicenti giuristi sostengono che il delitto d'odio nei confronti di una certa categoria di persone deve essere considerato più grave perché chi lo commette ottiene l'effetto che tutte le persone appartenenti alla minoranza individuata (i neri, le donne, i mussulmani, gli omosessuali o i transessuali) si sentano minacciati e vivano, per questo, in uno stato di perenne paura e sottomissione. Ma proprio secondo lo spirito dei crimini contro l'eguaglianza, anche le categorie degli interisti, degli operai, degli uomini, dei poliziotti o dei professori, per quanto difficilmente individuabili in base a criteri di razza, etnia, nazionalità, religione o orientamento sessuale – come lo stabilisce la legge Mancino e lo vorrebbe imporre il "ddl Zan" – dovrebbero essere ugualmente tutelate giuridicamente. D'altra parte, tutte queste espressioni – oltre che dall'offesa vera e propria – sono contraddistinte da un pregiudizio in relazione a una determinata caratteristica personale o di appartenenza ad una determinata categoria. Secondo Mancino e Zan vi sono pertanto delle categorie protette nella nostra società, andando così a scardinare il principio fondante di uguaglianza formale che, insieme alla libertà d'opinione, è alla base della nostra civiltà giuridica e, persino del nostro benessere. Se, infatti, fossimo rimasti ai roghi degli eretici e alla limitazione della libertà di pensiero e di ricerca scientifica non avremmo potuto raggiungere il progresso tecnologico di cui tutti godiamo oggi. Quello che noi chiamiamo il mondo progredito – l'Occidente – non assomiglierebbe a quello che è adesso se non affondasse le proprie radici culturali e giuridiche e la propria stessa civiltà nella libertà di espressione del pensiero che rende perfino lecito proferire e divulgare ciò che è oggettivamente falso.

Non ci sono pene previste per chi sostiene che la Terra sia piatta o per chi divulga di essere stato rapito dagli alieni e nessun magistrato, nessuna autorità, nessuna istituzione ha il potere di censurare un'opinione perché la ritiene sbagliata o non aderente alla realtà. Questa libertà, ad oggi, se la sono indebitamente presa solo i biechi sostenitori del *politically correct* che censurano, cancellano, eliminano, imbavagliano, impediscono presentazioni di libri e creano liste di proscrizione nei confronti di chi non la pensi come loro.

Concordo pienamente sull'inasprimento delle pene per chi commette reati, soprattutto se l'azione è funzionale al ripristino o al mantenimento della legalità, ma non capisco la discriminazione delle azioni con rilevanza penale sulla base delle caratteristiche sociali o sessuali delle persone. Sono un convinto assertore che chi invade e si appropria indebitamente della proprietà pubblica e privata debba essere punito severamente. Allo stesso tempo non avrei tollerato una legge che prevedesse pene più gravi se la proprietà sottratta fosse appartenuta ad una comunità di omosessuali piuttosto che di eterosessuali. Sarei estremamente contento se si inasprissero le pene per chi ruba, tenuto anche conto delle preoccupantissime dimensioni che il fenomeno del furto ha assunto, ma diventerei furioso se a chi ruba a un gay venisse comminata una pena diversa da chi sottrae un bene a un etero. Una delle prime caratteristiche di una legge è la sua universalità, ossia la possibilità di applicarla nei confronti di ogni cittadino a prescindere da qualsiasi sua caratteristica di sesso, religione e colore della pelle. Queste norme proposte da Zan, così come la legge Mancino, creano invece delle categorie protette e stabiliscono una tutela speciale per certe classi di persone. Si può criticare aspramente chiunque, si può bestemmiare Cristo e la Madonna, si possono fare vignette dall'orrido gusto nei confronti di politici, religiosi e capi di Stato, ma guai a farlo nei confronti di un nero, di un Rom o di un omosessuale. In uno stato democratico l'espressione delle proprie opinioni, anche se dissacratorie; la satira, anche se piccante; l'esternazione dei propri pareri, anche se cinici e ai limiti della decenza, rientrano nella libertà di opinione. Le idee, i pareri, le opinioni, i pensieri, i convincimenti, per quanto estremi siano, si sconfiggono sul piano delle argomentazioni e non nelle aule dei tribunali. Solo la calunnia, il vilipendio, la diffamazione e l'offesa sono punite e credo che lo debbano essere in eguale misura a prescindere dall'oggetto dell'offesa. Ci possono essere delle aggravanti legate al ruolo e alla funzione della persona ingiuriata ma devono valere universalmente e non possiamo variare le pene in base al sesso, alla religione o al colore della pelle della vittima. Le aggravanti o le attenuanti specifiche devono avere valore universale e richiamarsi a condizioni specifiche ed oggettive, ma un reato non può essere più reato se rivolto ad un omosessuale piuttosto che a un nero, a uno zingaro o a un Sinti. Prendersela con una donna è raccapricciante perché, a ragione, si considera il genere femminile fisicamente più debole, più indifeso, più fragile dell'uomo e quindi l'affronto non è paritario. L'aggravante dovrebbe essere costituita dalla circostanza che una persona più forte ed in posizione dominante se la prenda con una più debole e incapace di reagire con parità di mezzi e di effetti ma non si può basare semplicemente sul sesso. Se un ragazzino magro, smunto e debilitato assesta un ceffone ad una nerboruta ed energumena campionessa di pugilato permettete che io non ci veda alcuna aggravante.

Ecco, allora, che di una legge contro l'omotransfobia io non ne vedo assolutamente la necessità e sarei pienamente d'accordo di rivedere tutti quei provvedimenti legislativi già in vigore nei quali si prevedono i delitti d'opinione. Nessuno vuole penalizzare i gay, discriminarli, odiarli e sottometterli, anzi, sono il primo sostenitore dell'assoluta libertà di manifestare i propri gusti e le proprie predilezioni nei modi che si reputano più opportuni. Fintanto che ci si muove in questa ampia e frastagliata area delle preferenze personali, infatti, si rimane nella traiettoria dei gusti, che proprio come tali, non sono "*disputandum*". L'esagerazione, l'ostentazione, l'esibizione, tuttavia, porta a delle conseguenze che chi le pratica dovrebbe accettare: se vai in giro vestito come un pagliaccio non ti lamentare se poi qualcuno ride né pretendere che tutti si vestano come te o che si cospargano le vie di statue di pagliacci per far sembrare le pagliacciate parte della normalità. I nostri antenati romani si vestivano con le tuniche, ma girare in metrò a Milano con un drappo purpureo addosso susciterebbe occhiate e risolini. Anche gli Scozzesi vestono le gonne, ma se vedi uno con un *kilt* a Palermo qualche sghignazzata alla *Vucciria* è scontata, ed anche pienamente legittima!

CAPITOLO X

"LE TASSE"

Io affermo che quando una nazione tenta di tassare sé stessa per raggiungere la prosperità è come se un uomo si mettesse in piedi dentro un secchio e cercasse di sollevarsi per il manico.
(Winston Churchill)

Tra i temi più ricorrenti nelle discussioni di tutti i governi, dei partiti politici, dei sindacati, dei comizi elettorali e anche delle piacevoli riunioni di fronte ad un aperitivo nei bar del centro vi sono le tasse. Chi ne vuole di meno e chi invece sostiene che sia necessario pagarne di più. Chi le vuole distribuite, chi progressive e chi piatte e tutti se la prendono con gli evasori. Tutti hanno ragione e tutti hanno torto: dipende dagli approcci e dall'idea di stato sociale e di libertà che ognuno di noi ha. Quello che colpisce, proprio perché la tematica ci tocca da vicino e riguarda i nostri portafogli, è l'animosità delle discussioni e l'interesse che suscitano. Immancabilmente, quindi, affiorano i ribaltatori della realtà e i demagoghi per professione. I toni, infatti, sono sanguigni e l'atteggiamento è spesso drogato dalla spasmodica ricerca del consenso che piega la cruda realtà a ben altri principi.

La prima falsa verità che viene comminata è che una maggiore tassazione e pressione fiscale sia giusta in quanto sinonimo di maggiori servizi per la popolazione e di uno stato sociale più equo ed inclusivo. Immagine, questa, da sconfessare immediatamente o, almeno, da non fare assurgere a verità assoluta.

Secondo una recente classifica, tra i paesi più felici al mondo spiccherebbero la Finlandia, l'Islanda, la Svizzera, l'Olanda. Tutte queste nazioni presentano una pressione fiscale inferiore di quella italiana e sono caratterizzate da servizi sociali ben superiori a quelli che il nostro Paese offre ai propri cittadini.

L'enciclopedia Treccani pubblica che il paese europeo che ha il sistema di welfare più efficace nel ridurre la povertà è l'Ungheria (-60%) che esercita una pressione fiscale di molte cifre inferiore a quella nazionale[73].

Per uscire dal Vecchio Continente, un altro Stato a elevato livello di prestazioni sociali ma a bassa pressione fiscale è il Canada in cui per le persone fisiche i redditi imponibili compresi tra i 100.000 e i 150.000 Euro vengono tassati al 29 % e l'aliquota massima, applicata per i redditi superiori, si attesta al 33%: ben dieci punti inferiore a quella italiana.

[73] I sistemi di welfare in Europa e nel mondo in "Atlante Geopolitico" (treccani.it)

L'IVA è la metà di quella nazionale e non esistono tasse sul patrimonio. Nonostante questa bassa pressione fiscale il paese della foglia d'acero ha un sistema sanitario universalistico e la speranza di vita dei Canadesi è in linea con quella dei paesi industrializzati. Senza essere degli specialisti in doppio petto usciti da una *Business and Administration University,* e considerando anche la molteplicità dei fattori che influiscono su questi complessi sistemi, appare pur chiaro che una corrispondenza diretta tra quantità di tasse e bontà del *welfare* sembrerebbe tutt'altro che essere dimostrata. Asserire, quindi, che per fare accorciare la lista d'attesa per un esame specialistico in una struttura della sanità pubblica sia necessario pagare più tasse è una distorsione strumentale della realtà. Sarebbe invece molto più indicativo approcciare il problema secondo il principio dell'efficienza per cercare di capire se il già cospicuo gettito fiscale venga impiegato propriamente e non venga invece disperso in rivoli e benefici superflui e se la sanità pubblica e le altre istituzioni statali impieghino virtuosamente i fondi a disposizione.

Altro luogo comune che sembrerebbe prevalere nel Belpaese è quello dell'improcrastinabile necessità di ridistribuzione della ricchezza che giustificherebbe l'aumento della già alta tassazione per le frange più agiate della società. Anticipo da subito che non gradisco il termine "ridistribuzione della ricchezza": evoca in me, nel migliore dei casi, un mostro tentacolare che priva di beni chi li ha guadagnati onestamente per darli ai meno fortunati ma anche a chi, probabilmente, non si adopera sufficientemente per essere autosufficiente. Questo perché non mi sono mai piaciuti gli approcci eccessivamente deterministici alla vita, quelli secondo cui tutto è già scritto, stabilito, immutabile e la volontà divina non può che realizzarsi implacabilmente. Mi piace invece pensare che ognuno di noi abbia in mano il proprio destino, che se lo costruisca giorno per giorno con le proprie azioni quotidiane sfidando anche il caso ed il fato con un'appropriata dose di volontà e determinazione. Gli audaci, quelli che secondo l'antico proverbio latino sono aiutati dalla fortuna, sono proprio costoro che con coraggio, merito, valore e competenza osano e tentano il tutto e per tutto per migliorare le proprie condizioni. Adattando questo ragionamento alla povertà se, da una parte, non può essere considerata una colpa, dall'altra non possiamo neanche interpretarla come una condanna dalla quale è impossibile sottrarsi secondo un principio che promuoverebbe un approccio fatalistico all'esistenza. Anche su questo tema vi sono due consolidate tendenze contrapposte: la prima, particolarmente affermata in tutti quei paesi in cui si attribuisce molta importanza e valore al "*merito*", vede lo stato di povertà determinato fondamentalmente da comportamenti e modi di essere dei poveri stessi e, dunque, ascrivibile – almeno in buona misura – alla loro stessa responsabilità. L'altra, consolidata invece nel Vecchio Continente ed in molti paesi a trazione socialista, tende a considerare la povertà prevalentemente il frutto di una società ingiusta. Nel primo caso è il singolo l'attore principale, quello che si deve dare da fare per determinare il proprio futuro, nel secondo, invece, secondo l'affermata tendenza alla de-colpevolizzazione dell'individuo, la società ed i governi si dovrebbero accollare anche questa responsabilità e dovrebbero "livellare" le disuguaglianze secondo il principio della "giustizia sociale". I poveri, i derelitti, gli emarginati i fragili vanno aiutati e sostenuti sul piano delle opportunità e non tanto su quello del mero assistenzialismo. Un vecchio slogan orientale diceva *"dai un pesce ad un uomo e lo sfamerai per un giorno, insegnagli a pescare e lo sfamerai per tutta la vita"*, ma se il nostro costrutto sociale tende ad appiattire tutto e a garantire quotidianamente il pesce sul tavolo, chi si prenderà la briga di impegnarsi nella pesca? In linea generale, quindi, sottolineare l'esigenza della ridistribuzione delle risorse ha una base di logica e raziocinio e ribadisce la necessità della solidarietà sociale che condivido pienamente ma, come ogni asserzione, deve essere suffragata dai numeri e da una fotografia della realtà che sia incontestabile.

Riferendoci al nostro Paese, la ridistribuzione della ricchezza è già in atto con delle percentuali che hanno dell'incredibile. Il misero 13% dei contribuenti versa allo Stato circa il 60% dell'IRPEF e quasi il 60% degli italiani vive alle spalle di quella minoranza che paga le tasse! Se non la chiamate ridistribuzione della ricchezza questa mi domando quale sia il meccanismo al quale aspirino i cosiddetti progressisti? Secondo i dati del 2020, infatti, circa il 43% degli italiani dichiara redditi che variano da zero a quindicimila euro lordi ed è pertanto quasi totalmente esente dal pagamento di ogni imposta. Sempre secondo questi dati, il 58% degli italiani versa solamente il 9% del totale dell'IRPEF riscossa dallo Stato. Come dire che più della metà degli Italiani vivono grazie al lavoro della restante minoranza e, in teoria, dovrebbero essere indigenti. In base a questa foto fiscale, infatti, un italiano su due guadagnerebbe al netto meno di mille euro al mese. Il condizionale è d'obbligo perché non servono investigatori specializzati per capire che la realtà è ben diversa. Ora, i capitali per garantire i servizi a questo ampia fetta della società che si professa indigente sono a carico quasi esclusivo di un'esigua percentuale di cittadini che dichiara redditi superiori ai 35.000 euro. Paradossalmente, proprio chi dichiara questi redditi e mantiene più della metà degli altri italiani non ha accesso a bonus, deduzioni e detrazioni elargite invece con grande generosità agli altri che, sulla carta, sembrerebbero sull'orlo della miseria. Senza voler continuare con i numeri e le percentuali, ma procedendo speditamente verso le conclusioni, prendendo in esame le funzioni sociali più importanti quali la sanità, l'istruzione e l'assistenza, viene ridistribuito il 71% di tutte le imposte dirette che sono prevalentemente a carico del 13% dei contribuenti. Partendo quindi da questi incontrovertibili dati, verificabili sul sito dell'ISTAT e dell'Agenzia delle Entrate, ne viene fuori un Paese in cui un'esigua minoranza, che non raggiunge il 15% di coloro che pagano le tasse, mantiene il resto della popolazione. Ha senso, quindi, parlare ancora di necessità di accrescere la ridistribuzione della ricchezza? Dai dati traspare, infatti, che la ricchezza è estremamente ridistribuita, forse troppo. La nostra Costituzione sancisce che l'imposta debba essere *"proporzionale all'aumentare della possibilità economica"* ma la situazione illustrata dimostra che questa proporzionalità è lungi dall'essere diretta assomigliando molto di più a una crescita asintotica. Al crescere del reddito la quantità di tasse da pagare cresce con legge quadratica raggiungendo situazioni grottesche in cui molti imprenditori rinunciano a sviluppare le proprie imprese perché l'incremento del fatturato non giustificherebbe lo sproporzionale incremento di imposte. In breve, far crescere l'impresa, e quindi la ricchezza generale, diventerebbe non conveniente a causa di una fiscalità troppo elevata.

Quanto descritto svela un'ulteriore menzogna, ovvero che gli Italiani siano oppressi dalle tasse. La situazione nazionale, invece, rappresenta la stragrande maggioranza degli Italiani che le tasse non le paga e che vive sulle spalle dello Stato beneficiando di servizi in termini d'istruzione, sanità, assistenza, trasporti e sicurezza per un valore molto più alto di quello dei contributi che versa. Chi è oppresso dalle tasse è quella minoranza famosa del 13 % di cui abbiamo già parlato! Quella alla quale, in nome di una "giusta" ridistribuzione della ricchezza, le tasse si vorrebbero incrementare ulteriormente.

Altra idea da ridimensionare è quella che individuerebbe nelle grandi multinazionali i responsabili per antonomasia della voragine nelle casse dell'erario nazionale. Secondo i dati che si evincono dal rapporto del 2020 dell'associazione globale *Tax Justice Network*, ripresi in un articolo di Vincenzo Visco[74], l'evasione delle grandi imprese in Italia ammonterebbe a circa 12 miliardi di dollari contro i 120-130 miliardi di evasione totale domestica. I benefici che quindi si otterrebbero da un'efficace e quantomai necessaria modifica della normativa internazionale in materia di tassazione delle multinazionali valgono circa il 10% dell'evasione interna. Giustissimo, doveroso e prioritario pretendere che i colossi del commercio versino quanto dovuto nelle casse dell'erario consapevoli, tuttavia, della necessità di altri interventi per arginare il complessivo fenomeno elusivo. Il problema dell'evasione fiscale in Italia, infatti, non è concentrato nelle grandi ricchezze ma è estremamente distribuito. In poche parole, è un fenomeno che riguarda tutti, indistintamente. Senza andare a scomodare statistiche e documenti ufficiali, ognuno di noi conosce chi non emette lo scontrino, chi fa lavoretti in nero, chi campa di espedienti senza dichiarare nulla al fisco, chi affitta senza dichiararlo, chi vive di assistenza ma ha altri introiti non ufficiali e, soprattutto, chi ha un livello di vita incredibilmente più elevato delle entrate che dichiara. Molti sono anche a conoscenza di meccanismi perversi come quelli di molti lavoratori che vengono assunti anche solo fittiziamente per 6 mesi e poi deliberatamente licenziati per far loro erogare l'indennità di disoccupazione mentre continuano a lavorare in nero. Tutte evasioni ed elusioni marginali che, se moltiplicate per il numero incredibile di chi le pratica, fanno raggiungere somme

---

[74] Le tasse delle multinazionali e l'Italia: perdite per 12 miliardi contro i 130 dell'evasione casalinga | Nens | nuova economia nuova società

estremamente alte. Il fenomeno è talmente diffuso che sembra far parte integrante del sistema. D'altra parte, sembrerebbe che il meccanismo principe impiegato dai governi che si sono succeduti negli ultimi decenni sia stato quello di alzare le tasse per chi le paga già al fine di compensare l'incapacità di farle pagare a tutti. Dagli anni settanta ad oggi, invero, la pressione fiscale nel Belpaese è sempre aumentata – con pochi periodi di eccezione – senza tuttavia bilanciare le sempre maggiori uscite della pubblica amministrazione che hanno comportato, nonostante l'incremento delle tasse, un contestuale aumento del debito pubblico. Ma incrementare le tasse è un meccanismo perverso e vizioso poiché proprio la tassazione elevata è uno dei fattori che più incentiva l'evasione e l'elusione. Se il cittadino percepisce la tassazione come ingiusta, sia in termini di valore assoluto sottratto ai propri guadagni sia in termini di scarsità di servizi che si vede rendere a fronte di una fiscalità opprimente, tenderà molto comprensibilmente a giustificare la sottrazione delle tasse allo Stato. Con una pressione fiscale inferiore i molti evasori marginali diventerebbero dei contribuenti onesti. Uno Stato efficiente produrrebbe il senso civico che spinge all'onestà e ai comportamenti virtuosi. Nella situazione attuale se non giustifico gli evasori li posso però comprendere. La solidarietà sociale è un bellissimo principio a cui tutti credono ma vedere il frutto del proprio lavoro finire in erogazioni assistenziali per mantenere chi, per innumerevoli anni, asserisce di non trovarlo un lavoro non piace a nessuno. Sentire cinquantenni percettori di reddito di cittadinanza asserire di non sapere fare nulla e di non avere alcuna qualifica per poter esercitare un'attività lavorativa lascia a bocca aperta. Né possiamo scaricare la colpa sullo Stato che sarebbe responsabile di non trovare il lavoro a chi lo aspetta seduto in poltrona, soprattutto pensando ai nostri nonni che, con una valigia di cartone ed un salame nel tascapane il lavoro se lo sono andato a cercare ovunque fosse stato disponibile. In trentacinque anni passati sotto le armi ho conosciuto centinaia di giovani provenienti dalle regioni più problematiche d'Italia e con i più alti tassi di disoccupazione giovanile. Quasi tutti ragazzi svegli e volenterosi che mi confermavano che, per chi ha voglia di lavorare, l'occupazione si trova anche al meridione. Non sarà quella della vita, all'inizio può essere saltuaria, scarsamente remunerata e, probabilmente, presuppone gavetta e sacrifici, ma consente di immettersi nel mondo del lavoro.

Per migliorare il sistema, oltre a rendere non conveniente l'evasione tramite un corretto e severo impianto normativo preventivo e repressivo, bisognerebbe adottare strategie pragmatiche. Il contrasto di interessi allargato a qualsiasi tipo di spesa potrebbe funzionare. Chi si lamenta delle pensioni assistenziali dovrebbe spiegare come ha fatto a giungere a 67 anni senza pagare un anno di contributi. Chi, a 55 anni, asserisce con naturalezza di non aver alcun titolo di studio e di non sapere fare niente dovrebbe spiegare come ha campato sino a quella veneranda età. Non potendo però lasciar morire di fame chi ormai ha raggiunto un'età avanzata vivendo di espedienti bisognerebbe prevenire per evitare che una situazione del genere continui e si ripresenti nel futuro. Le persone che hanno superato i 32-33 anni e non ha mai presentato una dichiarazione dei redditi andrebbero convocate e dovrebbero spiegare come fanno a vivere e giustificare i beni da loro posseduti. Fintanto che evadere le tasse continuerà ad essere conveniente rispetto a pagarle il fenomeno non si invertirà. Se solo una porzione dello zelo profuso in pandemia, per controllare che la popolazione non uscisse di casa, fosse speso per il controllo dei potenziali evasori, il gettito fiscale aumenterebbe immediatamente così come sono diminuite repentinamente le domande di reddito di cittadinanza all'annuncio di più serrati e minuziosi controlli.

Avendo lavorato molto con gli Statunitensi mi ricordo l'ossessiva preoccupazione dei colleghi americani al momento della presentazione della dichiarazione dei redditi. Qualche collega mi diceva molto onestamente che, nel dubbio, preferiva dichiarare qualche somma in più piuttosto che correre il rischio di essere accusato di una supposta evasione fiscale. Reato temutissimo negli USA proprio perché le pene correlate sono estremamente severe.

A contribuire a capovolgere la realtà vi è anche l'assurda persuasione che tassare le grandi fortune e i beni di lusso, oltre che essere giusto, porti a maggiori entrate fiscali. "*Anche i ricchi piangono*" – era lo slogan lanciato dal governo Monti che, in realtà, ha fatto piangere le casse dell'erario. Il gettito generato dalla tassa sul lusso, infatti, è stato impercettibile se non nullo. Il "Sole 24 ore" spiegava che le somme incassate dall'erario per il superbollo delle *supercar*, la tassa sulle imbarcazioni oltre i dieci metri e l'imposta erariale su aerei ed elicotteri hanno superato di poco i 92 milioni di euro contro i 387 milioni attesi. Di contro, il provvedimento ha causato la fuga delle imbarcazioni dai porti italiani, l'intestazione di yacht, aerei ed elicotteri a persone non residenti ed il crollo dell'indotto che la presenza di questi beni di lusso garantiva nei porti e negli aeroscali italiani. Nei porticcioli della Corsica, che nel 2012 e nel 2013 hanno registrato il tutto completo, si trovavano cartelli con scritto "Grazie Monti". La dinamica, peraltro, non è solamente italiana. Le due supertasse sulle auto di grossa cilindrata e sugli yacht introdotte da Macron nella legge finanziaria del 2017, per dare un misero contentino alle frange di sinistra, è stata una vera *Waterloo* fiscale. Il gettito che ha creato questa nuova imposizione è stato di miseri 15 milioni di euro di fronte ai 45 stimati. In compenso, la patrimoniale ha fatto scappare all'estero i grandi contribuenti francesi con rilevanti cali di indotto.

L'ideologia e la demagogia populista ci ha portato a ideare imposte sul lusso che costano allo Stato invece di ingenerare introiti per l'erario. Secondo i dati forniti dall'Unione Nazionale Rappresentanti Autoveicoli Esteri il superbollo sulle auto di grossa cilindrata, introdotto nel 2011 ed inasprito dal governo Monti, è costato alle casse dell'erario ben 120 milioni di Euro. A sei anni dalla sua introduzione la nuova tassa si è rivelata controproducente per le vendite delle vetture di alta gamma, in calo del 36%, e ha incentivato molti proprietari a disfarsi dei propri veicoli vendendoli all'estero e facendo perdere alle regioni l'incasso del bollo, l'IVA sulle riparazioni, la tassazione sulla RCA e i passaggi di proprietà. Una sorta di autogoal che ha provocato danni incalcolabili al settore, mettendo alla stretta commercianti e officine specializzate, in molti casi costrette a chiudere.

Ancora più eloquente è l'esempio dell'abolizione della citata supertassa sugli yacht e motoscafi di lusso, soppressa nel 2015 da un governo di sinistra. Il provvedimento abrogativo non solo non ha diminuito il gettito fiscale, ma ha contribuito a rilanciare il settore della nautica che, in Italia, rappresenta un'eccellenza assoluta e dà lavoro a decine di migliaia di persone. Il paradosso è che è stato proprio un governo di sinistra, della stessa sinistra che oggi rilancia su catasto, patrimoniali e tasse di successione, a riconoscere che la tassa sul lusso non solo era demagogica ma anche controproducente. Furono i sottosegretari al Ministero dell'Economia e Finanza Baretta e De Micheli, entrambi del Partito Democratico, a promuovere l'abolizione del balzello; gli stessi politici che oggi vanno a braccetto con Fratoianni che definì il provvedimento abrogativo una "sinistra politica" e non una politica di sinistra! Guarda caso, è stato proprio il bistrattato settore della nautica di lusso a non risentire neanche della crisi pandemica ed a continuare a garantire un gettito fiscale per lo Stato in quei momenti in cui tutto era fermo ed era lo Stato costretto a dover erogare risorse ai cittadini!

Chi conosce i meccanismi fiscali sa benissimo che i gettiti generati dalla tassazione delle grandi fortune sono minimi e controproducenti. Chi è molto ricco contribuisce allo stato sociale con altri meccanismi: investe in capitali e aziende; assume giardinieri, autisti, artigiani, personale per le pulizie e dipendenti per la manutenzione e valorizzazione dei propri beni; fa vivere le piccole imprese e società che girano attorno alle proprietà di lusso; gode di servizi e comodità che danno lavoro a centinaia di persone; attira capitali; attrae altri ricchi che alimentano il sistema. Chi produce ricchezza, incluse le partite IVA e i piccoli e medi imprenditori, contribuisce allo stato sociale creando lavoro, incrementando i consumi, favorendo lo sviluppo, promuovendo l'internazionalizzazione, sostenendo il *made in Italy* e non può essere oppresso da una elevata tassazione che ne comprometterebbe la competitività. L'alta marea solleva tutte le barche e la ricchezza, anche se materialmente nelle mani di pochi, porta al benessere di tutti. Se, infatti, è vero che le disuguaglianze aumentano è anche incontestabile che la povertà del mondo stia diminuendo drasticamente. I dati forniti dalla Banca Mondiale[75] e confermati dal rapporto ONU sulla povertà[76] provano che, dal 1999 al 2019, un miliardo di persone è stato sottratto alla fame e allo stato di degrado. La pandemia ed il conseguente rallentamento delle tanto disprezzate ed inquinanti attività produttive ha invertito la rotta nel 2020 corroborando l'idea

---

[75] Povertà, diminuisce ma per la maggior parte è creata artificialmente - ilSole24ORE

[76] Goal 1: End poverty in all its forms everywhere - United Nations Sustainable Development

che la creazione della ricchezza va a beneficio di tutti. Se il numero dei nababbi è incrementato e la ricchezza si trova sempre più concentrata nelle mani di pochi è anche vero che il meccanismo ha comunque sottratto una grande quantità di indigenti alla fame e alla povertà assoluta. Accanirsi sugli ultraricchi da un punto di vista fiscale non ha mai dato risultati. La Florida del governatore Ron Desantis dimostra, invece, che è proprio abbassando le tasse agli imprenditori e ai ricchi che si crea benessere per tutti. Lo Stato reso famoso da *Miami beach* ha raddoppiato la propria economia, ha ingenerato un boom di commercio ed ha eliminato la disoccupazione grazie ad una politica basata sulla riduzione delle tasse – anche ai più ricchi – e sulla semplificazione della burocrazia. Lo slogan del governatore è *"siamo qui affinché possiate far soldi!".* Locuzione ben diversa da chi invece i soldi li vorrebbe sottrarre a suon di F24.

Le trovate populiste non hanno pudore e l'altro grimaldello impiegato sul fronte delle imposte è quello della tassa di successione. Anche qua, gli entusiasti e i paladini della giustizia sociale che si battono per questo provvedimento omettono di rappresentare la realtà che, invece, ci rivela che la tassa di successione esiste già. Quella che io chiamo "imposta sulla morte" è già effettiva in Italia con una franchigia in linea diretta (padre –figlio) di un milione di euro e di soli 100.000 euro per gli altri parenti. L'ossessione della sinistra, quindi, non si basa su una nuova imposizione ma, eventualmente, su un inasprimento di quanto già esiste. A prescindere da quello che sia il gettito che si potrebbe generare con l'esasperazione della tassa di successione e dal numero delle famiglie che sarebbero colpite dal nuovo balzello, quello che scandalosamente emerge è che sarebbe la quinta imposizione dello stesso capitale. Ammettiamo, infatti, che venga tassata una seconda casa che dovesse essere ereditata. Quella stessa casa è stata comprata con un capitale che è stato guadagnato onestamente e che quindi è stato soggetto ad una imposta sui redditi. Trattandosi di persone facoltose, questi redditi sono stati tassati molto probabilmente con un'aliquota del 43%. Questa è la prima tassazione. Al momento dell'acquisto dell'immobile viene pagata l'IVA al 10% e le imposte catastali, ipotecarie e di registro. Questa è la seconda tassazione. Per ogni anno di possesso dell'abitazione deve essere corrisposta l'IMU, che rappresenta la terza tassazione del bene. Al momento del passaggio dal padre defunto al figlio vengono corrisposte le tasse ipotecarie e catastali (3% del valore catastale), che rappresentano la quarta tassazione del bene. *Dulcis in fundo*, se si inasprisse la tanto discussa tassa di successione, questa rappresenterebbe la quinta tassazione dello stesso bene!

Altra considerazione è l'autogoal che, come per la tassa sul lusso, si rischierebbe anche in questo caso di andare a segnare. Le ricchezze di grandi dimensioni sono infatti detenute all'estero, spesso coperte al fisco tramite *trust funds* o mandati fiduciari. La tassa tenderebbe a colpire soprattutto le proprietà immobiliari del ceto medio, quello stesso 13% della popolazione che già paga il 60% dell'IRPEF e che mantiene più della metà degli Italiani. La percezione di profonda ingiustizia della tassa porterebbe quindi i potenziali destinatari a ricorrere a qualsiasi espediente per eludere l'imposta: l'intestazione della nuda proprietà agli eredi è uno di questi accorgimenti combinato con l'esportazione dei capitali all'estero. Per ovvi motivi economici, inoltre, le aziende e le quote di controllo delle società sono escluse dalla tassa di successione sottraendo al fisco gli averi più consistenti proprio delle famiglie più ricche. Il gettito generato da questa nuova imposizione rischierebbe pertanto di essere risibile confinando la gabella al solo spazio ideologico utile, unicamente, a cercare di raccattare voti tra quelle frange che percepiscono la ricchezza altrui come una maledizione e come prova tangibile dell'incapacità personale di costruirsi una propria fortuna.

A tutto ciò aggiungo una mia considerazione personale. Quello che mi spinge a lavorare sempre di più, a guadagnare, a costruire e a investire nel futuro invece di accontentarmi di quello che ho è soprattutto l'idea di poter lasciare ai miei figli qualcosa di meglio di quanto non abbia ricevuto io stesso dalla vita. L'immagine del nonno che pianta un germoglio di olivo sapendo che non ne vedrà i frutti ci intenerisce da sempre perché in quel gesto si condensa una delle forze più propulsive e più potenti della società e che dà il senso alla vita stessa: favorire e sostenere la propria stirpe e la propria progenie. Poco mi ricordo della letteratura italiana, ma "I Sepolcri" del Foscolo mi hanno sempre affascinato perché introducono un meraviglioso significato dell'immortalità che viene intesa come il ricordo ed il lascito di quanti ci hanno preceduto. Il poeta si riferiva essenzialmente alla sfera spirituale, ma credo che anche la dimensione materiale abbia la sua importanza. Immaginare che quanto fatto dai nostri genitori e nonni per i propri figli e nipoti debba essere eroso, oltre che in vita anche in morte, dal famoso mostro tentacolare che ridistribuisce ricchezze mi provoca, sinceramente, una notevole amarezza ed inquietudine.

La lotta alla povertà e per la giustizia sociale e fiscale non può limitarsi ad incrementare i balzelli per chi le tasse le paga già ma deve inevitabilmente intraprendersi allargando l'aliquota dei contributori, creando ricchezza, riconoscendo il merito dei volenterosi e anche le responsabilità individuali dei pigri e di chi pretende di vivere sulle spalle altrui e, soprattutto, facendo in modo che tutti paghino il ragionevole dovuto. Uno Stato che si limita a ridistribuire ricchezze pone un freno allo sviluppo, scoraggia l'impresa, impaurisce i temerari, appiattisce la società e la schiaccia incentivando contestualmente l'apatia cosmica. Lo Stato che invece crea opportunità, combatte l'illegalità e la delinquenza, garantisce rapidamente la giustizia e lo stato di diritto, favorisce la libera impresa, incentiva i meritevoli, sprona i volenterosi e rimarca le differenze tra chi si impegna e chi tende a vivere del lavoro altrui, pone solide basi per uno sviluppo meritocratico della collettività e per il progresso del benessere e della prosperità complessiva.

CAPITOLO X

"LA NUOVA CITTÀ"

«L'inferno dei viventi non è qualcosa che sarà:
se ce n'è uno è quello che è già qui,
l'inferno che abitiamo tutti i giorni, che formiano stando insieme.

Due modi ci sono per non soffrirne.

Il primo riesce facile a molti:
accettare l'inferno e diventarne parte fino al punto di non vederlo più.

Il secondo è rischioso ed esige attenzione e approfondimento continui:
cercare e saper riconoscere che e che cosa,
in mezzo all'inferno,
non è inferno, e farlo durare, e dargli spazio».

Italo Calvino, *"Le città invisibili"*, Einaudi, 1972.

Il progressivo aumento della popolazione mondiale e l'accentramento di molte attività economiche, culturali e sociali in pochi agglomerati urbani hanno trasformato le città in metropoli di grandi dimensioni e di grandi problematiche. Delinquenza, traffico, inquinamento, rumore, degrado, sovrappopolazione e bullismo caratterizzano ormai i nostri insediamenti urbani. Come spesso accade, insieme alle criticità si sono anche moltiplicati gli pseudo-esperti alternativi ed ambientalisti che dispensano ricette per migliorare la qualità della vita. Capovolgendo l'essenza del problema e distorcendo la realtà vengono propinate formule che aumentano drasticamente il costo già smodatamente elevato di vivere in una metropoli senza, peraltro, fronteggiare all'origine i problemi. Quale risultato di queste politiche assurde e controproducenti il tasso d'inquinamento non varia, il traffico impazzisce, gli affitti crescono, le immondizie invadono le strade e molte destinazioni diventano sempre meno accessibili per chi ha poco. Le città si stanno trasformando in spazi per single privilegiati e funzionari ben retribuiti mentre diventano luoghi invivibili per famiglie con prole, lavoratori, anziani, artigiani ed operai costretti ad emigrare verso i sobborghi o verso altre realtà meno popolose ed esclusive.

Le idee più brillanti si fanno strada ovunque e sono sempre caratterizzate da divieti, proibizioni, limitazioni alla nostra libertà, condizioni e vincoli da rispettare rigorosamente in nome di un urbanesimo più *friendly*, ecologico, socialmente giusto e sostenibile.

Il traffico urbano è uno dei primi soggetti a salire sul banco degli imputati, ad essere sentenziato colpevole e condannato ferocemente. Capo d'accusa: l'inquinamento. Peccato che l'inquinamento, nonostante l'incremento delle auto e degli abitanti nelle città europee, sia in costante e progressiva decrescita già a partire dagli anni '90 con diminuzioni anche molto rilevanti di alcuni contaminanti atmosferici. A certificarlo proprio l'Agenzia Europea per l'Ambiente[77].

Chiusura dei centri che diventano pedonali, limiti di velocità a trenta all'ora per i pochi veicoli autorizzati, circolazione vietata ad ogni auto inferiore ad "*Euro 6*", tasse per accedere alla ZTL sono le pene inflitte da una giuria degna di un tribunale rivoluzionario. Chi sgarra viene ripreso da telecamere cosparse lungo tutte le arterie e multato salatamente rimpinguando così le sempre più avide casse del comune. Ma anche senza le sanzioni amministrative i salassi e i divieti sono diventati costanti: parcheggi pubblici scarsi e a prezzi impossibili, aree destinate alla sosta rosicate da piste ciclabili e garage sotterranei carissimi contribuiscono ai prelievi quotidiani dalle tasche dei cittadini. I nuovi urbanisti propongono contestualmente una mobilità ecologista e alternativa fatta di biciclette e monopattini elettrici, mezzi pubblici che scarseggiano e salutari passeggiate.

La Natura e l'atmosfera, tuttavia, non sembrano averne giovato particolarmente. Dal punto di vista dell'ambiente, infatti, i risultati ottenuti non sono per niente

---

[77] Emissions of the main air pollutants in Europe — European Environment Agency (europa.eu);
Emissions of the main air pollutants in Europe (europa.eu)

incoraggianti. Le statistiche e i dati sino ad ora raccolti ci indicano che il traffico urbano ha una responsabilità contenuta sull'inquinamento cittadino. A definitiva riprova di ciò, nel 2020, anno in cui a causa del Covid la circolazione nei centri urbani era praticamente ridotta di più del 70%, non si sono rilevati miglioramenti significativi della qualità dell'aria[78]. Anzi, l'inquinamento ha continuato a superare i limiti raccomandati dall'Organizzazione Mondiale della Sanità un giorno su quattro nonostante che anche l'attività industriale fosse sensibilmente ridotta. Se non bastasse questa evidente prova, sono ormai decadi che a Milano assistiamo ai superamenti dei limiti d'inquinamento previsti. Tutti questi sforamenti avvengono sempre nel periodo gennaio-aprile e mai quando i riscaldamenti domestici sono spenti. Anche all'osservatore poco attento questa inconfutabile realtà dovrebbe suggerire che i maggiori responsabili dell'inquinamento non sono i veicoli ma altro. Ma i prodi e progressisti amministratori locali continuano a prendersela con le automobili rendendo impossibile la vita ai cittadini e facendo ricadere sui privati i costi dell'adeguamento. A Bologna, visto che malgrado le limitazioni alla circolazione i limiti degli inquinanti

---

[78] Smog: in Lombardia con lockdown non migliora qualità aria Inquinamento - ANSA.it

Con il lockdown non è nemmeno calato il Pm10 in Lombardia (agi.it)

L'inquinamento in Italia durante il lockdown | Consiglio Nazionale delle Ricerche (cnr.it)

La pandemia ha realmente migliorato l'aria che respiriamo? | Fondazione Umberto Veronesi (fondazioneveronesi.it)

atmosferici continuano a non scendere, l'amministrazione progressista ha avuto un'idea geniale per stroncare le reni all'arrogante e reazionario pulviscolo: vietato fare il *barbecue*! Chi viene sorpreso in giardino o sul balcone a fare una grigliata nei giorni in cui i valori di Pm10 risultano superiori alla norma viene severamente sanzionato. Ronde di agenti della Municipale girano per la città delle due Torri sbirciando nei cortili e fiutando l'aria in cerca di aromi di salsiccia alla brace o di peperoni grigliati e pronti a comminare le temute ammende. Oppure si affidano alla delazione dei vicini che, invidiosi per la succulenza degli arrosti e degli spiedi, si rivolgono all'ordine costituito per fermare i pericolosi deturpatori dell'atmosfera.

Nella città verde, se voglio accedere ai centri urbani mi devo comprare l'automobile *full electric* aprendo a fisarmonica il mio portafoglio. Senza contare che, ai fini dell'inquinamento globale, questa elettrificazione dei veicoli oltre a non essere né economicamente né ecologicamente conveniente – considerato il *life cycle* dei veicoli a batterie – presenta un altro controproducente effetto: il veicolo permutato, infatti, quello con il motore termico euro 4 o 5, in perfetto stato di marcia e, secondo i canoni occidentali super inquinante, non verrà distrutto o riciclato. Sarà esportato nei paesi, anche molto vicini al nostro, dove farà la felicità di qualche famiglia marocchina, algerina o egiziana e continuerà ad inquinare il mondo come e forse più di prima! E la famiglia marocchina, contenta del nuovo tecnologico acquisto, non si disferà della vecchia carretta euro zero che aveva avuto sino ad allora, ma la venderà per pochi spiccioli al povero agricoltore che da anni anela a muoversi più comodamente che a dorso del proprio somaro. Sono in miliardi in Cina, India, Africa e Asia a voler uscire da uno stato di povertà assoluta e non aspettano altro di ricevere l'esubero dei prodotti "inquinanti" di cui il ricco occidente si priva in nome di una falsa idea di ecologia.

Anche la nuova direttiva europea sulle case *green*, che dovrebbe limitare l'annosa problematica dell'inquinamento da riscaldamento, applicata ai centri urbani diventa un'assurdità. In quasi tutte le metropoli storiche non si può applicare per svariate motivazioni. Innanzitutto la paesaggistica: incollare 13 cm di cappotto termico esterno ad edifici costruiti dai 100 ai 400 anni fa sarebbe un cazzotto all'arte e allo stile della città e, non a caso, la norma proposta prevede questa eccezione. Piazzare una pompa di calore al posto della caldaia a metano pone la stessa problematica alla quale se ne aggiunge un'altra di natura tecnica. La pompa di calore deve stare all'aria aperta e in un centro cittadino storico sarebbe inguardabile vederla appesa alle pareti esterne degli edifici storici. Da un punto di vista tecnico, inoltre, richiede una potenza notevolmente superiore ai tre chilowatt che moltissimi appartamenti hanno attualmente. Bisognerà quindi aumentare la potenza per ogni abitazione con ulteriore incremento di spesa e, probabilmente, con un adeguamento degli impianti elettrici. Infine, per realizzare un efficientamento degno di nota, la pompa di calore deve funzionare riscaldando l'acqua a temperature più basse di quelle di una caldaia a gas. È necessario, pertanto, aumentare le superfici radianti o tramite una ristrutturazione completa che realizzi il riscaldamento sotto-pavimento o tramite l'installazione di pannelli radianti molto più grandi dei normali termosifoni. In poche parole, un cantiere in casa, un salasso di denaro incredibile e l'esecuzione di lavori di grande rilevanza che potrebbero non essere compatibili con il soggiorno contestuale degli usufruttuari delle abitazioni.

Da un punto di vista sociale, inoltre, le case *green*, le limitazioni alla circolazione e la proscrizione dei veicoli termici sono provvedimenti che si ripercuotono soprattutto sulle fasce medio-basse della popolazione – quelle disagiate – che arrivano a fine mese con una manciata di spiccioli nelle tasche. Quello che per un *single* benestante può sembrare un luogo più vivibile perché più verde, meno trafficato ed *ecofriendly*, per una famiglia monoreddito con tre figli minorenni si trasforma in un inferno. L'auto, con quello che costa l'acquisto di una *full electric*, a cui bisogna sommare i costi per mantenerla, non se la può permettere. La mattina la madre deve accompagnare i 2 figli che vanno alle elementari in bicicletta o in monopattino mentre il padre, sempre pedalando, accompagna il maggiore alle medie. Bisogna poi recarsi al lavoro, sperando che sia a distanza di pedalata e che il meteo non sia troppo inclemente, altrimenti bisogna districarsi nei meandri di un trasporto urbano affollato e spesso inefficiente. Nel pomeriggio, stessa problematica per accompagnare i ragazzi a fare sport, sperando che scelgano le stesse discipline e che siano nello stesso plesso. La spesa diventa un incubo senza un'auto, bisogna farla nei negozietti sotto casa dove, notoriamente, i prodotti sono più cari, a meno di non farsela portare a casa con ulteriore aggravio dei costi. Il supermercato e le grandi superfici diventano *off limits*, forse anche volutamente secondo la logica degli ambientalisti a chilometro zero e a portafoglio gonfio. Anche le eventuali e rare uscite serali diventano problematiche, a meno di non inforcare una bicicletta in abito da sera e *smocking* per recarsi a teatro. E le 5 biciclette di cui la famiglia deve essere dotata dove trovano sistemazione se non nei corridoi angusti del piccolo appartamento di edilizia popolare? Lo stesso appartamento che dovrebbe essere completamente ristrutturato per farlo diventare ecosostenibile.

Se sono un idraulico, un vetraio, un elettricista o un muratore e con il mio furgone, che rappresenta anche la mia attività commerciale, devo girare per la città e parcheggiare l'auto per raggiungere la clientela come faccio? Il camioncino inquina ed è proscritto; la sosta costa un capitale; le strade diventano pedonali e le piste ciclabili hanno eroso le aree di parcheggio. La città diventa un incubo e devo andarmene. Il posto di tutti questi artigiani e piccoli imprenditori verrà preso da grosse imprese che assumeranno a salario minimo i vari professionisti a contratto di apprendista o a tempo determinato e si potranno permettere, avendo un'ampia rete di assistenza e ricarica, di dotarli di centinaia di tricicli e minifurgoni elettrici. Chi lavorerà per queste imprese, a similitudine di quanto avviene per i *riders*, saranno soprattutto immigrati di paesi poveri che si accontenteranno di un salario ridotto, di condizioni di vita scarse, di fare i pendolari dai quartieri dormitorio e di protratti orari di lavoro. In sostanza, si realizzerà l'inverso di quella tanto sbandierata ridistribuzione della ricchezza tanto cara alla sinistra, uccidendo l'impresa privata e livellando verso il basso la retribuzione. Queste dinamiche le abbiamo già viste in molti altri settori.

Se sono *single* e benestante, invece, tutto va per il meglio. Ho acquistato una *Tesla* intestandola alla mia società e sfruttando tutti i benefici del caso. Vivo in un *loft* in centro con un ampio garage. Ho installato i pannelli solari sul tetto perché non necessito dello sconto in fattura ma posso pagare con i miei fondi e trarre vantaggio dei benefici previsti, essendo fiscalmente capiente. Approfittando dell'autoconsumo dell'energia prodotta dal sole risparmio anche in carburante. Lavoro vicino casa poiché abito in centro e posso muovermi in bicicletta, anch'essa elettrica e tenuta in garage vicino alla macchina, favorendo il mio *look trendy* e progressista. Se poi voglio evitare qualsiasi contrattempo prendo un taxi, magari scaricando la fattura sulla società! Eccolo il paradosso della svolta *green*: bello e alternativo per i ricchi ma impossibile per la stragrande maggioranza della popolazione che, però, ne sopporta quasi interamente tutti i disagi.

Il limite dei 30 all'ora è un'altra delle bufale introdotte recentemente. Come per i sistemi idraulici, dove la portata è direttamente proporzionale alla sezione del condotto, per snellire il traffico urbano sono necessari i viali a più corsie e a veloce scorrimento che consentono l'afflusso e l'uscita dall'agglomerato e, in poco tempo, smaltiscono la grande quantità di veicoli in movimento. Le auto, inoltre, consumano meno e inquinano meno quando possono muovere con rapporti più alti. In quinta o in sesta e a 70 all'ora un veicolo moderno a gasolio consuma meno di 1 litro ogni 20 chilometri. Lo stesso mezzo in seconda marcia e a trenta all'ora consuma il doppio. Le emissioni sono quindi maggiori a velocità più limitata e a parità di distanza percorsa. Ma dove vivono quelli che sostengono che si inquina di meno? Il traffico impazzisce perché anche il deflusso verso la periferia si fa più lento ed aumenta la densità di veicoli presenti nel centro urbano.

Anche dal punto di vista della sicurezza non vi è un riscontro oggettivo che la circolazione a trenta all'ora sia più conveniente di quella attualmente autorizzata nelle città. La gran parte degli incidenti sono causati dalle distrazioni e se mi imponi di viaggiare lentamente per ore avrò molte più possibilità di distrarmi. Se devo allungare le permanenze in auto, a causa della bassa velocità, utilizzerò questo tempo per lavorare, parlare al telefono, mandare messaggi, connettermi con gli amici e via dicendo. Un recente studio basato sul metodo scientifico – e non su credenze e stregonerie modaiole – e pubblicato sul *Journal of Epidemiology and Community Health*[79] rivela che l'introduzione del limite a 32 Km all'ora su 76 strade di Belfast non ha

---

[79] Investigating the impact of a 20 miles per hour speed limit intervention on road traffic collisions, casualties, speed and volume in Belfast, UK: 3 year follow-up outcomes of a natural experiment | Journal of Epidemiology & Community Health (bmj.com)

comportato alcuna *"differenza statisticamente significativa"* sul tasso a lungo termine di incidenti e vittime. Sentire parlare di sicurezza stradale a chi è un tifoso dell'introduzione in circolazione dei monopattini elettrici, che sono tra i veicoli più pericolosi al mondo, è quantomai grottesco e rivela la malafede di molti amministratori locali. Chiunque abbia avuto un'infanzia felice si ricorda delle ginocchia sbucciate e delle terribili piattonate per terra prese cercando di far avanzare un monopattino a spinta. Lo stesso mezzo dotato di un motore elettrico raggiunge velocità più elevate peggiorando gli esiti di un'eventuale caduta. Il trabiccolo, inoltre, è instabile per costruzione. Alza il baricentro dell'uomo, incrementando la possibilità di perdere l'equilibrio; ha ruote piccole, non idonee a superare le asperità e i dislivelli e che impongono raggi di curvatura molto ampi; è munito di freni spesso poco efficienti. Nella sola Parigi, i primi dieci mesi del 2022, ci sono stati 371 incidenti a causa dei monopattini elettrici e la prefettura della città ha rivelato che nel 72% dei casi la colpa era proprio dei conduttori delle carriole con manubrio. Proprio a causa di questa incidentalità si sta pensando di regolamentarne l'uso in senso restrittivo nella capitale francese, con buona pace della sindaco Hidalgo che ne aveva sponsorizzato la diffusione. In molti quartieri si è addirittura pensato di ricorrere ad una votazione popolare per proibire i monopattini. Ed anche in questa occasione l'interesse economico prevale sulla sicurezza poiché il gestore principale dei monopattini – la società *"Lime"* – è stata accusata di aver offerto minuti gratis di impiego dei mezzi per influenzare il voto dei cittadini. Ma, finalmente, il

2 aprile scorso, i Parigini si sono espressi come solo la democrazia concede loro di fare e, sbugiardando la "*sindaca progressista*", uno schiacciante 89% dei votanti hanno scelto di vietarli i monopattini in locazione. Il ministro dei trasporti Clément Beaune sbroncia e sbuffa, come solo i cugini transalpini sanno fare quando vengono colpiti nel loro sentimento di grandezza, e ribatte sostenendo che sia stato un suffragio farsa quello in cui solo centomila abitanti della capitale su più di due milioni di residenti si sono recati alle urne. Ma gli esiti del plebiscito sono indiscutibili: da settembre proscritti i trabiccoli locati, con buona pace dei *radical chic* (che in Francia chiamano *Bourgeois-Bohème)*, dei verdi, dei ragazzini che avevano scambiato le strade di una capitale per piste di *go-cart*, degli attivisti, degli architetti di nuova concezione e, soprattutto, delle società che, pensando di fiutare l'affare milionario sulla pelle dei poveri cittadini, avevano investito grandi capitali per riempire la città di manubri con le ruotine. Dove andranno a finire, ora, i 15.000 monopattini della Lutetia Parisiorum? In discarica? in fondo alla Senna? Al ferrovecchio? O verranno trasportati altrove emettendo, in tutti i casi, grandi quantità di quella CO_2 che, chi aveva promosso l'iniziativa crede ci porterà all'estinzione. Anche nel frangente della sostenibilità economica le recenti notizie pervenute azzoppano il già claudicante cavallo di battaglia dell'ideologia *green* applicata alla mobilità urbana. Fallisce VanMoof: la prima start-up olandese diventata colosso multinazionale delle biciclette elettriche urbane. Dopo più di duecentomila velocipedi elettrici venduti in tutto il mondo chiude i battenti sommersa dai debiti. Da quanto si

legge sulla testata economica olandese *FD*, la VanMoof
perdeva denaro ad ogni bicicletta venduta a causa degli
esorbitanti costi connessi alle riparazioni in garanzia delle
biciclette trasformate, da semplici ed economici veicoli a
pedali, a complessi ed iperconnessi sistemi di mobilità
elettrica dotati di "*chiave* digitale unica" ma che non reggono
l'impatto con un acquazzone o con una buca sull'asfalto. Se
a questo aggiungiamo che per aggiudicarsi un gioiello con
le ruote VanMoof sono necessari più di 3000 euro – a
fronte della manciata di spiccioli necessari per l'acquisto di
una bicicletta usata che, con delle buone gambe, assolve agli
stessi compiti – ci rendiamo conto del prevedibile fiasco a
cui è andata incontro la start-up della mobilità progressista
ma elitaria.

Il limite dei 30 all'ora e le Zone a Traffico Limitato
si inquadrano quindi in una serie di provvedimenti che
hanno il solo scopo di disincentivare l'uso dell'auto. Se con
un'auto non posso andare in centro o devo andare alla stessa
velocità che su un monopattino o su una bicicletta chi me
lo fa fare di usarla? Se poi rischio multe salate, mi devo
districare tra tricicli, monopattini e velocipedi che circolano
anche in controsenso, devo stare attento alle telecamere e
non trovo parcheggio il gioco è fatto. L'auto privata, quindi,
il simbolo della libertà, dell'emancipazione, degli anni del
boom economico dove rappresentava la conquista degli
operai che, a rate, si compravano la 600 Giardinetta, deve
essere distrutta, eliminata, rottamata. L'immagine del
proletario che, sistemando mezzo metro cubo di bagagli e
cianfrusaglie su un improbabile e improvvisato portapacchi

da tetto caricava tutta la sua famiglia sulla Fiat 124 per portarla in villeggiatura nei periodi di chiusura delle fabbriche è destinata al museo. E con essa molte delle nostre libertà che consideravamo acquisite per sempre.

Nella Roma piena di rifiuti e di buche sulle strade la neo eletta Giunta Gualtieri – rigorosamente e orgogliosamente verde e progressista – vuole realizzare una tra le Zone a Traffico Limitato cittadine più estese d'Europa, ma con un piccolo particolare: la vuole mettere in atto prima di aver compiuto una rete di trasporto pubblico efficiente. Come sostengono fieramente i vari assessori della giunta verde e progressista *"se aspettiamo il trasporto pubblico a Roma non la famo mai!"*. E gli stessi amministratori sostengono, con altezzoso piglio, che il primo scopo del provvedimento coercitivo è quello di limitare il numero delle macchine nella città. Quindi, l'operaio che ha una vecchia *Euro3* che però gli consente di vivere, di lavorare, di accompagnare i figli a scuola che fa? La rottama? E poi come gira, visto che candidamente hanno asserito di non voler aspettare la realizzazione di una rete di trasporti adeguata alla popolazione e alle esigenze della metropoli? E dopo che l'ha rottamata, perché in città non la può più usare, come ci va in vacanza? E a trovare i nonni che magari abitano in campagna in un'altra regione? Sarebbero oltre cinquecentomila le auto da rottamare a Roma e, sicuramente, questa classe di veicoli non appartiene certo alle fasce agiate della società, ma i proprietari sono le famiglie di ceto medio-basso che, spesso, a quel genere di vetusta mobilità privata non possono proprio rinunciare.

Peccato, inoltre, che gli autobus pubblici che girano per la città eterna, quando non prendono fuoco, siano quasi tutti degli inquinanti *Euro3* ma, nella logica della sinistra progressista bisogna sempre iniziare dai privati perché l'*"esempio"* è una virtù che non rientra nella panoplia delle qualità *green*.

L'altro girone infernale delle città verdi è quello dedicato alla gestione dei rifiuti. I nuovi ambientalisti nazionali bocciano ogni tipo di ecovalorizzatore e impongono una raccolta porta a porta che ci obbliga a tenerci nello sgabuzzino del nostro piccolo appartamento i gusci delle cozze mangiate giorni prima in attesa della giornata giusta per conferire gli scarti biologici. Travisando la realtà ed in malafede ci dicono che i rifiuti sono diventati risorse. Se così fosse, perché ci costano sempre di più visto che, secondo uno studio di Confcommercio, la tassa sui rifiuti urbani è cresciuta di circa l'80% negli ultimi 10 anni? Eppure, la situazione del decoro pubblico nelle strade delle città italiane non sembra migliorare: il caso di Roma è eclatante, dal momento che il Lazio è la regione con la tassa sui rifiuti più alta. Chi trae beneficio da queste nuove "risorse" non è certo il cittadino. Forse sono gli operatori ecologici, assunti in quantità doppie rispetto alla raccolta con cassonetto per far fronte alle necessità della raccolta porta a porta; forse sono le imprese di trattamento delle immondizie a realizzare i guadagni insieme alle industrie destinatarie del prodotto finito, ma non certo il cittadino che ogni anno si vede salassare il già esangue portafoglio senza poter battere ciglio. La soluzione dei cassonetti intelligenti, già in uso da anni in Germania ed in altre nazioni del Nord Europa, che combinando l'impiego di una tessera di riconoscimento e di telecamere consentono il conferimento dei rifiuti già separati con efficienze del tutto simili al sistema porta a porta non piace. Non è progressista. Forse è troppo moderno. O forse limita le amministrazioni locali nella loro autonomia di poter assumere, quasi sempre dopo le elezioni, pletore di operatori ecologici per fare lo stesso lavoro di una macchina.

In una buona parte dei casi questo atteggiamento è combinato con il rigoroso "no" ad ogni tipo di ecovalorizzatore che possa rendere al cittadino un qualche servizio. Ne hanno costruiti ovunque: in alcune virtuose città del nord Italia, nella super-ecologista Copenaghen, in Olanda, in Francia, in Germania, ma gli ambientalisti nostrali si oppongono con tutte le forze preferendo pagare prezzi da capogiro per l'esportazione dell'immondizia piuttosto che sfruttarne la combustione. A Brescia il riscaldamento urbano a prezzi contenutissimi è garantito proprio da un impianto di questo tipo le cui emissioni sono controllate in tempo reale e non destano preoccupazioni.

Tutto questo contribuisce a trasformare le città da un luogo dove vivevano operai, artigiani e fasce di popolazione a basso reddito ad ambienti esclusivi fatti a misura per funzionari benestanti e ben pagati, ricchi imprenditori, diplomatici e abbienti operatori dello spettacolo, dell'arte e della cultura. Tutti gli altri non se la possono permettere la città, oppure la subiscono come una maledizione.

Agli scettici che rifiutano questa considerazione propongo l'esempio della tanto declamata capitale francese. Da quando Anne Hidalgo è stata eletta sindaco, nel 2014, Parigi è presa ad esempio per le iniziative progressiste riguardanti il traffico, le aree verdi, i parcheggi e le vie ciclabili. La viabilità urbana è stata sconvolta. I viali lungo la Senna – i famosi *"quais"* – si sono trasformati in aree pedonali e in spiagge estive, le vie ciclabili hanno preso il posto dei parcheggi, le interdizioni al traffico, i sensi unici e i limiti di velocità si sono moltiplicati e ogni provvedimento per disincentivare l'uso dell'auto è stato severamente preso. Qualcuno insinua si sia ricorso anche ai cantieri farlocchi per bloccare le strade. Almeno per ora sul fronte dei rifiuti Parigi è rimasta una città virtuosa, visto che la nuova sindaco non ha avuto ancora il tempo per demolire i 7 inceneritori che da decenni trasformano le immondizie in calore ed energia elettrica per le case parigine. Ma anche su questo fronte c'è qualcosa che non funziona, visto che la capitale si è riempita di ratti e topi, chiamati con il sostantivo più accettabile di *"surmulots»* dagli ecologisti che li vogliono proteggere. Ce ne sarebbero più di tre milioni a Parigi! Chiaramente, tutte queste iniziative definite verdi hanno avuto un costo molto elevato: il debito della città è passato dai 3,6 miliardi nel 2013, ai 4,6 miliardi nel 2015 sino ad arrivare a quasi 8 miliardi nel 2022. Un indebitamento cresciuto di più del 90% sotto la guida della sindaco più verde di Francia. La ricetta dei progressisti è sempre la stessa e dopo avere mandato in bancarotta le casse del municipio Anne Hidalgo è ricorsa all'aumento del 50% della tassa di abitazione (*taxe foncière*). Le sinistre esultano ritenendo la casa un patrimonio che deve essere bacchettato. Peccato che, anche qua, a sopportarne le conseguenze più aspre siano sempre gli stessi cittadini che sbarcano il lunario: *"tra i monopattini, le biciclette, la riduzione della viabilità…tutto questo comporta che la città sia meno facile da vivere oggi. Se diventa anche più difficile da un punto di vista finanziario, questo è veramente troppo"*[80] – dichiara Christian, proprietario di appartamento a Parigi. Secondo l'Istituto Nazionale di Statistica e Studi Economici francese, 120.000 parigini hanno lasciato la capitale negli ultimi 10 anni, proprio dopo l'elezione del sindaco alternativo. Chi lascia Parigi sono i ceti medio bassi, esausti delle angherie imposte ed impossibilitati a sostenere un costo della vita che, in nome di un ambientalismo ottuso e senza senso, sta diventando sempre più elevato. Chi parte non va in campagna perché attratto da una vita bucolica e pastorale, ma il 90% dei Francesi che lascia la capitale se ne va in un altro ambiente urbano[81] più vivibile e permissivo e, forse, meno stoltamente verde. Secondo l'istituto francese, la Parigi che insegue la rivoluzione verde diventa una città per privilegiati: single, dirigenti, funzionari, operatori ben pagati che lavorano nell'ambiente della moda, dello

---

[80] « *Entre les trottinettes, les vélos, la réduction de la voirie… Tout cela fait que c'est une ville moins facile à vivre aujourd'hui. Si elle devient en plus difficile à vivre financièrement, cela va faire beaucoup* »

[81] 90 % des Parisiens qui quittent la capitale s'installent dans une commune urbaine - Insee Analyses Ile-de-France - 143

spettacolo, dell'arte, della sanità, dell'istruzione e della cultura. Nella Ville Lumière non in molti si sposano e quelli che lo fanno si uniscono ad un altro funzionario/dirigente costituendo un nucleo familiare agiato[82]. Paradiso per i ricchi, ma allo stesso momento inferno delle famiglie con prole, degli operai, dei lavoratori dei cantieri e delle manifatture, dei ceti medio bassi, dei figli e di chi, per lavorare, ha bisogno di usare un veicolo. Anche gli anziani non se la passano bene non potendo beneficiare della mobilità "dolce" fatta di biciclette e monopattini e trovando mezzi di trasporto in comune sempre più affollati e inefficienti. Il classico modello del parigino moderno, molto ben rappresentato dalla popolare serie *"Emily in Paris"*, è la minoranza dei *"bobo"*, che sta per *"Bourgeois-Bohème"*. Una sorta di facoltoso rappresentante della borghesia, molto incline a idee socializzanti e di sinistra ma con un conto in banca ben fornito, che esalta il patrimonio culturale piuttosto che quello materiale e che vive in un bell'appartamento nei quartieri più modaioli e alternativi di una grande città. Come i *radical-chic* nostrani, al *jogging* e alla palestra preferisce lo yoga e la meditazione, mangia *chinoa* e rigorosamente *bio* – pagando il doppio i prodotti alimentari – frequenta musei, sfilate e sale di esposizione piuttosto che fabbriche, manifatture e cantieri. Lui sì che si può permettere la mobilità verde, la bicicletta elettrica ultimo grido da seimila euro, il *loft green* e il locale esterno dedicato alle immondizie da conferire. Allo stesso tempo, tuttavia, i

---

[82] L'Île-de-France : terre de cadres jeunes et diplômés - Insee Analyses Ile-de-France - 131

cittadini delle fasce medio basse stanno peggio, devono pagare molto più di prima per ottenere dei servizi poco utili o ai quali non possono accedere. Devono sostituire il loro veicolo o, semplicemente, venderlo e farne a meno; sono costretti a pagare un prezzo più alto per i trasporti pubblici; le tasse d'abitazione vengono aumentate per finanziare la transizione verde dei centri urbani; molti dei luoghi che prima frequentavano diventano inaccessibili a causa delle limitazioni alla mobilità privata e dei tempi spropositati per raggiungerli. Ma cosa me ne faccio della spiaggia artificiale sotto il *Quais d'Orsay* se poi ci metto due ore per raggiungerla e i costi dei trasporti pubblici sono insostenibili. In poche parole, nelle città cosiddette "verdi" cresce e si generalizza la povertà e si amplificano le disuguaglianze sociali. In queste città aumenta il numero delle abitazioni occasionali (seconde case) a discapito di quelle primarie, la ricchezza si concentra nelle zone centrali, mentre quelle periferiche si riempiono di nuovi poveri, immigrati, disoccupati e operai[83]. Questo fenomeno è uno dei maggiori responsabili dell'incremento della criminalità e proprio Parigi non fa eccezione. La delinquenza vi cresce con percentuali a due cifre. Ruberie in appartamento, spaccio e consumo di droga, lesioni volontarie, scippi, furti negli autoveicoli, violenza familiare e violenza sessuale sono in rapida ascesa e contribuiscono alla percezione di una degradata sicurezza nella capitale francese. I parigini hanno sempre più paura quando escono la sera e poco li confortano i lungosenna pedonali, le spiagge cittadine e i monopattini elettrici. La

---

[83] Les inégalités sociales se creusent en Ile-de-France - Le Parisien

Hidalgo può cantare vittoria, ha reso la vita un inferno e non ha eroso un misero decimale all'inquinamento complessivo della città. Figuriamoci a quello del pianeta.

Una delle soluzioni più efficaci dovrebbe partire dalla radice del problema e non dai sintomi. Le città sono sempre più problematiche e invivibili perché sempre più affollate. Nel mondo circa la metà della popolazione vive in aree urbane e si stima che nel 2030 questa percentuale arriverà al 70%. Per quanto ci riguarda più da vicino, in Europa, circa il 40% vive in grandi città, circa il 30% in piccoli centri mentre il resto in aree rurali. Bisognerebbe, allora, creare le condizioni affinché le persone non siano più propense a spostarsi nelle metropoli. Mentre nei paesi in via di sviluppo questo obiettivo potrebbe essere molto ambizioso, nello sviluppato e tecnologico occidente potrebbe essere una tendenza sempre più praticabile. Bisognerebbe portare fuori dalle cinte urbane gli uffici, le università, la pubblica amministrazione, alcuni ospedali e tutto quanto sia decentrabile. Una delle poche cose buone che abbiamo appreso dalla pandemia è che la presenza fisica al lavoro, a lezione e negli uffici della pubblica amministrazione non è indispensabile sempre e per tutti. Anzi, i dati dei colossi dell'informatica hanno fatto registrare un incremento della produttività nei casi di lavoro a distanza. Viviamo in un mondo ormai connesso e vivere in una casa in campagna, con tutte le opportunità offerte dalla rete internet e dalla connessione in banda larga, è molto più piacevole che occupare un rumoroso e piccolo appartamento a Milano. Le nostre campagne, i piccoli centri, le zone paraurbane hanno indicatori di qualità della vita indiscutibilmente migliori dei grandi centri. Non sarebbe più necessario combattere la concentrazione del traffico e dell'inquinamento da riscaldamento perché con lo spostamento di tanti cittadini in piccoli centri e nelle campagne il fenomeno sarebbe estirpato alla radice.

Le case *green* nelle città sono possibili, ma non ristrutturando gli obbrobriosi edifici dei palazzinari degli anni '70, bensì abbattendoli e costruendone nuovi con i criteri, gli impianti e i servizi adeguati al moderno urbanesimo. Solo così potremo mitigare anche il rischio sismico della nostra penisola che, rispetto a quello delle emissioni di CO_2, è sicuramente più tangibile, concreto e pericoloso. Gli edifici storici vanno preservati e curati con ossessiva dedizione ma delle abitazioni sgangherate degli anni dello sfruttamento edilizio ne possiamo fare a meno. Quando abitavo a Mosca ho visto decine di vecchie e decrepite strutture cadere sotto le pale dei bulldozer e lasciare il posto a edifici nuovi, moderni, termo e fono-isolati e dotati di ampi garage. Invece di rattoppare è più opportuno riqualificare aree urbane degradate ricostruendo *in primis* le decine di edifici abbandonati e pericolanti che costellano le nostre grandi città e che, probabilmente, sono stati abusivamente occupati da stuoli di clandestini. Procedere alla rigenerazione urbana significherebbe riappropriarsi di zone degradate ed abbandonate e creare le condizioni favorevoli e convenienti per gli inquilini a lasciare le vecchie case, costruite a risparmio negli anni dei palazzinari, per trasferirsi nei nuovi quartieri recuperati. Un lavoro lungo generazioni, strutturale, progressivo e continuo, ma l'unico che ci potrà garantire soluzioni reali e pragmatiche che produrranno benefici, non solo all'ambiente, ma anche alla qualità della vita dei cittadini.

Un'impresa possibile solo se produrremo ricchezza, tanta ricchezza, invece di autolimitare il nostro sviluppo in nome di un ambientalismo ideologico e farlocco.

CAPITOLO XI

"L'ANIMALISMO"

"Gli animali da fuori guardavano il maiale e poi l'uomo,
poi l'uomo e ancora il maiale:
ma era ormai impossibile dire chi era l'uno e chi l'altro."
George Orwell

Quando mi sono proposto di affrontare l'animalismo volevo trattarlo all'interno della grande tematica dell'ambientalismo perché, effettivamente, si tratta sempre di una questione molto sentita che ha attinenza con la difesa della natura e dell'habitat che ci circonda. Riflettendo, poi, sulla particolare piega che ha preso l'argomento, sulla sua rilevanza e sull'incidenza che provoca sul Mondo al Contrario mi sono convinto di articolare la questione in un capitolo dedicato. Sì, perché da quando esiste il *sapiens* gli animali fanno parte della nostra vita, ne hanno sempre favorito e condizionato lo svolgimento diventando un elemento insostituibile per lo sviluppo e per la sopravvivenza stessa del genere umano. Se ci pensiamo, sono rare le opere artistiche che ci sono state tramandate sin dall'antichità che non ritraggano animali rigorosamente affianco a uomini. I simboli stessi del potere, delle società più evolute e delle civiltà più durature sono stati presi dalla fauna: il cane che personifica il Dio Anubi degli Egizi, il toro della civiltà minoica, la lupa di Roma, l'aquila delle legioni, il leone di Venezia, i destrieri rampanti, alati o inalberati di tante statue e araldiche equestri sparse per il mondo. Questo a riprova dell'evidenza, se ce ne fosse la necessità, che non vi è una separazione netta tra il genere umano ed il Creato, ma l'uno appartiene all'altro e ne costituisce una parte inseparabile. Ora, il ragionamento che andrebbe approfondito si focalizza sui rapporti e sulle relazioni che è opportuno e fruttuoso stabilire tra il genere umano ed il resto dell'Universo.

L'uomo, rispetto alle altre specie, si distingue inequivocabilmente per l'intelligenza che gli ha permesso di progredire e di guadagnarsi la vetta della piramide sia alimentare che evolutiva. Questo fattore non esime il genere umano dalla necessità di continuare a lottare quotidianamente per la sopravvivenza, come ogni animale o vegetale del pianeta, ma gli ha permesso la conquista del benessere e della prosperità anche a spese di ciò che lo circonda. Il *sapiens* ha la grande colpa di essere stato la specie indubbiamente dominante degli ultimi 50.000 anni la cui evoluzione si è basata sullo sfruttamento dell'ambiente e sulla capacità di piegare le leggi della Natura in proprio favore. Anche se la parola non piace è sicuramente appropriata perché l'uomo sfrutta, come lo fanno tutti gli altri esseri del pianeta che cercano di massimizzare le qualità insite nella propria natura, anche collaborando tra di loro, per prevalere e per allargare i margini della propria capacità di sopravvivenza. Per l'uomo, quindi, gli animali rientrano in questo costrutto e sono stati da sempre utilizzati come fonte di cibo, di energia, di materie prime e di specifiche abilità.

Ora, nel progredito occidente il paradigma sembra cambiare e, nel pianeta sottosopra, molte anime sensibili sono infastidite dalla distinzione tra uomo e animale perché, con l'assurgere di una mentalità falsamente inclusiva, odiosamente omogeneizzante ed ipocritamente antidiscriminatoria, si tende a limare all'inverosimile tutto ciò che evidenzia le anche palesi diversità tra un essere ed un altro. Così come uomo e donna sono uguali, e le apparenti differenze percepite non rappresentano che una mera, effimera e perversa "costruzione sociale", le bestie assurgono ad avere caratteristiche umane, diventano portatrici di diritti a loro rigorosamente attribuiti dall'uomo, hanno una loro coscienza e cultura e vengono incluse nei nostri nuclei familiari alla stregua dei bambini.

Ce ne dobbiamo fare una ragione: l'uomo non è uguale alla donna; la bestia non è uguale all'uomo così come un pesce non è uguale ad un mammifero, ad un uccello o ad un insetto: il comunismo cosmico non esiste e il tentativo di teorizzarlo rappresenta un'idiozia globale! Non si tratta di pareri ma di leggi dell'Universo perché, contrariamente a quanto affermano i sostenitori della parità delle forme di vita naturali, la Natura per prima è fortemente specista: mette in competizione tutte le diverse creature affinché, vincendo spietatamente quella che più si adatta alle condizioni ambientali del momento, venga garantita la continuità della vita tramite l'evoluzione e l'adattamento. Si chiama "antagonismo" ed è quella relazione che si stabilisce quando un organismo trae beneficio dal danno che causa ad un altro essere. Esso può avvenire sia all'interno della stessa specie – sotto forma di cannibalismo, infanticidio o lotta all'ultimo sangue tra fratelli e sorelle – sia fra specie diverse – sotto la forma della predazione e del parassitismo. La verità sulle leggi della Natura a cui sono soggetti gli animali selvatici è molto diversa da quella che s'immaginano molte persone e, soprattutto, gli animalisti più incalliti. Quello che ci viene propinato è che la fauna viva felice e serena in una sorta di Eden paradisiaco finché rimane in un ambiente non contaminato dall'uomo. In realtà, la maggior parte degli animali selvatici muore poco dopo essere venuta al mondo, e la loro vita contiene poco più del dolore della loro morte. I pochi a sopravvivere affrontano incessantemente minacce alla loro esistenza e lesioni fisiche, malattie, malnutrizione, sete, stress psicologico e predazione fanno parte della loro esperienza quotidiana. Nelle cinque grandi estinzioni di massa che hanno preceduto l'era nella quale viviamo solo in pochi, solo gli eletti che hanno saputo adattarsi sono sopravvissuti e gli altri ci hanno tramandato il ricordo del loro passaggio attraverso i loro resti pietrificati in qualche roccia sedimentaria. Alla Natura non gliene poteva fregare una cippa delle sofferenze e delle afflizioni che hanno preceduto la loro dipartita. Secondo le stesse leggi naturali, ogni specie tende istintivamente a conservarsi e preservarsi: i leoni non si mangiano fra di loro ma attaccano facoceri, gazzelle e zebre che sono di un'altra specie e così fanno lupi, falchi, squali e, generalmente, ogni altro essere vivente. L'uomo non fa eccezione: tende a difendersi e, sfruttando intelligenza e collaborazione è diventato bravissimo a farlo vincendo epidemie, calamità naturali, malattie, carestie, condizioni meteorologiche estreme e, persino, concependo un sistema internazionale che, in teoria, dovrebbe evitare il flagello delle guerre. Essendo anche l'unico animale dotato di una coscienza complessa e produttore di cultura – anche quest'affermazione ha solide radici scientifiche – ha introdotto "la morale" nella propria vita ed attribuito maggiore valore alla propria esistenza rispetto a quella di tutti gli altri organismi del Creato. La cosiddetta "visione antropocentrica" altro non è che lo sviluppo in senso intellettuale di un istinto primordiale tipico del regno animale che tende, ai fini della sopravvivenza, a preservare la propria specie anche a scapito delle altre.

La coscienza ecologista e il rispetto della Natura e degli animali hanno proprio a che fare con questo principio di salvezza: essendo un tutt'uno con ciò che lo circonda ed avendo finalmente sviluppato questa consapevolezza – complice anche l'esponenziale crescita della popolazione mondiale – l'uomo si è reso conto che non potrebbe sopravvivere e prosperare se degradasse oltremodo l'ecosistema. Diventa quindi cruciale raggiungere un equilibrio tra incremento del benessere umano e preservazione dell'ambiente che consente questa prosperità.

Anche per questo l'umanità, e solo essa, ha ideato i concetti di giusto e sbagliato, di etico e amorale, di bene e male e, per estensione, ha coniato le nozioni di diritti e doveri. La Natura, dal canto suo, non concepisce diritti semplicemente perché non è etica. Solo qualche giorno fa ho salvato un piccolo di merlo dagli attacchi e dalle beccate di due gazze che si erano avventate contro il nido dove il pulcino stava terminando la crescita. Una scena di una violenza e di una crudeltà raccapricciante interrotta solo dal mio brusco intercedere a difesa del giovanissimo volatile. Il mio umano sentimento di commiserazione nei confronti di un piccolo essere ha interrotto il naturale decorso della vicenda che sarebbe terminata con la morte, probabilmente lenta e dolorosa del pennuto che sarebbe stato divorato ancora vivo. La Natura è questo, non conosce pietà né compassione, non sa cosa siano i diritti degli infanti, dei deboli, i diritti civili o quelli sociali. Anzi, per la Natura i deboli devono perire e fare spazio ai forti e ai resistenti, ma da quando viviamo in asettici ambienti urbani e per far vedere un asino o una capra ai nostri figli li portiamo allo zoo, ci siamo dimenticati di questi semplici principi di funzionamento dell'Universo. I diritti sono stati inventati dall'uomo, sono un frutto dell'intelletto e della coscienza e non possono che essere rivolti ad un mondo prettamente umano. Un diritto è "umano, troppo umano" – per riprendere un'espressione di un famoso filosofo – e sostenere che gli animali siano soggetti morali e giuridici di diritti, a prescindere dalla decisione umana, è come negare la sfericità del pianeta. Non si può applicare un principio etico ad un sistema che non conosce morale in quanto dimensione prettamente umana. È come mettere in contrapposizione la scienza con la teologia: qualcuno lo aveva fatto allestendo inquisizioni, roghi e patiboli con garrota. Ciò detto, possiamo comunque ammettere che l'uomo abbia delle responsabilità nei confronti del Creato riferendo queste obbligazioni sempre ad altri uomini e non alla Natura stessa. Fare divieto di bruciare una foresta non significa che la foresta abbia il diritto di non essere arsa, anche perché il rogo potrebbe avere luogo per cause prettamente naturali. Il divieto tutela il diritto di altri uomini di godere dei benefici di quella foresta. Peraltro, se noi attribuissimo valori morali agli animali, per il solo fatto di eseguire tale operazione affermeremmo, ancora una volta, quello che gli animalisti vogliono escludere, ovvero la superiorità della specie umana sulle altre specie del Creato.

Al riguardo, pur non essendo un entusiasta nel definire l'essere umano come la creatura necessariamente superiore a tutto ciò che lo circonda, non ho dubbi nell'attribuire un indiscusso maggiore valore alla vita umana rispetto a quella di qualsiasi altro animale. Le ventimila nutrie ed i molti tassi, volpi, e istrici, i cui numeri non sono stati *"contenuti"* e hanno scavato le gallerie corresponsabili del cedimento degli argini durante l'ultima alluvione della Romagna non valgono, neanche lontanamente, una sola delle 15 vite umane che purtroppo sono andate perse durante la recente calamità. A dire la verità, non valgono neanche i miliardi di danni materiali che l'esondazione ha causato e che distoglieranno fondi che avrebbero potuto essere destinati a uomini poveri che non se la passano bene.

Se per costruire una strada che migliorerà la vita dei residenti e diminuirà l'inquinamento cittadino è necessario sloggiare i nidi di passeri e falchi e disturbare il quieto intercedere di rospi e tritoni sono convinto che l'opera debba essere realizzata, magari integrando tutti quegli accorgimenti per mitigare l'impatto sulla fauna e sulla flora. Mi oppongo categoricamente alla distruzione delle dighe dalle quali ricaviamo energia elettrica pulita per consentire il libero accesso a salmoni, trote, anguille ed altri pesci che risalgono la corrente. Anche perché tutta questa propaganda che asserirebbe il decadere preoccupante della Natura a causa delle attività umane è pura ideologia basata su falsità. Nel nostro paese la condizione degli animali e delle aree verdi non è mai stata così florida e salutare negli ultimi 200 anni e le popolazioni di molte specie selvatiche sono cresciute anche per via dell'abbandono di vaste aree che sono tornate alla loro naturalità. L'Italia non è stata mai così verde negli ultimi secoli estendendo di quasi seicentomila ettari il proprio patrimonio silvestre solo negli ultimi dieci anni. Oggi, i boschi e le aree verdi coprono il 40% del territorio nazionale realizzando un incremento percentuale del 75% negli ultimi 80 anni. Volpi, cinghiali, lupi, lepri, tassi, istrici, cervi, camosci, nutrie e una moltitudine di esseri appartenenti alla fauna selvatica ripopola i boschi e le aree agricole superando spesso la densità biologica dell'area.

Un chiaro esempio di quanto asserito è l'invasione dei cinghiali, i cui nefandi effetti si sono manifestati tra la fine del 2022 e l'inizio di quest'anno, e che ha fomentato un altro teatro di scontro tra l'animalismo più ideologico ed il sano buonsenso. Il fatto incontrovertibile è che la popolazione di questi ungulati in Italia è cresciuta a dismisura nell'ultimo decennio comportando malaugurate conseguenze nei settori dell'agricoltura, della salute e della sicurezza. Da tempo gli agricoltori si lamentano dei danni che le intere famiglie di maiali selvatici causano alle coltivazioni andando ad erodere i margini già minimali di profitti che l'attività agricola garantisce. La sovrappopolazione della specie ha portato, inoltre, al diffondersi e al moltiplicarsi di malattie, come la peste suina e la tubercolosi, che rischiano di essere trasmesse anche agli allevamenti di suini domestici che, per questa ragione, devono essere isolati totalmente dall'ambiente esterno. Complice la grande antropizzazione del nostro territorio, inoltre, i grufolanti si riversano nei nostri centri urbani in cerca di cibo causando seri problemi sia di sicurezza sia di convivenza con la cittadinanza. Molti gli incidenti stradali, anche mortali, causati da questa ormai incontrollata fauna selvatica a cui si aggiungono occasionali ma deliberati attacchi a persone con esiti a volte fatali. Sconcertanti, poi, le immagini dei cinghiali in piena città: come a Roma dove famiglie intere di ungulati sono state riprese nella periferia Nord della metropoli a nutrirsi di rifiuti e a scorrazzare tra macchine e parcheggi. Ora, non si tratta di disquisire di colpe perché la Natura, come ho già sostenuto, non ragiona in termini di bene e male e di colpevolezza e innocenza, ma non vi è dubbio che una soluzione al problema vada trovata. In sintesi, si tratta di controllare la popolazione e di ricondurla a numeri che siano compatibili con la "densità biologica", cioè con l'armonico rapporto con il territorio. Si è dunque avanzata l'ipotesi di ricorrere ad abbattimenti selezionati anche attraverso l'impiego di specifiche unità all'interno delle zone urbane ovvero a cacciatori laddove l'attività venatoria fosse consentita. Dalla carne di questi animali è possibile inoltre ricavare molti prodotti commestibili che possono alimentare un mercato che, in periodo di crisi, potrebbe contribuire al rilancio economico ed alla diminuzione della povertà. Alla sola anticipazione di questa proposta schiere di animalisti si sono inalberate avanzando accuse di crudeltà, scarso rispetto della Natura, inutili maltrattamenti e, addirittura, di inefficacia della tipologia di soluzione. Durante la trasmissione "Controcorrente" la "donna lupo" Loredana Cannata, nota attrice ed attivista vegana, si lancia in una spiegazione a suo dire "scientifica", sostenendo la futilità degli abbattimenti che sarebbero, sempre secondo questa accertata teoria, controproducenti. Secondo la sensuale artista gli animali, quando percepiscono il pericolo per la sopravvivenza della specie, incrementano esponenzialmente la loro fertilità rendendo ogni attività di soppressione vana ai fini di controllarne le popolazioni. Avanti con i "metodi etici", dunque. Gli fa sponda l'onnipresente deputato dei verdi Angelo Bonelli che, portando ad esempio la guerra agli emù combattuta dall'esercito australiano contro il grosso volatile agli inizi del secolo a suon di raffiche di mitragliatrice, conferma l'inutilità di sistemi che si basino sull'abbattimento degli animali. Eccola la classica, ed allo stesso tempo assurda, espressione del Mondo al Contrario e del pensiero unico che si serve di tesi al limite del ridicolo per affermare l'opposto di quello che il buonsenso, la logica, l'esperienza ed il raziocinio consiglierebbero. Se fosse come sostengono i due animalisti, infatti, saremmo invasi da leoni, tigri, elefanti e rinoceronti e i mari pullulerebbero di balene e capodogli. Questi poveri esseri, ormai da decenni sterminati da cacciatori e pescatori, in base alla minaccia percepita avrebbero dovuto diventare così fertili e riprodursi così in fretta da sovrappopolare il continente africano e i mari della terra. Anche la guerra agli emù, condotta da circa 100 soldati che hanno sparato 10.000 proiettili di mitragliatrice, non ha avuto i risultati sperati considerata l'esiguità delle risorse messe in campo rapportate all'immensità del territorio – l'intera Australia – e l'inadeguatezza delle armi impiegate. Quando gli Australiani hanno dato mano libera agli agricoltori locali incentivando la caccia ed implementando il sistema delle ricompense, la presenza del tacchinaceo è drasticamente diminuita. I due o non sapevano di cosa stessero parlando oppure, più probabilmente, facevano leva su ragionamenti e spettatori che basano i propri pensieri sulla fede piuttosto che sulla realtà e sulla scienza, proprio come la religione animalista pretende. Anche sui metodi "etici" evocati dalla Cannata ci sarebbe poi da riflettere. Gli attivisti amici dell'attrice, infatti, si sono organizzati in gruppi da "combattimento" che si danno appuntamenti clandestini per distruggere o sabotare le gabbie di contenimento piazzate nei parchi e nelle riserve naturali al fine di arginare la sovrappopolazione di ungulati con una strategia meno cruenta dell'abbattimento. Evidentemente, anche questa metodologia non era considerata sufficientemente "etica" dagli estremisti della fauna che, probabilmente, volevano estendere gli amati concetti di accoglienza, inclusività, parità di diritti e *ius soli* ai grufolanti selvatici.

Quello che invece è da evidenziare è che il rispetto degli animali e della Natura è direttamente proporzionale alla ricchezza. Più siamo benestanti e più ci occupiamo del prossimo e abbiamo tempo per dedicarci ad altre attività che non siano attinenti alla mera sopravvivenza. Nei paesi poveri le foreste vengono bruciate per far posto ad attività produttive, a coltivazioni di palme da cui si ricava olio, a pascoli e gli animali selvatici vengono uccisi senza remore se non giudicati necessari per l'accrescimento della prosperità. Le proteste degli animalisti si dovrebbero trasferire in Brasile, in Cina, in Bangladesh, in Cambogia in Indonesia poiché l'animalismo, come l'ambientalismo, il vegetarismo e molte altre preoccupazioni moderne, è figlio del benessere e dell'agiatezza superflua che l'uomo si è conquistato proprio anche sfruttando gli animali e la Natura. Tutte queste nuove tendenze sono possibili grazie alla ricchezza: non ho incontrato neanche un animalista in Somalia, in Iraq, in Costa d'avorio, in Libia o in Afghanistan, dove agnelli e capre vengono sgozzati per strada e dove la presenza di carne sulle tavole è solo saltuaria e, per questo, motivo di festa. Quindi, se dovessimo assumere decisioni che facessero diminuire il nostro grado di prosperità rischieremmo di arrecare danno alla Natura stessa invece di proteggerla.

Una delle prime follie degli animalisti consiste nel cercare di far passare il concetto che gli animali, come e più degli uomini, abbiano il diritto di non essere uccisi. Nella loro visione la caccia viene proscritta e colpevolizzata come un'attività criminale, gli allevamenti si trasformano in campi di tortura, i macellai sono assimilati ai boia e, chi mangia una bistecca, una salsiccia o una coscia di pollo diventa complice colpevole di chi razzia e fa stragi nel mondo animale. Questo assioma ha ispirato il veganismo etico di quelli che si rifiutano di mangiare carne per una sorta di obbligo morale nei confronti della fauna. *"Come fate a mangiare cadaveri?"* – irrompono gli estremisti che tendono a sovvertire un principio ben chiaro a tutti gli antropologi. L'introduzione di un'alimentazione basata sulla carne cotta è stata, infatti, all'origine dello sviluppo e dell'evoluzione dell'uomo. Sostengono anche che la carne faccia male e sia disgustosa, salvo poi cercare di ricrearne il gusto, le sembianze e la succulenza con hamburger di soia e bistecche al tofu. S'innamorano della carne sintetica senza pensare che l'ecosistema si difende preservando la catena alimentare naturale e il cibo genuino e non buttandosi fra le braccia delle multinazionali del becchime prodotto in catena di montaggio.

Altra incoerenza è data dal principio animalista che si applicherebbe solo al genere umano, ovvero, secondo questa setta radicale solo l'uomo dovrebbe rinunciare alla carne e ridursi a cibarsi di lattuga e cavolfiori perché orsi, lupi, barbagianni, volpi e tutta la fauna selvatica onnivora o carnivora ne sarebbe esentata. Qui traspare l'altro concetto bacato che vedrebbe l'uomo e l'attività umana negativa e deleteria a prescindere da contrapporsi, invece, a tutto quanto appartiene al regno animale che rappresenterebbe il colmo della bontà. Nella maggioranza dei casi, poi, gli incontestati amici degli animali estenderebbero questo velo di protezione solo ad alcune specie: soprattutto agli animali domestici e da cortile; probabilmente a tutti i mammiferi; alcuni salverebbero anche gli uccelli...ma quasi nessuno se la sentirebbe di manifestare a favore degli insetti, soprattutto se si tratta di zanzare, blatte, pulci, pappataci o larve parassite dall'apparenza ributtante. Eppure, secondo logica, anche loro, in quanto appartenenti al regno animale, sarebbero soggetti giuridici dello stesso diritto. Ho sentito parlare di alcune popolazioni del Nepal che la mattina pregano chiedendo perdono per le formiche che inconsapevolmente schiacceranno durante la giornata, ma nel ricco occidente non ho ancora incontrato seguaci di tali consorterie.

In ultimo, vi è il paradosso dei paradossi: se tutta la popolazione umana diventasse vegana, seguendo le auspicate degli animalisti e mantenendo in vita fino alla loro morte naturale tutti gli animali della zootecnia, la superficie terrestre attualmente dedicata all'agricoltura non basterebbe più per sfamare bestie e *sapiens*. Eliminando gli alimenti di origine animale, inoltre, dovremmo cibarci ancora più di cereali, soia, e surrogati della carne sui quali, non a caso, le stesse Multinazionali odiate dagli ambiento-animalisti stanno investendo alacremente perché intravedono grandi guadagni in futuro. L'abbandono degli allevamenti porterebbe, inoltre, ad una perdita della biodiversità che nei pascoli si mantiene grazie al calpestio e al brucare dei ruminanti. Al contrario di quanto sostengono gli amanti dei quadrupedi un mondo vegan non migliorerebbe affatto la condizione degli animali che morirebbero in natura per malattie, infezioni o tra mille sofferenze conseguenti all'attività predatoria ma, in compenso, ci porterebbe verso il degrado ecologico, l'incremento dell'industrializzazione e il dilagare della povertà.

Oltre al diritto incontestato alla vita, gli animali sarebbero anche titolari del diritto a non essere sfruttati o adoperati sotto nessuna forma e per nessun motivo. Anche in questo caso, benché ormai quasi nessuno nel progredito occidente impieghi più la forza animale per il lavoro della terra, i maggiori colpevoli sarebbero quelli che praticano l'equitazione o i vetturini che si guadagnano da vivere proponendo giri in carrozza ottocentesca ai turisti che visitano le nostre città. Anche gli addestratori di cani salgono sul banco degli imputati, rei di sottoporre a sofferenze inaudite e ad angherie le povere bestiole a suon di scariche elettriche e bastonate. Un mio collaboratore, proprietario di un bellissimo e richiestissimo cane *"molecolare"*, è stato preso a malaparole da alcuni forsennati perché la bestiola, educatissima, lo ha aspettato senza guinzaglio, senza muoversi e in posizione *"seduta"* all'ingresso di un negozio mentre lui faceva la spesa. *"Chissà quali sofferenze gli hai inflitto per condizionarlo in tale modo"* – lo accusavano animosamente gli attivisti. I circensi, dal canto loro, assurgerebbero al rango di aguzzini spietati poiché non solo fanno soffrire gli animali privandoli della libertà, ma strappano loro anche la dignità obbligandoli ad esibirsi in spettacoli contrari alla loro natura. Ma quelli che prendono posto nel peggiore girone dell'inferno animalista sono gli scienziati ed i ricercatori che sperimentano farmaci salvavita e terapie contro le peggiori malattie che affliggono il genere umano impiegando cavie tratte dal regno animale. Anche gli allevamenti di bestiame sarebbero da proscriversi, poiché la sola idea di crescere degli animali al fine di alimentarsene o di sfruttarne la produzione di latte o uova avrebbe un carattere odiosamente strumentale che nessun essere del Creato meriterebbe. Che dire poi dei produttori di pellicce e di capi in pelle che andrebbero condannati senza processo. Peccato, tuttavia, che uno delle principali testate rosa titola: *"Il guardaroba femminile dell'Autunno-Inverno 2022/2023 si veste di un tessuto principale: pelle. Letteralmente dalla testa ai piedi"*.

Insomma, basta usare gli animali, noi umani la dobbiamo smettere ed è venuto il momento di lasciarli in pace rinunciando semplicemente a tutti i vantaggi che negli ultimi 10.000 anni si sono basati anche sullo sfruttamento della fauna oltre che dell'ambiente in generale.

Il fenomeno, tuttavia, sarebbe più che trascurabile se rientrasse nella sfera della pura e libera espressione delle proprie opinioni che, proprio perché frutto del libero pensiero, meritano sempre rispetto anche quando rappresentano delle idee inverosimili e contraddittorie. La libertà d'opinione, insieme all'uguaglianza formale, è alla base della nostra civiltà giuridica, della nostra libertà e, persino del nostro benessere, perché non avremmo avuto progresso tecnologico senza libertà di pensiero e di ricerca scientifica. D'altra parte, le pagine di alcuni *social*, *blog* e di certi siti del *web* sono popolate dai commenti di centinaia di sostenitori dei fatti e delle cospirazioni più assurde che spaziano dalle scie chimiche ai rapimenti da parte degli alieni includendo il terrapiattismo e la stregoneria. Analogamente, vi sono migliaia di altri luoghi dove vengono proposti riti apotropaici per allontanare il malocchio, per vincere alla lotteria o, semplicemente, per ritrovare l'amore e, benché, queste pratiche siano semplicemente antitetiche a qualsiasi scienza, non vengono sottoposte alla censura o dichiarate fuorilegge secondo il codice dei reati d'opinione tanto caro a certe frange politiche. Il problema, al solito, sorge quando queste minoranze vogliono imporre il proprio pensiero e le proprie convinzioni agli altri, che rappresentano la maggioranza, esercitando pressioni ed influenze con modalità ed artifici spesso violenti ed intransigenti. Ecco, allora, che si assistono alle azioni degli attivisti amanti delle bestie che bloccano macelli e mattatoi invocando "l'olocausto animale". Nel 2018 fece scalpore il Blitz all'evento di "*Woolrich John Rich & Bros*" durante la settimana della Moda Uomo Milano: i deliranti fermarono la fiera manifestando contro ogni produttore che impiegasse per il confezionamento dell'abbigliamento prodotti di origine animale. Quindi, non solo pellicce e scamosciati sarebbero da proscrivere ma guanti, cinture, borsette, divani, poltrone, la totalità delle calzature, oltre a moltissimi altri suppellettili, dovrebbero ormai essere confezionati solo con materiale sintetico, per la grande gioia del pianeta. Sempre nello stesso periodo assurse alla ribalta delle cronache l'assalto agli allevamenti *Green Hill* presi di mira dagli animalisti che "liberarono" centinaia di Beagle. Poco tempo dopo il tribunale competente categorizzò l'azione come "furto aggravato e danneggiamento" condannando gli autori che l'avevano compiuta. Entriamo nell'ambito dello scabroso, poi, quando udiamo le notizie di alcune neo-mamme che, convinte delle loro idee rivoluzionarie circa l'alimentazione umana ed in contrasto con qualsiasi indicazione medica, impongono ai loro inconsapevoli neonati una dieta totalmente vegana riducendo i poppanti in fin di vita. Il carattere impositivo delle richieste, inoltre, traspare prepotentemente dalle istanze di alcuni genitori che vorrebbero un'alimentazione vegana per i loro pargoletti che vanno a scuola ma non sono soddisfatti della semplice possibilità di scelta fra cibi che non contengono carne... No, vorrebbero che nessuno la mangiasse, la carne, per non fare sentire i loro piccoli vegani discriminati. Della stessa caratura la vera e propria operazione psicologica messa in atto, ormai regolarmente, a ridosso della Pasqua. Su tutte le piattaforme dominano immagini di timidi agnellini trucidati a colpi di mannaia e tendenti generare un senso di colpa collettiva e a dissuadere il pubblico più vasto ed impressionabile dal cibarsi di carne ovina, come una tradizione millenaria vorrebbe. Come se cibarsi di un agnello fosse più crudele che mangiare un'ostrica che, peraltro, s'ingerisce viva.

Non ti piace il circo? Non andarci! Ritieni che cibarsi di carne sia oltre che crudele anche insalubre? Mangia rucola e rapanelli! Non ti piace la caccia? Non praticarla e non comprare prodotti che possano provenire dall'attività venatoria! Pensi che allevare una mucca per il suo latte sia più improponibile che confinare un cane tra quattro mura domestiche e portarlo a spasso al guinzaglio? Rimpiazza i latticini con la soia! Eh no, troppo semplice, non lo deve fare nessuno! Quello che stona, e che configura quella che può risultare una semplice e legittima scelta individuale in una religione che deve allargare i ranghi dei suoi proseliti, è la necessità di imporre agli altri gli assiomi ideologici nei quali pochi adepti credono. Ancora più abietta è la metodologia non democratica e fortemente prevaricatoria con la quale si vorrebbe attuare la conversione. Questo è il meccanismo che ha dato visibilità alle correnti animaliste: non il consociativismo teso a riunire chi la pensa allo stesso modo, ma l'arroganza di voler affermare la propria condotta quale unica moralmente accettabile e quindi, da estendere forzosamente a tutta la comunità. Se io non mangio carne non lo devi fare neanche tu; se io voglio portare il mio irrequieto cane al ristorante se lo deve sopportare anche il mio vicino di tavolo a cui, magari, l'alito, l'odore animale e i guaiti danno fastidio soprattutto se aveva pianificato una cena a lume di candela con la propria metà; se il proprietario di casa non intende affittare il proprio appartamento a chi ospita animali domestici diventa un esecrabile e crudele razzista istigatore dell'odio.

Parimenti, l'antropomorfismo risiede alla base di un bieco e distorto animalismo da salotto. Se continuiamo ad attribuire caratteristiche umane a ciò che umano non è, interpretiamo la realtà secondo un prisma che ce la fa apparire totalmente distorta e falsata. Questo fa l'animalismo religioso che vorrebbe trasformare la specie umana in una varietà vegana e che mette sullo stesso piano la vita degli animali con quella degli uomini. Sempre di più dilaga la convinzione che le bestie si sentano meglio se le mettiamo nelle condizioni di vita a cui noi umani siamo avvezzi. Cani e gatti stanno meglio in un piccolo appartamento, invece che liberi nei campi o sui tetti delle nostre case; sono più belli ed eleganti quando sfoggiano cappottini dai colori appariscenti e collari tempestati di brillanti e riteniamo raggiungano il massimo della felicità quando, invece di acquattarsi in una cuccia in cortile, si stendono sulle bianche lenzuola del nostro letto in una camera riscaldata. Riteniamo gioiscano quando li portiamo a spasso al guinzaglio e gli concediamo di fare i loro bisogni in ristrette porzioni dei nostri agglomerati urbani, o che si compiacciano per l'ultima toelettatura alla moda che qualche zoo-igienista ha loro inflitto. Invece di accettare la realtà che l'attaccamento maniacale di alcune persone alle bestie nasca da una necessità prettamente umana che priva di molte libertà essenziali gli animali oggetto di tali premure, preferiamo attribuire sembianze umane a chi appartiene ad un mondo totalmente differente. Anche il cosiddetto "amore per gli animali" rappresenta una sorta di rifugio e, spesso, di rimpiazzo giacché è molto più semplice dell'amore per gli uomini. Fra i membri della comunità umana l'amore implica corresponsione, capacità di rapportarsi all'altro, comunicazione, sacrificio, possibilità di rifiuto e di tradimento oltre che essere antitetico al concetto stesso di possesso. Quello che invece da molti viene classificato come amore per gli animali nasce spesso dal possesso degli stessi che vengono comprati, acquisiti o prelevati dal loro habitat, relegati in piccoli spazi, privati di quelle che sono le loro caratteristiche essenziali – prima fra tutte la libertà – e ricondotti a vivere una vita senza alternative al cospetto del loro "amorevole" padroncino. La stessa castrazione degli animali domestici passa per un gesto amorevole agli occhi di chi non vuole accettare la diversità tra i comportamenti della fauna e quelli degli uomini. Poi c'è l'industria, gli affari ed il commercio che entrano prepotentemente in campo per convincerci che per meglio dimostrare l'intensità dei nostri sentimenti nei confronti delle nostre bestiole dobbiamo spendere per farle assomigliare sempre di più a quello che noi vorremmo che fossero. Il fatturato complessivo del settore della *pet economy* in Italia si aggira attorno ai 3,5 miliardi di euro annuali in costante crescita e, cosa ancora più sbalorditiva, gli Italiani spendono quasi un miliardo di euro all'anno per il mantenimento dei propri cuccioli, contro i 633 milioni destinati ai bambini.

Nel Belpaese, il numero di animali domestici supera quello degli stessi abitanti. Nel privilegiato Occidente, mentre si rinviano sempre più in là i matrimoni e si concepiscono sempre meno figli si predilige la compagnia degli amici a quattro zampe. All'avvicinarsi dell'estate, poi, si incrementano gli appelli e le giustissime invocazioni a non abbandonare gli animali, ma quello che a me fa riflettere è che le stesse animose campagne non vengono condotte per contrastare l'abbandono dei nostri anziani, padri o nonni alla loro misera sorte o, quando va bene, al loro parcheggio in squallide case di cura. Infine, nonostante la tanto declamata crisi generale, l'impoverimento della popolazione, la crisi abitativa e la distribuzione iniqua della ricchezza si garantiscono sempre di più agli animali tutti i beni di cui necessitano, anche e soprattutto quelli superflui: Pitti Uomo interpreta la tendenza e dedica uno spazio esclusivo agli accessori e al *lifestyle* pensati per gli amici pelosi che ci sono più vicini.

Lungi dal voler proscrivere o criticare un comportamento così viscerale nei confronti degli amici a quattro zampe ne evidenzio solo la stravaganza ed il carattere abbastanza contraddittorio, ferma restando la convinzione che qualsiasi azione che non interferisca con la libertà altrui sia assolutamente lecita e consentita. Ben vengano quindi collari-gioiello, guinzagli che sembrano cinture, abiti come cappotti sartoriali e ciotole che appaiono come stoviglie per i pelosi domestici, ma altrettanto lecito è il sentimento di molti che considerano invece svilita la dignità dell'animale stesso che, agghindato come un pagliaccio, assume le sembianze più di un oggetto da salotto che di una creatura vivente a cui la Natura ha assegnato determinate sembianze.

Dal canto mio adoro gli animali, li rispetto dal profondo e credo che vadano difesi e preservati come esseri del Creato, ma sono altrettanto convinto che tra la specie umana e le bestie sussistano differenze sostanziali che rientrano nell'ordine naturale delle cose: se permettete vengono prima gli uomini. Sono altrettanto convinto che se questo ragionamento lo facesse un polpo o un ragno gli octopodi e gli aracnidi sarebbero al vertice della piramide delle preoccupazioni. Gli allevamenti sono necessari, ma non per questo si devono trasformare in luoghi di sofferenza; l'abbattimento deve avvenire procurando il dolore minore per le bestie; bene la caccia, purché sia regolamentata e al solo scopo di alimentazione anche perché il cacciatore è solitamente il primo che preserva gli ecosistemi; avanti con le sperimentazioni sugli animali quando si rendono necessarie e solo dopo aver superato le prescrizioni dei comitati etici; nessuna limitazione agli animali domestici purché non siano molesti e pericolosi, non invadano i luoghi pubblici e non interferiscano con le libertà di chi non si sente a proprio agio in prossimità dei pelosi. Nulla di strano, quindi, semplice ragionevolezza, buonsenso e moderazione che in un mondo in cui le minoranze tendono a prevaricare le moltitudini sembrano costituire sempre più una rarità.

Ringraziamenti

Il mio primo grazie va ai lettori, che si sono sorbiti questo libro con una pazienza degna di Giobbe.

Altro sentito ringraziamento va alla mia famiglia, che ho indubbiamente trascurato per venire a capo di quest'elaborato.

Sono inoltre estremamente grato agli amici, colleghi e conoscenti che hanno accettato con entusiasmo l'idea che io scrivessi un libro e che, molto spesso, sono stati fonte d'illuminazione con i loro discorsi, con gli accesi dibattiti davanti ad una birra gelata, con i loro *post* inseriti sui social e con i loro scritti a cui mi sono indegnamente ispirato.

Ultimo grazie a tutti quelli che prenderanno spunto da questi miei bislacchi pensieri e si cimenteranno insieme nel titanico sforzo di raddrizzarlo, questo mondo sottosopra, fissandolo bene con zeppe, tiranti e picchetti affinché sia molto più tenace e resistente a contrastare i continui tentativi delle minoranze che lo preferiscono a testa in giù.

Contatti dell'autore

- e-mail: roberto.vannacci68@gmail.com

- profilo Facebook: Roberto Vannacci

- profilo Linkedin: Roberto Vannacci

Printed by Amazon Italia Logistica S.r.l.
Torrazza Piemonte (TO), Italy